AF191625

Adams Men´schen

von

Sascha Schindler

Bibliografische Information der Deutschen Nationalbibliothek: Die Deutsche Nationalbibliothek verzeichnet diese Publikation in der Deutschen Nationalbibliografie; detaillierte bibliografische Daten sind im Internet über dnb.dnb.de abrufbar.

6. verbesserte Auflage

Umschlaggestaltung, Illustration: Selbstverlag; lizenzfrei

Lektorat, Korrektorat: Selbstverlag

Verlag: BoD · Books on Demand GmbH, Überseering 33, 22297 Hamburg, bod@bod.de

Druck: Libri Plureos GmbH, Friedensallee 273, 22763 Hamburg

ISBN: 978-3-7583-2786-5

Adams Men´schen

Zum Buch:

Zwei scheinbar harmlose Halbgeschwister. Verstümmelte Leichen in Berlin. Und ein Kommissar, der viel zu spät erkennt, dass er längst Teil eines perfiden Spiels ist.

Adam, ein gescheiterter Künstler und gefeierter Streamer mit dunklen Abgründen, verbringt einen letzten unbeschwerten Sommertag mit seiner Halbschwester Min. Doch nur wenige Stunden später wacht Min im Krankenhaus auf – ohne Erinnerung an die Nacht, die über ihr Leben entscheiden wird. Wurde sie Opfer eines Übergriffs? Und welche Rolle spielt Adam, der seitdem spurlos verschwunden ist?

Kommissar Steiner, offiziell mit einer Serie grausamer Verstümmelungsmorde befasst, stößt bald auf beunruhigende Verbindungen zwischen beiden Fällen. Seine Ermittlungen führen ihn zu einer undurchsichtigen, technokratischen Organisation, deren Experimente an den Grundfesten von Schuld, Identität und Schöpfung rütteln. Ärzte und Manager sterben. Spuren verwischen. Und eine künstliche Intelligenz beginnt, Adams Geschichte weiterzuschreiben – mit tödlichen Konsequenzen.

Je tiefer Steiner vordringt, desto klarer wird: In diesem Netz aus Lügen, Obsession und Manipulation ist nichts, wie es scheint. Und jemand spielt Gott.

Über den Autor:

Sascha Schindler, Jahrgang 1982, lebt ledig in Niedersachsen. Dort auch im November geboren, liebt er das Frühjahr immer aufs Neue.

Schindler studierte zuerst Wirtschaftsingenieurwesen in der Stadt Göttingen und arbeitete daraufhin als Senior Consultant in verschiedenen Branchen der Industrie. Nachfolgend machte er sich als freier Unternehmensberater und Coach selbstständig.

´22 veröffentlichte Schindler seine ersten Gedichte und folgend Novellen aus früheren Jahren. Es folgten weitere Gedichte und lyrische Prosa, bevor er ´24 seinen ersten Roman „Adams Men´schen" veröffentlichte.

ERSTER TEIL

Goldener September

Es hatte etwa zwölf Uhr geschlagen an diesem Freitagmittag in einem immer noch sommerlichen Sep-
tember, dies in den ersten Zwanzigerjahren eines
neuen und doch bereits sehr alten Jahrtausends.

„Und magst du Berlin?", fragte Adam, während er einen großen Schluck von seiner Cola nahm, diese fast
in einem Zug leerte und sein Gegenüber mit stahlblauen Augen musterte.

Min blieb regungslos, als hätte sie ihn gar nicht gehört. Adam bemerkte die geistige Abwesenheit seiner
jüngeren Halbschwester, die Mitte zwanzig war und
zog, durch den Strohhalm trinkend, den letzten Rest
der süßen Brause zwischen den Eiswürfeln heraus
und verstand damit, auf sich aufmerksam zu machen.

„Und?", fragte er erneut.

Mins Blick kam aus der Ferne, die hinter dem Antlitz
des jungen, etwa dreißigjährigen Mannes lag zurück
und sie schaute direkt in das schmale, fast schon ha-
gere Gesicht ihres Halbbruders, dass seinen Vollbart
gut zu verdecken beziehungsweise aufzufüllen verstand. Ein aufkommender Windzug wehte die blonde
Haarmähne, die ansonsten auch ein wenig an einen
Surflehrer erinnern konnte, in sein Gesicht.

Min lachte lautstark, sichtlich amüsiert und betrachtete das Büschel aus Vollbart und wilder, im Gesicht
liegender Kopfhaare. Sie selbst hatte an diesem Tag

eine riesige Sonnenbrille auf und war auffallend geschminkt; ihre Haare verbarg sie unter einer Art Turban.

Adam kramte in seiner Kakijeans nach einem Haargummi, fand dieses in der rechten Tasche seiner Hose und band sich den Schopf zusammen.

„Besser?", fragte Min immer noch grinsend.

„Besser, ja", sagte Adam und schmunzelte.

Min hatte die Frage, die Adam ihr gestellt hatte, nämlich wie sie es in Berlin fände, wohl verstanden, antwortete jedoch nicht, weil sie nicht wusste, wie sie genau darüber dachte. Sie ging der Sache so erst einmal aus dem Weg.

„Was machst du eigentlich den ganzen Tag?", fragte sie - auch wenn sie es schon ein paar Mal gehört hatte. Es wurde ein wenig zu einem Running Gag zwischen den beiden.

Adam, der der Bedienung gerade signalisiert hatte, ein weiteres Getränk haben zu wollen, antwortete fast beiläufig und amüsiert:

„Streaming. Im Netz. Videospiele und chatten. Immer noch!"

„Das Internetsternchen. Stimmt, hatte ich fast vergessen.", sagte Min fast schon ein wenig argwöhnisch.

„Na, wenn du so willst."

Adams Sprache hatte für einen kurzen Moment einen Dialekt, ohne das Min ihn zuordnen hätte können. Sie war neugierig, vergaß es aber just in dem Moment wieder, als Adam aufstand, mit der Karte zur Bedienung ging und dieser darauf seine Bestellung zeigte.

„Ich war mal so frei und habe uns noch etwas Feines bestellt.", sagte Adam erfreut.

„Und lohnt sich das?", fragte Min.

„Was das bestellen …, oder das streamen?"

„Witzbold. Das, was du machst…streamen."

„Es reicht, um dich einzuladen, ja. Und das sollte sich für dich zumindest lohnen."

Adams Antwort klang ein wenig schnippisch.

„Du redest wohl nicht gerne über Geld?"

Min sagte es frei heraus. Sie kannte sich unter Streamern, die als Content-Creator, wie sie ja hießen, tätig waren, nicht gut aus, sie wusste nur, dass sie - wie allgemein bekannt, irgendwas mit Medien machten, dabei insbesondere viel Computer spielten, sich untereinander gut auf bestimmten Plattformen vernetzten und dabei mit Zuschauern interagierten, die ja mit ihren Computern per Chat live dabei waren; um sich untereinander zu unterhalten und mit dem Streamer als Hauptakteure der ganzen Übertragung selbst in Kontakt zu treten.

Adam hatte die Frage seiner jüngeren Halbschwester, ob er nicht gerne über Geld spräche, ignoriert; geflissentlich.

„Also wie gefällt dir die Stadt?", fragte er noch einmal, als gerade die Drinks kamen.

„Tequila Sunset?", fragte die Bedienung.

„Ja, für uns", sagte der Mann, nahm die beiden Longdrinks entgegen und stellte eines der beiden Gläser zu Min.

„Ich hoffe, du magst das …"

„Na, weiß nicht …"

„Probiere ihn und wenn der Drink nicht schmeckt, lass ihn stehen, okay?"

„Wenn es denn sein muss", lamentierte Min.

Adam war eine Weile ruhig, spielte mit der Dekoration des Getränkes und meinte dann:

„Prost."

Adam hob den Longdrink nach oben an, etwa auf Höhe seiner Augen und gönnte sich.

„Erzähl mir von Mutter!", sagte Min und nahm ebenfalls einen Schluck von dem orangeroten Alkoholika.

„Was soll ich noch erzählen; was genau willst Du wissen?"

„Warum ist sie in das Auto eingestiegen, wenn sie wusste, dass ihre Freundin drauf war?"

„Keine Ahnung, Min. Sie war in Feierlaune."

Min hatte ihre leibliche Mutter nie kennengelernt. Adam war ihr Halbbruder, mütterlicherseits und im Gegensatz zu Min bei eben dieser auch aufgewachsen.

„War sie so? Unbeschwert? Leichtsinnig?", fragte Min.

„Wenn sie mit ihrer Freundin zusammen war, schon; zu Hause konnte sie das komplette Gegenteil sein. Einmal hat sie mir einen riesigen Anschiss und eine Abreibung gegeben, weil ich zum Frühstück einen Schluck Kaffee getrunken habe."

„Wie alt warst du da?"

„Ich war vielleicht fünfzehn Jahre alt oder so was."

„Da war ich dann etwa zehn. Ich glaube, Papa war noch zu Hause."

„Lass uns doch nicht so sentimental werden."

„Prost."

Adam schickte sich an, anzustoßen, doch Min war gar nicht nach Alkohol.

Überhaupt, es war Mittag und sie hatte bisher nicht einmal ordentlich gegessen. Sie schüttelte den Kopf und stellte das Getränk von sich fort, um damit zu signalisieren, dass es ihr reiche.

„Trink ruhig.", sagte sie.

Adam ließ sich das nicht zweimal sagen und nahm einen weiteren großen Schluck vom Longdrink, bis er restlos geleert dastand und zog dann, dass noch gut gefüllte Glas seiner Halbschwester zu sich.

„Wenn du nicht willst …" sagte er und aß die am Glas befindliche Orange bis auf die Außenschale, welche er in sein leeres Glas tat, und verzog ein wenig das Gesicht.

„Na, die Orangen doch etwas sauer?", lachte Min.

Ihr wurde bewusst, dass es später Sommer war und die Spree, die durch die Stadt floss und an der die beiden saßen, schimmernd im Glanz der Mittagssonne dahinging. Sie wurde wehmütig darüber, wie lange es wohl noch so schön bleiben würde.

„Hatte Mama einen Lieblingsfilm?"

„Ja, aber ich komme gerade nicht auf den Namen, …, wenn es mir einfällt, sage ich es dir. Ich habe ihn auch irgendwo zu Hause stehen."

„Hat sie nie von mir erzählt?"

„Die Frage hast du schon ein paar Mal gestellt, Min. Und immer noch ist die Antwort: Nein. Zumindest nicht zu mir und der Alte lebt nicht mehr, den können wir also auch nicht fragen. Und ihre Freundin ist ja

14

ebenfalls gestorben bei dem Unfall."

„Hat sie kein Tagebuch geschrieben? Oder irgendwelche Briefe? Fotos?"

„Ich habe leider nichts mehr von ihr. So oft wie ich umgezogen bin, blieb das alles irgendwann auf der Strecke. Ich konnte ja nicht ahnen, dass ich eines Tages von einer Schwester höre."

„Halbschwester!", warf Min ein.

„Ja, Halbschwester. Halbbruder. Ist recht."

Unfälle passieren

Die Szenerie erfuhr ein lautes Krachen, und als Min sich umdrehte, sah sie, dass ein rotes Auto auf einen Bus aufgefahren war.

„Falls Du immer noch einer Antwort interessiert bist, wie es mir in Berlin gefällt ...", sagte sie und fuhr wenige Augenblicke später mit der auf Umwegen gefundenen Antwort fort:

„Es gefällt mir halb so gut wie zuerst angenommen, aber doppelt so gut wie zuletzt noch."

„Also die Tendenz geht steil bergauf", resümierte Adam süffisant.

Was den Unfall betraf, war auch die Polizei bald eingetroffen und untersuchte den Unfallhergang, wozu man sich ebenso daran machte, Adam und Min zum Geschehen in ihrer Nähe zu befragen; insbesondere Adam, der mit dem Gesicht und einer freien Perspektive zum Unfallereignis saß und man daher wohl annahm, er hätte einen sehr guten Blick gehabt und könne das Geschehen maßgeblich beurteilen.

Die Polizistin, die sicheren und schnellen Schrittes auf Adam zugekommen war, fragte, nachdem sie die Personalien des Mannes festgestellt hatte, ob er etwas Auffälliges zum Unfallgeschehen gesehen hätte, was er allerdings verneinte und meinte, er sei in das Gespräch mit seiner Begleitung vertieft gewesen, was die Polizistin notierte und mit der Antwort quittierte, dass, wenn ihm doch noch etwas einfallen solle, er sich bitte melde, ansonsten käme man bei etwaigen Fragen noch einmal auf ihn zu.

Mit einigem Unbehagen trank Adam den letzten Rest des von seiner Halbschwester übernommenen Tequila Sunset aus und bezahlte die gesamte Rechnung am Tresen des Lokals.

Min bemerkte derweil, dass Autofahrer und Busfahrer sich nach wie vor darüber stritten, ob der Busfahrer mit seinem Gefährt beim Ausschwenken aus der Haltestelle geblinkt hätte. Der Busfahrer war seinerseits überzeugt von seinem ordnungsgemäßen Einsatz des Blinkers, was der Autofahrer nun aber abstritt; er als sich von hinten nähernde Fahrer hätte keinen Blinker gesehen und nicht ahnen können, dass der Fahrer des Busses gerade dann losfahren würde, wenn jener sich anschickte, das große, stehende Gefährt zu überholen, wie infolgedessen der Unfall geschehen sei.

Die Beifahrerin des Autofahrers hingegen, die ein wenig kauernd im Fahrzeug saß, trat nicht weiter in Erscheinung als eben durch ihre merkwürdigen Bewegungen.

Adam hatte schließlich bezahlt und stand mit seinem offenen Hawaiihemd, das sein Brusthaar zur Schau stellte, wieder bei Min. Diese stand mit ihrem azurblauen Kleid unweit der Fahrräder, mit denen die beiden hergekommen waren.

„Fährst du noch?", fragte Min.

„Ja, warum nicht?"

„Wegen der beiden Longdrinks und dem Unfall eben."

„Ach, mach dir keine Sorgen."

Adam hatte eigentlich damit gerechnet, dass die Polizei sich bereits verzogen hatte, doch bemerkte er beim Umsehen, das die beiden Beamten, die zum Einsatz vor Ort waren, immer noch zugegen waren und sich nach Zeugen oder derlei umschauten. Ihnen schien nicht verborgen geblieben zu sein, dass der Mann sich gerade anschickte, das Rad benutzen zu wollen und die Polizistin, jene, die Adam befragt hatte, machte eine verneinende Geste mit ihrem Zeigefinger. So kam sie nun noch einmal auf ihn zu.

„Was und wie viel haben Sie getrunken?", fragte sie Adam unumwunden.

„Zwei, drei Longdrinks. Tequila Sunset."

„Schieben Sie mal besser, bis Sie ein Mittagsschläfchen gemacht haben", meinte die Dame von der Polizei und ging wieder.

Min konnte sich ein Lachen nicht verkneifen. Adam

hingegen war angefressen. Er hatte sich den Tag anders vorgestellt. Aus ein paar Longdrinks, die er zum Spaß, der Sonne wegen und dem guten Wetter im Allgemeinen, eingenommen hatte, wie er unschuldig meinte, wurden Lone-Drinks, die ihn jetzt ins Abseits stellten und dazu brachten, nach Hause zu gehen und sich aufs Ohr zu hauen.

Seine Halbschwester verabschiedete sich und Adam schaute ihr in ihrem azurblauen Kleid, das im Wind der Stadt nun wehte, noch eine Weile nach.

Drache

Adam öffnete die Haustür seiner Wohnung und begrüßte den auf ihn zukommenden Kater. Den Schlüsselbund warf er in eine gläserne Schale, die unweit der Eingangstür stand und ein dumpfes Klirren hergab. Nachdem der Mann die Schuhe ausgezogen hatte, schaltete er den Fernseher ein und schaute sich das Mittagsprogramm auf den öffentlich-rechtlichen Programmen an.

In seinem Wohnzimmer standen und hingen einige Fotos und illustrierte Bilder. Das Konterfei eines Mannes, der damals als das Bild entstanden sein mochte, etwa so alt wie er jetzt gewesen sei, hing dort in blassen Farben an der Wand.

Adam schloss seine Augen und döste nach ein paar Minuten ein. In seinem Traum sah er Min, wie sie mit ihrem azurblauen Kleid einige Orte Berlins abfuhr;

vorbei am Tierpark, am Reichstagsgebäude und dem Brandenburger Tor, dem Flughafen, den Checkpoint Charlie und dem Fernsehturm. Schließlich am Hackeschen Markt angekommen, stieg sie vom Rad und ging zu Fuß weiter. Sie traf eine Freundin und küsste sich mit ihr auf die Wangen.

Das Smartphone klingelte und weckte den Mann aus seinem Schlaf auf.

„Adam, hier."

„Du mieser Scheißkerl", tönte es aus dem Hörer des Mobiltelefons.

„Ja, du mich auch." Er legte mit diesen Worten wieder auf und ging in die Küche. Das Mobiltelefon machte bald erneut auf sich aufmerksam. Wohl dessen hatte er es stumm geschaltet, was nur dazu führen konnte, dass es nun in seiner Hosentasche vibrierte. Nach etwa einer halben Minute hörte es wieder auf, nur um eine weitere halbe Minute später kurzzeitig erneut zu vibrieren, womit er darüber informiert wurde, dass, so vermutete er jedenfalls, dass eine Sprachnachricht auf seiner Mailbox bereitlag.

„Jetzt nicht", dachte er und ließ die Angelegenheit auf sich beruhen.

„Bestimmt so ein gekränktes Chic vom Wochenende", dachte er.

Den Alkohol aus den Longdrinks vorhin hatte er verdaut und es verlangte ihm nun nach Kaffee. Da er jedoch keinen im Haus hatte und noch nicht nach draußen wollte, stieg er auf Energydrink um; davon hatte er noch ein paar Dosen im Kühlschrank. Der blaue

Laschenverschluss der Dose war bald mit einem vielversprechenden Zischlaut geöffnet und er kippte die halbe Dose auf einmal hinunter. Sich munter fühlend ging er ins Bad, um eine Dusche zu nehmen. Er zog sich aus und betrachtete seine Tattoos am Oberkörper. Namen und Nummern, lateinisch wie Arabisch. Ohne auf einen Punkt besonders fixiert zu sein, schaute er über den Körper, während er die Muskeln darunter eisern anspannte.

Das ambivalente Bild, das sich dadurch auszeichnete, dass er einerseits ein glatter Blondi mit Surfmähne und Hippiebart war und andererseits einen muskulösen, eindrucksvoll tätowierten Oberkörper besaß, hielt er mit der Kamera seines Handys für den Moment fest und postete es schnurstracks im sozialen Netz seiner Fangemeinde.

„Was würde bloß der Drache sagen", murmelte er leise zu sich, als er seinen restlichen Körper entblößte und unter die Dusche stieg. Er gehörte nicht zu denen, die, dass Duschwasser vorwärmten und erst unterstiegen, wenn es angenehm war. Adam stellte das Wasser erst dann ein, wenn er unter der Dusche stehen würde, und ließ sich nicht von einem kalten Schauer oder besser gesagt einem Schauder davon abbringen. Ganz im Gegenteil; er genoss es regelrecht, wie er, wenn sein Körper eine gewisse Notlage- oder zumindest doch etwas Ungewohntes vermeldete-, noch fähig war, die Dinge erfolgreich zu regeln. Als er das Wasser angenehm war, cremte er sich mit Duschgel ein und dachte erneut an das Kleid von

Min. Einen Ständer bekommend, der allmählich härter und länger wurde, begann er zu onanieren. Es dauerte vielleicht zwei Minuten, dann stand er ein wenig atemlos, aber erleichtert scheinend in der Duschkabine und wusch sich die letzten Reste Duschgel vom Körper.

Aus der Dusche gestiegen, kleidete er sich gleich wieder neu ein, machte ein Foto für die sozialen Netzwerke und trank die zweite Hälfte des Energydrinks aus. Nun vollends erfrischt, legte er etwas elektronische Musik auf und hörte die Nachricht seiner Mailbox ab.

„Du bist ein Arschloch", tönte es aus dem Mobiltelefon und weiter:

„…ein riesengroßes Arschloch. Wir waren heute verabredet und du hast nichts Besseres zu tun, als dich mit anderen Ladys zu treffen. Wir hatten eine Verabredung. Wir! Verdammt! Ach, fuck off!"

Adam war überrascht; überrascht, aber gleichmütig. Er wusste nichts von einer Verabredung mit der Person, deren Nummer er nicht einmal eingespeichert hatte und die er auch anhand der Stimme nicht zuordnen konnte.

Weiblich, um die dreißig vielleicht. Doch woher wusste sie von der Verabredung mit Min? Zufall? Hatte sie ihn gesehen? Oder nur geraten?

Fragen über Fragen, die allerdings nur beiläufig waren. Adam machte sich nichts weiter draus, legte das Telefon wieder beiseite, im Ansinnen einen Einkauf zu besorgen, denn außer dem besagten Kaffeemangel herrschte auch sonst Ebbe in seinen Vorratsschränken.

Milch und Kaffeepulver, Wurstaufschnitt und Käse, Toilettenpapier, Energydrinks und Obst; Pasta, Joghurt, Pizza und Katzenfutter. Das Band piepste kontinuierlich, als die Verkäuferin die Waren über den Scanner schob. Adam lächelte die Bedienung derweil an. Und sie lächelte verlegen zurück.

„Sie sind neu hier? Oder? Ich meine, ich sehe sie zum ersten Mal", meinte Adam und begann das Gespräch.

„Nee, bin schon länger hier…bestimmt schon zwei Jahre."

„Dann hat man ihre Schönheit wohl im Keller versteckt", antwortete Adam.

Die Frau war verdutzt. Sagte nichts mehr, bis die Digitalanzeige den Wert des Einkaufes festgesetzt hatte.

„49,87 € bitte."

Adam zahlte mit Kreditkarte. Er ersparte sich weitere Kommentare und verabschiedete sich mit einem deutlich kühler klingendem

„Tschüss".

Der Supermarkt lag um die Ecke. Seine Wohnung war etwa vierhundert Meter weit entfernt und in der Sonne des Nachmittags, dem leichten, angenehmen Wind und der vielen gut gelaunten Menschen spürte er das Gewicht der Einkaufstüten kaum. Leicht und unbeschwert ging er die Straße entlang; mit einem Lächeln im Gesicht. Wobei er nach einigen hundert Metern nicht mehr genau hätte sagen können, ob die-

ses Lächeln Frohsinn verkündete oder in ihn einge-
meißelt war oder kleben geblieben war wie ein Bart-
haar an einem Badezimmerspiegel.

Zu Hause angekommen, verstaute er die eingekauften
Utensilien, gab dem Kater einen Snack in sein Schüs-
selchen und machte sich den von ihm ersehnten Kaffee.

Willkommen im Himmel

Min starrte in den Himmel.

„Bin ich hier wirklich glücklich? Was würden *sie*
wohl sagen?", dachte die Frau und schaute für einen
Augenblick in die pralle Sonne.

Auf ihren freien Tag heute sollte das Wochenende
folgen und sie hatte sich ferner vorgenommen, von zu
Hause aus keine außerplanmäßigen Arbeitsstunden
zu leisten, ganz so wie sie es die letzten Wochen getan hatte. Ihren neuen Job in der Kreditabteilung einer Bank mochte sie zwar und sie war bereit, vieles
dafür aufzuopfern und dem unterzuordnen, doch
sollte ihr Privatleben nicht übermäßig darunter leiden.

Außerdem hatte sie dieses Wochenende einen Termin bei einem Fotografen, um Bilder schießen und
entwickeln zu lassen, die sie bei einigen Modelagentur einzureichen gedachte, was ein lang gehegter
Traum von ihr war, den sie nun zur Verwirklichung
brachte.

Kleidung für den Fototermin hatte sie noch aus der Wäscherei zu holen, was sie sich im Übrigen noch für den heutigen Tag aufgetragen hatte. Der Abend war verplant mit einem Abendessen bei ihrer Freundin, die sie auf der Arbeit kennengelernt hatte; das Abendessen stand bereits länger aus und Min hatte es aufgrund der Arbeit, die sie für üblich am Wochenende von zu Hause verrichtete, immer wieder verschoben oder fand ansonsten passende Gelegenheiten einer Absage. Doch dieses Mal war sie fest entschlossen, die Verabredung nicht platzen zu lassen, und wollte im Übrigen noch ein kleines Präsent für die Einladung besorgen, was sie nun zu aller erst in Angriff nehmen wollte.

Von ihrem Balkon ausgehend, auf dem sie in einem Liegestuhl saß, stand sie nun auf und ging in das Wohnzimmer, schalte dort einen Radiosender ein und hörte nebenher ein wenig Popmusik, während sie weiter ins Bad ging, um sich dort der Frische ihres Make-ups zu versichern. Sie zog den ein oder anderen Lidstrich nach, puderte noch ein wenig und ging wieder zurück durch das Wohnzimmer in die Küche, um dort ein Glas Mineralwasser abzuholen, mit dem sie sich im Folgenden in einen Sessel, der neben der Hi-Fi-Anlage befindlich war, setze. Ihre pechschwarzen, bis zur Brust reichenden Haare mit dem Pony auf Höhe der Augenbrauen glänzten in der Sonne, die durch die Fensterfront hinter dem Musikrack schien. Sie spielte mit den Fingern ihrer rechten Hand an ihrer Halskette herum, was ein Geschenk von Adam war, dass er seinerseits von der Mutter hinterlassen bekommen hatte. Adam hatte ihr dieses Erbstück vor ein paar Wochen zum Geburtstag geschenkt und meinte, es wäre etwas von dem Wenigen, dass die Mutter ihm hinterlassen habe und dass er noch im Besitz hätte, aber es sei nur angebracht, Min am Nachlass teilhaben zu lassen, auch wenn die Verstorbenen nichts dergleichen in einem Testament erwähnt hatte.

Auch was die sonstige Erbschaft anbetraf, konnte Min nur mutmaßen, sie wusste davon, dass Adam eine Eigentumswohnung für sich besaß und noch eine weitaus gehobenere Wohnung in Stadtmitte vermietet hatte. Sie hatte Adam nie danach gefragt, ob die Wohnungen nun vererbt waren und wenn ja, seitens welchen Familienteils, oder ob er die Immobilien im Laufe seines eigenen Broterwerbs erst erstanden hatte, was sie allerdings ein wenig bezweifelte, denn sie kannte die Immobilienpreise in Berlin von ihrer Arbeit her. Außerdem wusste sie ebenfalls aus beruflicher Erfahrung, dass Streamer zwar durchaus ein gutes Einkommen haben konnten, aber, was die längere Perspektive der Liquidität anginge, oft keine ausreichende Sicherung aufzuweisen hatten. Alles in allem war sie weniger eifersüchtig auf ihren Halbbruder als vielmehr neugierig. Das Glas mit Mineralwasser war indessen geleert und sie stand auf, schaltete die Musik aus, nahm ihre Handtasche sowie den Schlüsselbund in die Hand und ging aus der Haustür ihres Apartments nach draußen.

Die Einkaufsmeile, aus der sie das Präsent für die abendliche Einladung besorgen wollte, lag am Alexanderplatz, wohingegen sie für die Klamotten, die ja noch in der Wäscherei waren, zum Ku'damm in Charlottenburg fahren musste. Sie entschied, sich vorerst mit der U-Bahnlinie acht zum Einkaufszentrum zu bewegen, bevor sie danach zum Kurfürstendamm weiterzufahren gedachte.

Die U-Bahn war voll und es roch nach Bier und billigem Wein und nach ungewaschenem Hund. Lange dauerte die Fahrt zu ihrer Erleichterung nicht und schon bald bog sie in die Einkaufsstraße, auf der viele kleine wie größere Läden waren, ein. Min dachte daran, eine Flasche Weißwein sowie ein Parfüm für die Freundin mitzubringen, außerdem ein Kärtchen mit Dankesbekundung für die letzten Monate und natürlich für die Einladung zum Essen. Es sollte nicht förmlich wirken, aber einen gewissen Grad an Respekt und Zuvorkommenheit zeigen, wobei sie den schmalen Grat zwischen einer Freundin, die man von der Arbeit her kannte und einer Freundin, mit der man auch privat etwas machte, zu gehen hatte und überdies ja auch „die Neue" in der Stadt war. Etwas persönliche Unsicherheit lag also durchaus in dem Vorhaben, wenn sie so darüber nachdachte. Ohne viel Umschweife war schon bald ein Weinladen gefunden, sie kostete einmal und entschied sich stante pede, eine Flasche von dem just verkösteten Wein mitzunehmen, was damit ein italienischer Pinot war.

Sie ließ sich den Wein noch in eine geschmackvolle

Tüte einlegen und ging dazu über, die nächste Besorgung in Form des Parfüms zu machen. Auch hier war schnell ein passender Laden gefunden. Und ebenso schnell hatte Min einen passenden Duft gefunden. Lavendel, Mandel und zartes Röschen in einem kleinen, orangefarbenen Spender überzeugen sie ziemlich schnell. Damit waren- in nicht einmal dreißig Minuten-, beide größeren Besorgungen getan und die Frau steuerte nun auf einen Zeitschriftenladen zu, der auch einige Bücher im Sortiment hatte, um nachzusehen, ob auch passende Geschenkkärtchen zum Verkauf standen. Als hätte man ihre Gedanken erraten, tauchte just, als sie um die Ecke in den Laden einbog, einige Ständer mit Postkarten sowie größeren und kleineren Geschenkkarten auf. Eine treffende Wahl schien ihr ein schlichtes Motiv zu sein und sie entschied sich, die berufliche Komponente der Beziehung später noch mit einigen Worten ins Innere der Karte geschrieben, zu würdigen.

Noch während sie einige Umstiege und kürzere Fahrten in Richtung Charlottenburg unternahm, dachte Min darüber nach, was sie wohl in die just erstandene Karte zu schreiben hätte, und dachte daran, ihrer Freundin für die gute Integration zu danken, dafür, dass sie sie von Anfang an gut aufgenommen habe und immer ein offenes Ohr hatte, wenn es eben mal nötig wurde. Sie dachte oft daran, dass man den Bock zum Gärtner gemacht habe, da sie selbst kaum Erfahrung im Bankwesen vorweisen konnte und maßgeblich über ihre Qualifikationen in der Assistenz und den Fähigkeiten auf dem Gebiet des Sekretariats überhaupt punkten konnte. Abgesehen von den Umständen vermutete sie einfach, dass dem Chef, der das Bewerbungsgespräch selbst und scheinbar ohne Personalabteilung geführt hatte, einfach ihre optischen Reize und Vorzüge ins Auge fielen und er sich daraufhin „vom Bauchgefühl her" für Min entschieden hatte. Das dachte sie weniger eingebildet als vielmehr mithilfe ihrer weiblichen Intuition, die ziemlich genau wusste, wann und wie jemand an ihr interessiert schien oder zumindest eine gewisse emotionale Zuneigung ersann.

Mit der Bahn schließlich an der naheliegendsten Haltestelle zur Wäscherei angekommen, ging sie den restlichen Weg zu Fuß, was in etwa einen Fußmarsch von dreihundert Meter bedeutete. Die Wäscherei hatte ihr Adam empfohlen, da er hier, wenn auch unbekannte Verwandte väterlicherseits hatte und die Tradition des unternehmerischen Handwerkes jener Wäscherei, im Übrigen noch in die Zeit der Weltkriege zurückreichte. Dementsprechend imposant und restauriert war die Fassade des Gebäudes und des darin befindlichen Interieurs.

Min bewunderte kurz, was sie auch einige Tage zuvor, nämlich als sie die Kleidungsstücke herbrachte, schon gesehen hatte, öffnete sodann die Tür und ging in den Innenbereich des Geschäftes. Aus ihrer Handtasche kramte sie nun einen Zettel hervor, auf dem die zur Reinigung und zum Mangeln abgegebenen Kleidungsstücke festgehalten und dokumentiert waren.

Den Abholschein abgebend, bat man die junge Frau

um einen Augenblick Geduld und bot ihr an, sich, während man Erkundigung über ihre Waren einholte, zu setzen. Min lehnte letzteres für sich ab und blieb einige Schritte weiter entfernt stehen. Unterbewusst ungeduldig, tippte sie mit den Schuhen auf der Stelle des Parkettbodens des Geschäftes und wartete derart auf die Übergabe ihrer Kleider.

Währenddessen betrat eine aufgeregte Dame, vielleicht um die sechzig Jahre alt, den Laden und rief hastig nach einem Bediensteten. Die Frau schilderte dann, in ihrer ohnehin herrschenden Atemlosigkeit, was und warum sie etwas brauchen würde, nämlich einen leichten Sommermantel, den sie tags zuvor abgegeben hatte, um damit an einem Gartenfest mit ranghohen Diplomaten teilzunehmen, welches heuer stattfinden sollte.

Man konzentrierte sich im Folgenden auf die just eingetroffene, aufgeregte Dame und bat Min, um einen weiteren Augenblick Geduld, da etwas „dazwischengekommen" sei.

Die Dame trat zu Min, holte nun zum ersten Mal Luft und begann ein Gespräch:

„Also, alles muss man selbst machen. Auf meinen Chauffeur und Hausdiener ist wirklich kein Verlass. Die wissen nicht einmal wie *manteau* geschrieben wird. Ach, und bevor sie fragen, das ist Französisch, Mon chéri. Herr Pierre wird bestimmt nicht auf sich warten lassen."

Min war verblüfft und wusste nicht so recht, was sie sagen sollte. Das musste sie auch gar nicht, denn die Dame fuhr fort:

„Herr Pierre ist französischer Botschafter und mein Gastgeber heute Abend. Deswegen darf man mich nicht länger warten lassen in diesem Etablissement."

„Ich warte auch... auf Kleider, meine ich", entgegnete Min. Ein wenig vorwurfsvoll aber noch höflich in Anbetracht der Situation.

„Sehen sie sich diese Haare an..." meinte die Dame...

„Und dieses hübsche Gesicht..."

„Diese Statur...oh, meine Liebe. Sie sind wahrhaft gesegnet."

Min wurde rot. Ihre Backen fühlen sich wie ein Glühofen an. Sie war unsicher, was sie sagen sollte...

„Ja, ich...hole Kleider für einen Fototermin...um mich bei einer Modelagentur zu bewerben und damit zu punkten."

Die letzten Worte erinnerten sie an die Gedanken, die sie sich zuletzt über ihre Arbeit in der Bank machte und Min dachte daran, etwas zu verwechseln in ihrer Verschämtheit, welche in Anbetracht der Komplimente hochkam.

„Ach Liebchen."

Die Dame kramte in ihrer Handtasche herum und fuhr daraufhin fort:

„Glauben sie an Zufälle? Hm? Falls nicht ist ihnen in göttlicher Fügung gerade eine einmalige Gelegenheit geboten worden."

Die Dame reichte Min eine Visitenkarte.

Victoria Magdalena Seelsman stand darauf und... *International Model Agency in Paris, Berlin, London, Rom,* darunter befanden sich Kontaktdaten, in Form von E-Mail und Telefon.

Aus dem hinteren Geschäftsbereich brachte man nun hastig den Mantel der Dame.

„Frau Seelsman, hier ist das gute Stück. Bitte."

Jene nahm den Mantel ebenso schnell entgegen, dankte höflich und machte auf der Stelle kehrt.

„Also Liebchen, wir hören voneinander, ja?"

Ohne eine Antwort der verblüfften Min abzuwarten, war die Dame im Nu wieder aus dem Laden verschwunden.

Min betrachtete die Visitenkarte erneut. Ihre Beine waren zitterig und schienen nach wie vor verunsichert.

Ohne dass die junge Frau sich weitere Gedanken machen konnte, kam auch schon ein weiterer Bediensteter des Geschäftes, aus dem hinteren Bereich des Ladens und übergab ihr, etwa eine Handvoll Kleider in mehreren Schutzhüllen. Min bedankte sich und verließ den Laden.

Das Abendessen bei Galia

Punkt 21 Uhr traf Min an der Adresse ein, die ihr ihre Kollegin und Freundin Galia gegeben hatte. Der Gast empfand es nicht nur deswegen als stockfinster vor dem betreffenden Haus, weil die einsetzende Dämmerung gerade ins absolut dunkele überging, so waren auch wenige Lichter in der Umgebung der Wohnung, sodass sie zunächst Schwierigkeiten hatte, die genaue Wohnungsnummer auf der betreffenden Armatur hinsichtlich eines Läutens der Türklingel zu

31

finden.

Der für üblich beleuchtete Knopf auf den Namens-
und Klingelbrettern von Apartmenthäusern mit
mehreren Parteien, der dem Anschalten des Umge-
bungslichtes diente, musste verborgen bleiben; er
war schlichtweg nicht aufzufinden. Mit dem Handy
leuchte Min über die Namen und die Klingeltaster,
bis sie schließlich den richtigen Namen unter *Exeter
gefunden* hatte, und woraufhin sie nun sah, wie die
Lichter draußen über ihr und im Eingangsbereich
drinnen befindlich angingen.

Mit dem Mitbringsel aus Wein, Parfüm und Karte
beladen, ging sie die Treppen hinauf, denn das Na-
mensschild hatte bereits drauf hingewiesen, dass sie
bis in die dritte Etage hinaufmüsse, um bei ihrer
Freundin schließlich einzutreffen.

Mins Beine fingen wieder an zu zittern, genau wie sie
es heute in der Wäscherei bereits erlebt hatte, und sie
fragte sich, während sie am Geländer des Treppen-
hauses halt fand, ob es daran läge, dass sie bisher nur
sehr wenig gegessen hatte, verbuchte das Geschehen
auch gleich unter dieser Erkenntnis und gelobte Besserung, indem sie ja gleich ein ordentliches Mahl bei
ihrer Freundin und der Gastgeberin des heutigen
Abends, Galia, vorfinden werde.

Einige Augenblicke später stand Min auch schon vor
einer ein wenig geöffneten Wohnungseingangstür
und sie vermutete, dass sie hier richtig sei; sie wollte
gerade höflichkeitshalber anklopfen, als die Tür mit
einem Satz aufsprang und ein Mann, etwa doppelt so
alt wie sie sie plärrend und zornig aus dem Weg

drängte, woraufhin sie die Weinflasche und das Parfüm herunterfallen ließ. Die Weinflasche fiel mit dem Kopf auf den verfliesten Untergrund und zerschellte krachend, während das Parfüm an einer Ecke abplatzte und sonst unversehrt und gefüllt blieb. Min begann zu schwitzen und ihr wurde ein wenig schwindelig. Der Mann schnauzte lautstark drauf los, holte aber umgehend Feger und Kehrblech und erledigte sowohl das Auflesen der Scherben als auch das Aufsaugen der Pfütze, die das zerschellte Weingefäß hinterlassen hatte. Min war wie erstarrt und erst als es hinter ihr ihren Namen rief, machte sie kehrt und schaute sich um.

„Na, geh schon. Stör´ mich nicht", sagte der Mann, der mit dem Auswringen des Wischmobs beschäftigt war. Min ging ohne ein Wort in gegensätzliche Richtung und fand sich gleich darauf, vor einer weiteren Haustür, die ebenfalls offen stand; diesmal war der Empfang jedoch freundlicher: Galia stand in der Tür und schaute Min ernst an.

„Was ist denn los?"

„Du bist ja kreideweiß!"

„Komm erst mal rein und setz´ dich …"

Min grüßte zwar mit einer Hand, war allerdings unsicher, wie sie ihre verbliebenen Geschenke überreichen solle, und folgte Galia vorerst schnurstracks in die Wohnung.

„Es tut mir leid, ich hatte einen Wein dabei…aber…,"

„Ach schon gut. Mach Dir nichts daraus. Hauptsache, du bist da."

„Hier."

Die Besucherin überreichte Karte und Parfüm;

„Was halt übrig ist."

„Dankeschön."

Galia nahm daraufhin Mins Hand, drückte diese einmal fest und fragte, ob sie nun etwas trinken wolle.

„Was hast Du denn da?"

„Einen Weißwein, einen Rotwein, Schnaps und Fruchtsäfte. Um nur einiges zu nennen."

„Lass mich raten, ... der Weißwein kommt aus Italien? Ein Pinot ..."

„Ja. Woher weißt Du das?"

Min lachte nun, was auch Galia sichtlich freute und sie locker machte.

„Also?"

„Ich nehme erst mal ein Schnaps und dann einen Saft", zum Essen dann auch einen Wein. Welchen überlasse ich dir."

„Okay."

Der Schnaps schmeckte streng und stark; in etwa wie ein Küstennebel. Min ging es besser, aber der Mann aus dem Treppenhaus ging ihr nicht aus dem Kopf. Sie überlegte, ob sie ihre Freundin fragen sollte, wer dieser Nachbar sei, vergaß aber in Anbetracht der Musik, die Galia nun gerade auflegte, ihr Vorhaben und fing an, sich zu entspannen.

„Ich habe gerade ein Déjà-vu", meinte Min.

„Wie witzig...warte mal bitte, ich schaue kurz nach dem Fleisch", sagte Galia und ging in die Küche.

Min wippte ein wenig mit den Füßen im Takt der Musik, zum Saxofon und zum Klavier des Liedes.

Nach einer Minute stand ihre Freundin wieder im

Wohnzimmer:

„Noch etwa zehn Minuten. Bis dahin kannst Du mir erzählen, wie dein Tag war, ja?"

Min nickte.

„Nun ja. Ich weiß nicht so recht ... *gut* nehme ich an. Ich bin früh aufgestanden und habe mich über den Sonnenschein gefreut, bevor ich mich mit meinem Bruder traf, machte daraufhin einige Besorgungen, knüpfte zufällig Kontakte zu einer Modelagentur und bin jetzt hier.

„Hört sich ja an, als hättest Du auf einer Polizeiwache etwas zu Protokoll gegeben. Aber gut, ich denke, du bist noch ein wenig aufgebracht, wegen der Sache eben."

Min hatte es zwar fast schon wieder vergessen, aber aus der Welt war es noch nicht.

„Ja, hast Du´s mitgekriegt?"

„Ein wenig. Tut mir leid, ich wollte dir noch durch die Sprechanlage geben, wo genau die Wohnung ist, aber du warst schon weg. Ich war wohl zu spät."

„Ist der Typ immer so unfreundlich?"

„Ja, aber er hat andere Vorzüge, riesige Vorzüge ..." die Frau lächelte verschmitzt.

„Galia! Der ist doch doppelt so alt wie du! Bestimmt fünfzig oder sechzig Jahre alt ... und dazu ... irgendwie ... schmierig."

„Stimmt, er ist nicht die Kirsche auf der Torte, aber in der Not...na du weißt schon."

Min blieb der Saft im Hals stecken. Das hatte sie nicht erwartet. Gewissermaßen war sie angeekelt und sah ihre Freundin nun in einem klein wenig anderen

Licht. Ihren Ekel verbergend, stellte sie das Glas mit dem Saft erst einmal fort. Ihr war gar nicht mehr nach Nahrungsmittelaufnahme.

„Deswegen hat er nur rumgebrüllt, aber alles gleich sauber gemacht …"

„Ein Mann der Tat …", stieg Galia erneut ein.

Min musste ehrlich mit sich ringen, um nicht zu würgen.

„Ach, Min…ist doch nur Spaß. Denkst Du wirklich …?"

Min war allerdings nicht nach lachen. Sie wusste gar nicht mehr, was sie diesbezüglich noch glauben sollte; ihr ging es nun wieder schlechter. Die heitere, leichte Stimmung von Galia machte es ihr noch schwerer, denn ganz im Gegenteil war sie nicht ansteckend, sondern zermürbend.

„Hast Du noch einen Schnaps?", fragte Min, bereit, aufs Ganze zu gehen und entweder komplett zu erliegen oder aber die Kurve zu bekommen.

„Ja. Natürlich."

Min schaute auf den Teppich und bemerkte, wie sie Spuren von der Weinlache aus dem Treppenhaus hinterlassen hatte; die Schuhe hatte sie nämlich anbehalten und sie war wohl vorher noch in die Plörre getreten.

„Hast Du einmal etwas Hausmittel für dein Teppichboden, den habe ich mit meinen Schuhen in Mitleidenschaft gezogen."

„Äh, was? Warte mal, ich komme gleich."

Min zog sich unterdessen die Schuhe aus und stand mit Netzstrumpfhose im Wohnzimmer.

Als Galia kam, zeigte sie auf die Fußabdrücke auf dem Teppich.

„Oh …,"

Die Gastgeberin holte aus der Küche einen Polsterreiniger, Salz und etwas Mineralwasser mit Sprudel und machte sich daran, den Teppich aufzuschäumen und zu reinigen.

„Lass mich das machen…du, kümmerst dich doch schon ums Essen …" sagte Min, die bald darauf in Knien und dabei in Sorge um ihre Strumpfhose die besagten Spuren der hereingetragenen Weinlache verrieb.

Ihre Strumpfhose blieb in Folge der Vorsicht heil und sie setzte sich wieder auf das Sofa.

„Wenn du ins Bad musst, … es ist geradeaus und gegenüber von der Küche, ja?", hörte man Galia aus der Küche rufen.

„Alles klar."

Min befand, wirklich einmal das Bad aufsuchen zu müssen, um nach ihrem Make-up zu sehen und sich den Schweiß unter den Achseln wegzuwaschen, der im Zuge der Aktion auf dem Flur mit dem skurrilen Nachbarn ihrer Freundin sowie der körperlichen Betätigung beim Reinigen des Teppichbodens entstanden war. Gesagt, getan, und Min fand sich im Bad von Galia wieder. Sie tat, was ihr vorschwebte, gründlich und ohne besondere Allüren und ging wenige Minuten später wieder in das Wohnzimmer zurück. Hier fand sie Galia nun bereits am Esstisch befindlich vor sitzend und ihrerseits wartend auf ihre Freundin bereit zum Speisen.

„Es ist angerichtet. Ich habe dir den roten Wein eingeschenkt."

„Was gibt es eigentlich?"

„Rinderfilet mit Kartoffelspalten, dazu selbstgemachte Barbecue- Sauce und frischen Salat. Bon appétit."

„Danke. Dir auch."

Min sah, wie Galia den beiden auftat und ihrem Gast noch grobes Salz auf einem kleinen Unterteller dazustellte.

„Also das mit dem Nachbar war doch wirklich ein Witz, oder?"

„Ja klar …"

„Ich kenne schon noch andere Typen …"

Min wusste nicht, was sie darunter verstehen solle, und fragte nach:

„Nämlich?"

„Zum Beispiel waren eine Freundin und ich letztes Wochenende tanzen; sie lernte einen Typen kennen und ich lernte einen Typen kennen. Leider hatte sie nicht so viel Glück, wie sich erst heute herausgestellt hat. Er hat das Date ignoriert und sich stattdessen mit einer anderen getroffen."

„Und dein Typ?", erkundigte sich Min.

„Den habe ich in Warteschleife gelegt. Er ist ja nicht der Einzige …"

„Nicht der Einzige …"

„So sieht's aus", meinte Galia, jetzt schon ein wenig sich rechtfertigend.

Min war zwar neugierig, was unter der Spitze dieses,

überzogen gesagt: männerverschlingenden Eisberges wohl lauern würde, beschloss aber, nicht weiter nachzuhaken, um sich einerseits nicht unbeliebt bei der Gastgeberin zu machen und andererseits nicht zu forsch, zu schnell persönlich zu werden. Auch wenn sich die beiden Frauen schon eine Weile kannten und gut verstanden, eine gewisse Contenance blieb ihnen zu wahren. Immerhin waren sie ja auch Arbeitskolleginnen. Galia würde schon von sich aus erzählen, oder es würde sich vielleicht ergeben, wenn man nur einmal gemeinsam ausginge.

Das Fleisch war eher durchgebraten als blutig und die Kartoffelspalten waren ein wenig labberig, als hätten sie noch ein paar Minuten im Ofen vertragen können.

Min sprach es offen an:

„Kannst Du die Kartoffelspalten noch einmal kurz in den Ofen schieben?"

„Klar, wenn Du magst, ich habe in der Küche auch noch welche, die schieb ich rein. Lass deine einfach drauf liegen."

Gesagt, getan, und Galia war binnen weniger Augenblicke wieder zurück. Das Fleisch hat mein Vater besorgt, der kennt einen guten Metzger und als ich meinte, ich würde heute Abend Besuch bekommen, von einer Arbeitskollegin und Freundin, gab er mir kurzerhand etwas aus seiner Reserve mit.

„Ich glaube nicht, dass es ein Kobe-Rind ist oder ein Wagyu-Rind - oder wie die Tiere heißen, aber es ist durchaus erstklassig."

Min machte sich nicht ernsthaft etwas daraus, dass

das Fleisch nun durchgebraten war, und stimmte zu, indem sie nickend tat und damit meinte, es würde sehr wohl schmecken. „Und was macht deine Freundin, also die, die von dem Typen abserviert wurde; wovon du vorhin sprachst?"

„Die ist im Einzelhandel und verkauft Schmuck und Uhren."

„Jolanda. Ich sollte sie dir bei Gelegenheit einmal vorstellen. Wir kennen uns schon länger. Aus der Jugendfreizeit und das ist bestimmt schon mehr als zehn Jahre her."

„Wir liefern uns öfter einen Wettstreit um Männer, also wer wen zuerst anmacht und so ..."

„Und wer führt nach Punkten?", fragte Min belustigt.

„Jolanda sucht halt eher was Ernstes und verliebt sich auch schnell. Da muss man aufpassen. Bei mir ist es eher ein Spaßding."

„Jolanda; kommt sie aus Deutschland?"

„Ja, nur ihre Eltern kommen aus Tschechien oder so. Gebürtig. Sie sind dann vor ihrer - also Jolandas - Geburt hierhergezogen."

„Sie meint, sie müsse ihre Gefühle zu Männern sehr oft unterdrücken und es käme dann mit einem Schwung ab und zu hoch, und dann mache sie dumme Sachen."

„Klingt spannend. Aber auch irgendwie ... scary."

„Ja stimmt."

„Über dem Fernseher steht übrigens ein Foto von Jolanda und mir; da siehst du, wie sie aussieht."

„Ach, Mist...deine Kartoffelspalten, die habe ich total vergessen!"

Galia rannte los in die Küche und kam mit sehr, sehr gut durchgebackenen Kartoffelklümpchen zurück.

„Nee, lass mal gut sein. Ich bin satt. Das Fleisch war wirklich...reichhaltig."

Galia machte ein mucksches Gesicht und brachte das Blech wieder in die Küche.

„Sorry."

„Nee Du wirklich nicht. Es war echt gut, aber ich bin auch pappsatt. Ich hatte den ganzen Tag nichts Vernünftiges gegessen."

„Der Hunger hat es also reingetrieben ...", meinte die Köchin selbstironisch, wobei die Ironie aber nicht auf Anhieb zu erkennen war.

„Quatsch..."

„Naja, magst Du noch Wein?"

„Danke aber im Moment nicht. Ein Wasser wäre mir lieber."

Die Gastgeberin erfüllte den Wunsch umgehend und kam mit einem großen Glas sprudelnden Mineralwassers aus der Küche zurück.

„Aqua ... bitte schön."

Min nickte anerkennend und trank einen großen Schluck.

Also von meinem Halbbruder habe ich dir ja schon erzählt. „Hast Du mal nachgeschaut im Internet, ob du ihn kennst?"

„Klar habe ich das. Ich schaue aber nicht so viel Streams von Videogames und so daher: Fehlanzeige. Seine Fotos sahen allerdings ... reizend aus."

„Ja, er geht ins Gym und zeigt das auch gerne", bestätigte Min.

„Er streamt selbst das. Also, das er in der Muckibude ist und trainiert. Nachts um 1 Uhr oder so."

„Und, das schauen sich Leute an?"

„Klar. Jede Menge. Sobald die Notification rausgeht, also die Nachricht, dass jemand online ist und streamt, kommen die Leute per Livechat dazu."

„Ja, ich weiß, das hat mir Jolanda heute auch schon erzählt. Ist mir also bekannt; ich bin nicht von gestern."

„Okay. Ich meine ja nur."

Galia merkte, dass Min ein wenig sauer schien, und versuchte das Thema auf etwas Erfreulicheres zu lenken.

„Gehen wir demnächst einmal zusammen weg? Tanzen oder so?"

„Ja, von mir aus gerne."

„Wo gehst Du denn gerne hin?"

„Es gibt da so ein Cowboy Laden in der Schönhauser Allee, glaube ich. Die Location mag ich ganz gern, außerdem ist in der Nähe ein klasse koreanisches Restaurant. Ansonsten Mitte oder die Umgebung der Schönhauser halt."

„Was hältst Du von Kreuzberg?"

„Keine Ahnung. Da war ich noch nicht so oft."

„Wir werden dann schon etwas finden, keine Sorge."

„Jolanda kommt bestimmt auch mit."

„Ja gerne. Warum nicht."

Min ging es wieder um einiges besser und sie stand auf, um das Foto von Jolanda zu betrachten, von dem Galia ihr vorhin erzählt hatte.

„Oh, wirklich hübsch; das habe ich mir schon gedacht…mit ihrem tschechischen Blut."

Die beiden Frauen genossen noch ein wenig Musik, schäkerten miteinander, schauten sich Fotos an und tranken noch ein wenig Wein beziehungsweise Wasser, denn Min blieb bei ihrem nichtalkoholischen Umtrunk.

Als sie schließlich auf die Uhr schaute, war es schon fast halb zwölf.

„Ich denke, ich sollte bald gehen."

Galia nickte:

„Ja, es ist schon spät."

Min schaute im Internet nach einer Bahnverbindung und gab an, sich beeilen zu müssen.

Galia verabschiedete den Besuch freundlich und beide versprachen sich am Wochenende einmal zu telefonieren, sofern es sich ergeben solle oder wenn nicht, dann sähe man einander am kommenden Montag auf der Arbeit.

Der Gast dankte noch einmal für das Essen, erwähnte fast beiläufig die Dankeskarte, die, wie ihr jetzt auffiel, keinerlei Beachtung an dem Abend fand, was wohl dem Trubel mit der Weinflasche geschuldet war und verabschiedete sich mit einem Küsschen auf die Wange.

Die Nacht war um einiges kälter als der Tag und man merkte, dass der eigentliche Sommer bereits vorüber war. Min fuhr mit den öffentlichen Verkehrsmitteln nach Hause, was etwa eine halbe Stunde dauern sollte. Die Fahrt war verhältnismäßig ruhig und obwohl es ein Freitagabend war, dazu einer von den letzten Spätsommertagen des Jahres, gab es keinerlei Besonderheiten. Sie hielt aber auch nicht bemerkenswert Ausschau und spielte zudem mittels ihrer Kopfhörer ohnehin Musik über ihr Mobiltelefon ab. Gegen Viertel nach zwölf trat sie über die Schwelle ihrer Wohnung im Prenzlauer Berg und ließ sich- nach einem kurzen Besuch im Bad-, sofort ins Bett fallen.

Jolandas Herzchen

Der Samstag hatte weniger sonnig als noch der Tag zuvor mit einem sehr gemütsdunklen Abend geendet. Verschlafen stand Adam aus seinem Bett auf, suchte seinen Jogginganzug, zog diese über und machte sich daran, einen Kaffee in der Küche zuzubereiten, allerdings nicht, ohne vorher den Kater zu füttern. Das Mobiltelefon vibrierte und Adam fand mehrere Nachrichten, sowohl als Kurzmitteilung, als auch als Sprachnachricht auf der Mailbox. Ihm war schnell klar, dass es nur die Irre von gestern sein konnte, und er machte sich nach dem Kaffee daran, die Mitteilungen zu lesen, abzuhören und zu sortieren. Sein Plan war es, die Frau anzurufen, an ihre Vernunft zu appellieren, oder wenn das alles nichts helfen sollte, zur Polizei zu gehen, dann mit sortierten und vorbereiteten Informationen.

Doch noch im Anhören der Mailbox klingelte es erneut und Adam vermutete - nicht ohne Grund -, dass es eben genau die verrückte Frau sei, von der er gerade auf der Mailbox hörte. Nach einigem Zögern ging er ans Telefon.

„Ja?"

„Hallo Süßer!"

Adam schwieg.

Schnaufte.

„Weißt du, wer hier ist?"

„Ich kann es mir denken", antwortete der Mann und nahm einen Schluck von seinem kalt gewordenen Kaffee.

„So ist recht. Ganz genau mein Herzchen."

„Was wollen Sie von mir?", rief Adam jetzt doch lautstark und erschrocken aus, als hätte er einen Geist gesehen. Etwas hatte ihn derbe aus der Fassung gebracht.

„Mach mal die Tür auf … Los, sonst petze ich mein Süßer …"

Der Anruf war beendet. Die Frau hatte aufgelegt und er stand völlig bewegungsunfähig und angewurzelt auf der Stelle. Sprachlos.

„Herzchen", wiederholte er leise.

An der Haustür begann es nun zu klopfen; es hämmerte regelrecht.

Adam fasste sich ein wenig und ging zu Tür, öffnete diese und sah vor sich eine junge Frau, die etwa Mins Alter hatte und außerordentlich aufreizend gekleidet war. In Minirock, darunter nackte Beine und obenrum eine durchscheinende, schwarz-gepunktete Bluse, stehend auf Plateau-High Heels.

Nach Eintritt fragte sie nicht, sondern sie stieß Adam zur Seite und setzte sich auf einen Sessel im direkt angrenzenden Wohnzimmer.

Perplex, jetzt auch der Erscheinung wegen, stand Adam neben der Wohnungstür. Erst als der ungebetene Gast die Schuhe auszog, fing er an, sich wieder zu bewegen, und schloss die Tür.

Er wusste nicht, warum, aber etwas jagte ihn Angst ein, die Frau war hübsch, ja, aber es lag etwas in ihr, das ihm höchstes Unbehagen bereitete und ihn zutiefst alarmierte.

Die Stimmen, die meinten, er solle die Polizei rufen, oder sie kraft seiner selbst wieder nach draußen befördern, verstummten in Angesicht der Geistesleere, die ihn in Anbetracht der Frau umgab und der Ängste, die ihn umtrieben.

„Erinnerst du dich überhaupt noch an mich?"

Adam schüttelte den Kopf.

„Kein Wunder, so zugekokst und zugedröhnt, wie du an dem Abend warst. Wichtig ist nur, dass wir, sagen wir mal, so eine besondere Verbindung zueinander haben und du mir versprochen hast, mit mir zusammen zu sein. Das war genau vor…einer Woche. Ein schöner Samstagmorgen, der keine Freitagnacht hatte; zumindest keine mit Schlaf.

Adam versuchte sich zu erinnern, doch ihm war, als hätte er einen Blackout jener besagten Stunden, von denen die Frau ihm berichtete.

Meinen Namen weißt du wohl auch nicht mehr, was?"

Adam schüttelte erneut den Kopf, diesmal fasste er allerdings Mut und verneinte auch verbal.

„Also…was *ich* will … ist, dass du mir gehörst und nicht dieser Schlampe, mit der ich dich gestern gesehen habe."

Sie machte eine kurze Pause.

„Und nenn mich einfach: Jola, falls du es vergessen hast."

Adam überlegte.

„Wen meinst du? Gestern gesehen?"

Mehr brachte er nicht heraus. Nur Bruchstücke blieben ihm auf der Tonspur. Er war gebannt von ihr.

„Diese schwarzhaarige Hure mit ihrem blauen Kleid. Ihr saßt an der Spree und habt es euch gut gehen lassen. Und das zu der Zeit, also gegen Mittag, zu der wir verabredet waren. Ich hatte dir die Woche zuvor extra versprechen müssen, mich nicht zu melden bis zu unserem Date. Das habe ich doch lange durchgehalten, findest du nicht? Ich habe mich also an meinen Teil der Abmachung gehalten, du hingegen … "

Jola strich sich in Folge ihrer letzten Sätze sanft über die Oberarme und die Beine.

Adam setzte sich, unweit von Jola entfernt, ihr gegenüber.

„Kein Zweifel", dachte Adam,

„sie meint Min."

Min war jenem ungebetenen Gast, die Schlampe, die Hure, von der die Rede war.

„Du verwechselst da was", sagte er aufklärend.

„Nein, ganz sicher nicht. Du hast es auf das Miststück abgesehen."

Sie fasste Adam nun ins Gesicht und drückte ihn die Wangen zusammen, sodass er ein Fischmaul zeigte.

Lachend und sichtlich amüsiert bemerkte sie, wie er ihre Hand wegschlug oder sie doch zumindest mithilfe seiner Kraft derbe zur Seite fortführte.

„Tu das nicht", sagte er.

„Jaja, schon gut, Kleiner, wir verstehen uns schon…du wirst sehen."

Jola schritt einige Meter auf die Tür der Wohnung zu, immer noch barfuß und bemerkte dabei, wie das Mobiltelefon von Adam zu vibrieren anfing, was nicht weit entfernt von ihr auf dem Couchtisch liegend lag. Die Frau schaute daraufhin auf das Display, las es ab und setzte sich wieder in den Sessel, der sich immer noch gegenüber von Adam befand.

Abwartend, bis die Vibration aufgehört hatte, blieb sie, genau wie Adam, regungslos.

„Ist sie das … Min?"

Adam machte eine gleichgültige, nichts wissende Geste.

„Verarsch mich nicht, Baby. Natürlich ist sie das, die kleine Miniminimia Min. Sogar mit Foto beim Anruf hast du sie eingespeichert."

Adams Herz pochte.

„Was zur Hölle wollte diese Frau bezwecken", dachte er. Dass sie irre war, war ihm klar, die Frage, die sich ihm nur zu stellen aufdrängte, war:

„Wie irre?"

„Ruf sie schon zurück."

Adam schüttelte den Kopf.

„Ungehorsamkeit also. Nun gut."

Jola kam mit ihrem Gesicht nun dicht an das Gesicht von Adam heran.

„Du willst sie ficken, oder?"

Adam wurde leichenblass.

„Du willst das Mistgör` bumsen und dein Schwanz in

ihrem Maul sehen, … so ist es doch, oder?"
Adam versuchte aufzustehen, doch Jola schlug ihn
mit ihren hohen Absätzen gegen das Schienbein.
„Adam", sagte sie flüsternd …
„Adam", was willst du nur machen mit deinem klei-
nen Schwesterchen.
„Hör auf", schrie der Mann aufgebracht. Den Tränen
nahe. Die Fäuste geballt. Einen Ständer in der Hose.
„Nun gut, mein Herzchen …"
Er schrie …
„Raus, raus jetzt."
Jola zog ihre Schuhe über und schickte sich an, in
Richtung Wohnzimmertür zu gehen.
„Wir sehen uns, mein Kleiner, sonst erzähle ich je-
manden von unseren kleinen Geheimnissen …"
Sie warf Adam ein Küsschen zu und ging schließlich
fort.

Adam blieb zurück. Die Luft war geschwängert mit
Jolas Parfüm. Er hatte Probleme zu atmen. Zog das
Oberteil seines Joggers aus und öffnete sich ein
Jacky-Cola.
Der Mann brach in Tränen aus.
„Mutter, Mutter…was habe ich nur getan. Ich bin
unrein, Mutter."
Adam brach infolgedessen die Aluminiumlasche der
Dosenöffnung ab, knickte das scharfkantige Verbin-
dungsteil um neunzig Grat um und schnitt damit eine
blutige Wunde in den Oberkörper.

Das Shooting

Der Nachmittag war heiter geblieben und Min war auf dem Weg zum Fotoshooting, um Bilder für die Bewerbungen bei einigen Modelagenturen zu schießen. Ihre dazu benötigten Kleider hatte sie in mehrere Kleidersäcke aufgeteilt und dabei peinlichst genau darauf geachtet, dass keine Falte oder womöglich ein Knick in die Klamotte kam. Für den Transport der Kleider und dem Termin im Allgemeinen hatte sie aus Komfortgründen ein Auto angemietet, mit dem sie jetzt in Richtung des Bezirks Wannsee unterwegs war. Sie hörte Radio und genoss das Gefühl des Autofahrens nach so langer Zeit umso mehr, als dass sie zuletzt im Rahmen ihres Zuzuges nach Berlin mit einem Automobil unterwegs gewesen war. Nach etwa einer halben Stunde hatte sie ihren Bestimmungsort erreicht, stieg sodann aus dem Gefährt aus und nahm die Kleidersäcke aus dem Kofferraum über den linken Arm liegend mit.

Der Fotograf war eine der angesagten Adressen in der Stadt und Min hatte sich empfehlen lassen, was dazu führte, dass sie statt einer üblichen mehrmonatigen Wartezeit nun binnen weniger Wochen an einen Termin gelangt war.

Herr Till Oppmann, so hieß der Fotograf namentlich, war in Kreisen der Mode, Fashion und Beauty außerordentlich bekannt und durfte ein entsprechendes Honorar verlangen. Adam hatte sie zu dem Termin gewissermaßen überredet und förmlich gedrängt, womit er sich aber auch erkenntlich zeigte und im Übrigen die Hälfte des Fotografenhonorars zu übernehmen versprach. Die Miete seiner Eigentumswohnung gehobener Kategorie in Berlin-Mitte, lief ihm außerordentlich profitabel ab und er hatte genug Bares, um seiner Halbschwester jenen lang gehegten Wunsch zu erfüllen, beziehungsweise sich daran zu beteiligen. Denn dass Min überhaupt nach Berlin gezogen war, hatte ihr Halbbruder maßgeblich mitzuverantworten, er war es doch, der die Fäden im Hintergrund gezogen, -sich für Wohnung und Arbeit eingesetzt hatte; sowie für Kleinigkeiten wie Tickets mit den öffentlichen Verkehrsmitteln, mit der Internetleitung in ihrer Wohnung und mit Anmeldebescheinigungen bei Ämtern, Behörden und Versicherungen war er ebenso Strippenzieher gewesen.

Dass das Modeln beziehungsweise erst einmal die Bewerbung darauf mitsamt gutem Fotomaterial, ein großer, -wenn nicht sogar der aktuell größte- Lebenstraum von Min war, darüber wusste Adam nur zu gut Bescheid; eröffnete sie es ihm doch immer wieder.

Im Innenbereich der Fotogalerie angekommen, legte Min ihre Sachen ab und meldete Pünktlichkeit zum Termin mit Herrn Oppmann. Dieser ließ nicht lange auf sich warten, kam sogleich an den Empfangstresen gehuscht, begrüßte freundlich und bestimmt und bat die Kundin, mitzukommen. Die Kleidersäcke wieder an sich nehmend, folgte Min dem Mann, dieser hatte grau meliertes Haar und Drei-Tage Bart, trug dazu einen roten Strickpullover und Baumwollhose. Als

Schuhe kleidete er schwarze Slipper, die italienisch und fein gearbeitet anmuteten.

„Sag bitte Till zu mir", meinte der Profi im Umgang mit Kamera und dazugehöriger Technik, was er gleich noch beweisen sollte, und lächelte dabei.

Er erweckte überhaupt den Eindruck, nicht viel Zeit zu haben, aber ohne dass er dabei hetzte oder den Eindruck von Stress aufkommen ließ. Es war eine fleißige, eindrucksvolle Präsenz und Professionalität, die die junge Frau wirklich verblüffte. Gewissermaßen übertrug sich dieses Flair auf das Model, was in Anmut und Grazilität der Fotografien mündete, wie Min nach wenigen Probeaufnahmen bereits erkannte. Die Fotosession dauerte in etwa ein bis zu zwei Stunden und der kurzen Weile wegen war sie bald vorüber.

Min hatte sodann alle mitgebrachten Kleider durchgezogen, einiges anprobiert, was der Fotograf noch dahatte und befand sich nun umso schneller wieder im Eingangsbereich der Fotogalerie.

Ebenso professionell wie das Geschehen bisher stattgefunden haben mochte, bezahlte sie das Honorar des Fotografen und fand ein paar freundliche Worte zur Verabschiedung.

Abschließend vereinbarte man noch, die Fotos per postalischem Einschreiben zu senden, versicherte der jungen Frau noch ehrerbietend, ohne zu aufdringlich zu sein, eine grandiose Erscheinung ihrer natürlichen Schönheit sowie Fotogenität und wünschte ihr viel Glück für die weiteren Schritte ihrer Laufbahn.

Im Vorhaben, dass geliehene Auto wieder zurückzubringen, fuhr sie die Potsdamer Chaussee entlang auf breiten Straßen in Richtung Zentrum. So war auch die Rückgabe des Fahrzeuges bald erfolgt und Min fuhr mit der Tram zurück in ihre Wohnung im Prenzlauer Berg.

Zu Hause angekommen, warf sie sich auf das Sofa und schlief ein.

Es währte nicht lange, bis das der Klingelton ihres Mobiltelefons sie wieder aufweckte. Drangehend vernahm sie, im Halbschlaf befindlich:

„Hallo, Adam hier. Sorry, das ich so spät bin. Also das ich mich so spät melde, … du hattest ja heute Morgen schon angerufen."

Min erinnerte sich daran, ihren Halbbruder tatsächlich am heutigen Morgen angerufen zu haben, konnte aber just aus dem Schlaf gerissen, nicht genau sagen, was die Intention ihres Anrufes gewesen war, und fand einige wenigsagende Worte.

„Vielleicht wollte ich einfach nur guten Morgen sagen", dachte sie laut.

„Ja, vielleicht."

Min bemerkte eine Veränderung im Ton und in den Worten von Adam, sie konnte oder wollte dies aber im Zuge ihrer anhaltenden Schläfrigkeit nicht ansprechen oder weiter in Gedanken fassen.

„Alles okay?", fragte sie.

„Klar. Alles okay, ja. Treffen wir uns später auf einen Drink?", fragte Adam.

„Ja, warum nicht. Ich wollte sowieso in die Kulturbrauerei gehen. Treffen wir uns einfach dort oder an

der Bar an der Ecke, du weißt schon …"
„Okay, vor der Brauerei, also. 21 Uhr?"
„In Ordnung."
„Alles klar. Bis dann."
„Bis dann."

Verabredung ohne Folgen

Wieder einmal war es unerwartet kalt geworden und mit einem Schlag dunkel.
Adam kam bald um die Ecke gebogen, Min erkannte seinen Gang bereits von weitem.
„Gehen wir etwas trinken!", sagte Adam forsch und nachdem er ihr kurz zur Begrüßung zugenickt hatte.
Die beiden gingen ein paar Hundertmeter weiter und fanden eine passende Lokalität.
„Glaubst Du an Wiedergeburt?", fragte Adam.
„Keine Ahnung. Warum?"
Adam gab keine Antwort. Vielmehr fuhr er mit seinen Fragen fort:
„Oder daran, das Tote unter bestimmten Umständen wiederkommen können? Sich unter die Lebenden mischen und das die Grenze zwischen Leben und Tod in manchen Menschen fließend ist?"
„Wie kommst du darauf? Du bist doch sonst …"
„Mia …" wandte Adam forsch ein.
„Min! Spinnst du? Sag mal, gehts dir gut?", fragte sie und fing an, sich Sorgen zu machen.
„Du hast wohl recht. Ich fühle mich wirklich ein bisschen schwach auf den Beinen", meinte Adam.

„Dann gehen wir eben zu mir. Da kannst du dich hin-
legen. Ich wohne ja gleich um die Ecke …", meinte
die Halbschwester.

„Ja. Von mir aus. Gute Idee."

Die beiden machten sich sofort auf, den Laden zu verlassen, und gingen die Straße entlang zur Wohnung
der jungen Frau. Ihr blieb nicht verborgen, dass
Adam sich anders bewegte als sonst. Er war weniger
agil, irgendwie schwergängiger und unbeholfener.

„Vielleicht geht es mir nach einem Tee bei Dir auch
schon wieder besser", meinte Adam.

„Sehen wir dann."

Vorbei an einigen Baustellen, einem abgerissenen
Haus, den man heute die Wände zerschlagen hatte,
wie Min sich erinnerte, gingen sie weiter an einem
Späti vorbei und machten dort auch kurz Halt. Sie
kauften Snacks und Getränke, Min brauchte noch
eine Marmelade und Käse, da sie es versäumt hatte,
für das Wochenende einkaufen zu gehen und morgen
früh, zumindest nicht ohne Belag, ein Brot oder Auf-
backbrötchen essen zu müssen.

Sie gingen wieder auf die Straße und der Blick von
Min richtete sich erneut auf das leere Haus, das nur
noch aus einer bröckelnden Fassade bestand.

„Letztens verunglückte ein Bauarbeiter, der Krankenwagen samt Notarzt war da. Er fiel wohl durch
die Decke, so sagten die Leute."

„Das Leben ist gefährlich", antwortete Adam knapp,
als beide nun auch schon vor der Wohnung von Min
standen.

Auch bald darauf befanden sie sich in dem Hausflur

und wenige Augenblicke später in der Wohnung.

Adam machte es sich auf dem Sofa bequem, betrachtete die Bilder an der Wand.

„Hier bist du in der Wohnung, in der du übergangsweise die erste Woche in Berlin gewohnt hast, oder?", fragte Adam und zeigte dabei auf ein Foto, das Min in einer gut eingerichteten, etwas nerdigen Räumlichkeit zeigte.

„Ja, das ist noch gar nicht so lange her; es kommt mir aber vor wie eine Ewigkeit."

„Bestimmt, weil du dich hier nun eingelebt hast."

„Kann sein, obwohl ich die Wohnung zum Übergang wirklich fantastisch fand. Ich hoffte wirklich auch so eine zu bekommen. Aber leider ... "

„Na, komm, du kannst doch hier auch zufrieden sein ..."

„Ich habe mir heute schon andere Wohnungen nur so angeschaut ... im Internet. Und ich war drauf und dran anzurufen oder zumindest eine Mail zu schreiben."

„Ich kann mich ja mal umhören ...", meinte Adam ein wenig wohlwollend.

Min machte Musik an. Adam schien es wieder besser zu gehen. Zumindest vorläufig ...

Die junge Frau ging in die Küche und meinte noch, er könne ja ein Getränk vorbereiten, was Adam auch unumwunden tat.

Als Min erneut in das Zimmer kam, nachdem sie einige Snacks in Schalen gegeben hatte und diese wieder in das Wohnzimmer bringen wollte, stand Adam im Raum und betrachtete weitere Fotografien, die an den Wänden hingen.

„Du hast mir noch keine Antwort gegeben", meinte er fast beiläufig, aber mit großen Augen, die seine Halbschwester gerade gemustert hatten.

„Hä? Was meinst Du?"

„Auf die Frage nach dem Tod und dem Leben."

„Also ... wie war die Frage noch mal?"

„Glaubst du, Tote können wiederkommen, sich in den Körpern von Lebenden zeigen?"

„Manche Beschwörer oder Wahrsager machen ja genau das", resümierte Min, die ihren künstlichen Kamin einschaltete.

„Wie kommst Du darauf?"

„Ich ... hatte heute Besuch ..."

Adam ging langsam auf Min zu. Stoppte, kramte aus seiner Tasche eine Blisterpackung Tabletten hervor und nahm eine davon mit dem von Min bereitgestellten Glas Wasser und zittrigen Händen ein.

Der neugierige Blick seiner Halbschwester blieb ihm nicht verborgen und er kam einer Frage zuvor:

„Das sind nur Schmerztabletten. Ich habe mich beim Sport heute etwas verhoben ... "

„Möchtest Du nichts trinken?", fragte er.

„Ich habe die eine Saftschorle gemacht, sie steht da."

Adam zeigte auf das Glas, welches sich direkt vor ihr auf dem Tresen ihres Wohnzimmers befand.

Sie dankte und nahm einen großen Schluck.

Min bewegte sich, wohl um sich hinzusetzen, auf das Sofa zu, als Adam nun auf sie zukam, und sie - unbewusst oder bewusst, das konnte die junge Frau nicht sagen, an die Wand mit den Fotos drängte.

Selten waren die beiden sich so nah und Min konnte den Atem ihres Halbbruders riechen.

„Wer ist das noch mal?", fragte er und zeigte scheinbar willkürlich auf eines der Fotos.

„Das ist meine Freundin … "

Noch bevor sie etwas sagen konnte, hatte er den Finger auf ihre Lippen gelegt. Seine Pupillen waren geweitet, sein Atem im Gegensatz zu dem von Min, ruhig und entspannt.

„Weißt Du, wonach *mir* ist?", fragte er leise.

Mins Herz pochte jetzt schneller, sie versuchte, sich zu bewegen, während Adams Worte in ihrem Kopf nachhallten.

„Weißt Du, wonach mir ist?" Dass *mir* klang seltsam, fast so, als hätte er ´Mia´ gesagt, was er im Lokal vorhin ja auch schon hatte anklingen lassen.

Perplex und versteinert. Nicht wissend, ob sie antworten, ihn auf ´Mia´ ansprechen - oder einfach fortstoßen solle, blieb sie regungslos und verängstigt. Ihre leichten Panikattacken, die sich in den letzten Tagen durch zittrige Knie und Unwohlsein geäußert hatten, waren nun einer schockierenden Paralyse gewichen; so empfand sie es zumindest. Ihr Körper war starr wie eine tote Katze, ihren Atem hielt sie an, auch durch die Nase mochte sie nicht mehr atmen, wie gefangen konnte sie weder schreien noch Bewegung ausführen.

Adam tat so, als zöge er etwas durch die Nase. Sein Gesicht war regungslos und wie aus Stein.

Eine seiner Hände lehnte dabei über ihre rechte Schulter geführt und an der Wand mit den Fotos, während die andere sich in Kreisen um ihren Bauch bewegte.

Binnen weniger Sekunden lag jene kreisende Hand nun auf ihrem bedeckten Bauch und presste dort stark hinein.

„Adam!", wollte die Frau ausrufen, doch ihre Stimme versagte; sie war brüchig, heiser und leise.

Die Hand des Mannes machte nun Anstalten, unter ihre Bluse zu kommen, sich auf ihren Bauch zu legen, von unten her tastete er sich heran.

Min drehte sich weg, doch die Kraft ihres Halbbruders reichte aus, um sie an der Wand festzuhalten und mit einem Ruck hatte er ihren nackten Bauch zu fassen bekommen.

Min schrie und der Mann schlug ihr dabei mit der Faust in den Bauch hinein, sodass sie nach Atem ringend zu Boden sackte.

„Nicht schreien, nicht bewegen. Nichts machen."

So wie sie am Boden lag, streichelte er ihr über die schwarzen Haare und nannte sie in tröstenden Tönen, immer wieder beim Namen ´Mia´.

„Nicht Adam", winselte die junge Frau.

„Mutter, sagte immer, man würde mir ein Schwesterchen bringen."

Min lag immer noch kauernd auf dem Boden.

„Ich hatte wirklich eine hässliche Zahnspange, weißt Du?"

Adam machte eine Pause und schaute zu Min, sah, wie sie mit großen Augen unter ihm lag; wie ein Beutetier, das erlegt war. Er thronte derweil darüber und stieg in seinen Monolog ein:

„ … und ich musste sie stundenlang putzen. Nachdem sie mir ihren … “

Adam machte erneut eine Pause, nahm Min hoch und wollte sie auf das Sofa legen.

„… aber lassen wir das“, knüpfte er noch einmal an seine Gedanken an und verstummte.

Mins Panik, oder auch das Wirken sonstiger Substanzen hielt indessen an und sie konnte kaum ein Wort sagen. Das Opfer wedelte hilflos, kraftlos mit den Armen, als Adam sie zu dem Sofa herübertransportierte.

„Mutter Mutter … “ war das Letzte, was Min von Adam vernahm, sie schlief just nach den angestrengten Befreiungsversuchen, ein.

Einsatz mit Folgen

Auf dem Polizeirevier herrschte Ruhe. Es war etwa vier Uhr am Sonntagmorgen und Agnes sortierte einige Akten.

„Ich hasse die Nachtschicht, habe ich dir das schon gesagt, Greg?“

Gregor, oder Greg, wie ihn seine Kollegen nannten, lächelte und konterte:

„Dann hättest du was anderes lernen sollen.“

„Aha, und was zum Beispiel?“

„Busfahrer vielleicht. So wie der Typ vom Freitagmittag, … der bei dem Unfall in der Stadt.“

„Ach, der … bei dem Unfall mit dem Bus. Ja, das war wirklich eine Granate.“

60

„Manchmal frage ich mich…ach nicht so wichtig …"
Greg ahnte, was Agnes dachte.

„Wir sind ein Vorbild und immer auf Verständnis aus …", meinte der Polizist nur trocken und ironisch.

„Aber ehrlich, der hätte auch als Clown verkleidet fahren können. Wäre dasselbe gewesen", entgegnete Agnes.

„Apropos", fing Greg an zu erklären:
„Die Sache mit dem Unfall wird doch noch einmal brisanter: Die Beifahrerin des Autos war schwanger, ist irgendwie aufgeschlagen bei dem Zusammenstoß, wohl, weil sie nicht angeschnallt war und hat jetzt ein behindertes- oder gar ein totes Baby im Bauch. So richtig habe ich das noch nicht verstanden, was der Arzt dazu und vorab meinte. Der Bericht soll folgen."

„Dann werden wir die infrage kommenden Zeugen wohl doch noch einmal einladen müssen."

„Darauf wird es wohl hinauslaufen … "

„Immer diese Schnipselei, es ist zum Verrücktwerden."

„Was meinst du?"

„Immer taucht hier was auf, dann passiert dort etwas und dann ist hier wieder gefragt … und so weiter … ach, ist nur so ein Gedanke."

„Du bist überarbeitet. Geh doch für heute nach Hause, Agnes."

Greg war ein wenig ungehalten, was Agnes nun doch etwas nervig nörgelnde Art anbetraf.

„Du machst wohl Witze", meinte diese geringschätzig.

Greg, der den Computer nach Fällen und Einsätzen

durchforstete und die neuesten Meldungen sah, machte seine Kollegin geradewegs auf eine neu eingetroffene Meldung aufmerksam:

„Ein Fall von Ruhestörung im Prenzlauer Berg. Sollen wir uns das mal ansehen? Vielleicht kommst du draußen auf andere Gedanken?"

„Ach, nee. Keine Lust, die anderen machen das schon. Wir sind nicht um sonst auf der Wache eingeteilt … "

„… mit der expliziten Bitte, auch mindestens eine Handvoll Außeneinsätze durchzuführen, unter anderen, um die Kollegen draußen zu entlasten! Also?"

„Nun ja. Wahrscheinlich hast du recht."

Agnes schob die Aktenberge beiseite, zog sich ihre Jacke und Weste über, versicherte sich, genau wie ihr Kollege darin, alle Utensilien für den Einsatz dabeizuhaben, von Handfeuerwaffe über Körperkamera bis zur Taschenlampe.

„Auf dem Rückweg gibts auch ein Kaffee von deinem Lieblingsladen", beschwichtigte Greg, dem daran gelegen war, eine gute, harmonische Stimmung während des Einsatzes auf der Straße zu wahren.

In das Einsatzfahrzeug einsteigend, zogen sie im Auto noch ihre schwarzen Lederhandschuhe über und fuhren mit Agnes als Fahrerin schließlich gegen halb fünf los.

An dem Bestimmungsort der gemeldeten Ruhestörung angekommen, hielt das Fahrzeug in zweiter Reihe mit angeschalteter Warnblinkanlage und intakter blauer Rundumkennleuchte. Über die Schwelle des Innenhofs getreten, kam den beiden Polizisten eine im Morgenmantel gekleidete Frau entgegen, die Mitteilung darüber gab, wer, wo und seit wann die Ruhe störe.

Ihr, also der spärlich bekleideten Melderin des Vorfalles, war dabei aufgefallen, dass ihre Nachbarin in ihrer Wohnung und seit etwa vier Uhr früh andauernd laut Musik hörte und nicht auf Klopfzeichen und Haustürklingel reagierte.

Die Polizisten nahmen noch die Personalien der Frau auf und ließen sich die betreffende Wohnung im Anschluss von ihr zeigen. Klopfen und klingeln blieb ergebnislos; die Tür blieb verschlossen. Greg hebelte die Tür nun auf anderen Wegen auf und im Nu standen die beiden Beamten in der lautstark beschallten Wohnung von Min.

Diese lag regungslos im Wohnzimmer. Greg alarmierte umgehend den Rettungsdienst, dieser wiederum versprach, einen Rettungswagen zu senden, und Agnes ging ihrerseits zu der daliegenden Frau im Versuch begriffen, sie aufzuwecken oder zumindest festzustellen, ob lebenswichtige Körperfunktionen wie das Atmen augenblicklich noch gegeben waren.

Greg hatte bald die Musik heruntergeregelt und vermutete, so, wie der Fall dalag, dass die bewusstlose Frau irgendwie mit ihrem Fuß gegen die Hi-Fi-Anlage gekommen war und infolgedessen die Lautstärke um ein Vielfaches erhöht habe, was schließlich im ganzen Haus zu hören war und die Nachbarn zur polizeilichen Meldung veranlasste.

Der Krankenwagen traf bald mit Notfallsanitäter ein, diese untersuchten die bewusstlose Min, indem sie die Augen ausleuchteten, Blutdruck- und Pulsfrequenz abnahmen, worauf die Frau ein wenig aufwachte, aber nur insoweit, als dass sie Unverständliches nuschelte, auf Fragen kaum - oder gar nicht reagierte. Die Rettungssanitäter versprachen den beiden Beamten und der Nachbarin, die in Morgenmantel der Dinge geharrt hatte, dass man sie zur Sicherheit in die Charité fahren werde und dort weiterführend betreue. Man mutmaßte, dass Drogen mit im Spiel seien, und die Polizei machte sich daran, das ein oder andere Glas beziehungsweise den Inhalt dieser Gefäße zu untersuchen, indem man Probe für einen Substanzentest abfüllte und die Lage auch fotografisch beziehungsweise filmisch dokumentierte.

Gegen sechs Uhr in der Früh war der Einsatz schließlich beendet, der Krankentransport, der Min mitgenommen hatte, war schon lange fort und die Beamten stiegen nun auch wieder in ihr Einsatzfahrzeug ein. Auch hatte Agnes den versprochenen Kaffee nicht vergessen und erinnerte ihren Kollegen an sein Versprechen.

Die Sonne sollte in wenigen Minuten aufgehen und Greg saß mit Agnes zusammen an der Kaffeetheke. Die beiden sprachen ein wenig über die Familie, insbesondere über Gregs Kinder, Agnes hatte keine- war nicht einmal verheiratet-, über den anstehenden Urlaub von Agnes im Oktober beziehungsweise im November, wofür sie an die Ostsee, genauer nach Warnemünde, verschwinden wollte.

Schließlich kamen sie aber doch wieder auf die Arbeit

zu sprechen und beredeten diesbezüglich noch einiges, was zu tun wäre.

„Las uns noch ein paar Sachen erledigen, den Rest übernimmt dann die Frühschicht. Wir sind in einer Stunde durch. Und mach dir nichts draus. Morgen ist auch noch ein Tag und da haben wir wieder Frühschicht."

Agnes trank die letzte Pfütze vom Kaffee.

„Diese Rotation aus Früh- und Nachtschicht ist echt nervig", proklamierte sie.

„Sei lieber froh, dass der Chef uns nur ab und zu eine Nachtschicht reinhaut und dass wir ansonsten tagsüber ganz gut fahren", erwiderte Greg.

Agnes machte eine lakonische, abschätzige Geste, als äffe sie seine Erwiderung nach, lächelte daraufhin aber gleich wieder, denn man verstand, einander zu nehmen. Die letzten zehn Jahre, in denen sie immer wieder ein Team bildeten, waren nicht umsonst gewesen.

Typischer Sonntag

„Min anrufen", sprach Galia in ihr Mobiltelefon. Es war Sonntagabend und ihr war langweilig. Außer den üblichen Krimis und einigen Spielshows, die sie nicht sehen wollte, kam ihr nichts Gescheites im Fernsehen, die Flatrate zum Filmestreamen war gerade ausgelaufen; und sich durch Internetvideos und Mediatheken zu wühlen, dazu fehlte ihr schlichtweg die Lust.

Der unternommene Anruf blieb erfolglos, die Angerufene antwortete nicht und auch in den sozialen Netzwerken hatte ihre Freundin keine neuerlichen Lebenszeichen verlauten lassen; sprich: Seit ihrem gemeinsamen Abendessen am Freitagabend hatten die beiden nichts mehr voneinander gehört, gesehen, gelesen.

Galia rief daraufhin Jolanda an. Diese nahm das Gespräch auch direkt an.

„Na, Süße."

„Hi J."

„Was machst du gerade?", fragte Galia neugierig.

„Schaue mir einen Typen im Internet an. Der ist voll heiß. Adam heißt er."

„Schau mal, ich schick dir einen Link … "

„Innerhalb weniger Sekunden hatte Galia den Link zum Stream und schaute diesen über ihr Handy, während sie gleichzeitig mit ihrer Freundin über Lautsprecher telefoniert."

„Einen Ton habe ich nicht. Ich telefoniere ja mit dir", mäkelte Galia spaßeshalber.

„Ich kann dir ja erzählen, was passiert, glotze nebenbei auf dem Rechner", offerierte Jolanda.

Galia schaute eine Weile auf den Stream und insbesondere den Chatverlauf.

„Warum sind die alle so toxisch? Was sagt er?", fragte sie Jolanda gespannt.

„Er redet darüber, ob Tote wieder auferstehen können, in anderen Menschen leben und so weiter."

„Nur darüber?"

„Und er stellt die Frage, wie weit eine Zuneigung und

Liebe im Allgemeinen gehen kann und darf. Ob sie bis in- und für den Tod gälte ...", erklärte Jolanda, seufzte und klang wehmütig:

„ ... ach mein Herzchen."

„Warum ziehst du dir so was rein? Ich meine, der Typ ist ja ganz stattlich, aber die Themen sind ja der Horror!"

„Du verstehst das nicht. Er ist etwas Besonderes, siehst Du das nicht? Nicht so eine profane Type, die wir x-mal am Wochenende bespaßen und hinters Licht führen. Das ist ein Messias."

„Messias, du spinnst doch. Hast du was genommen J?"

„Vielleicht."

„Du machst mir Laune. Es ist Sonntag. Wir haben uns doch gesagt nur Freitag und Samstag, also am Wochenende."

„Ausnahme bestätigen die Regel, meine Süße."

Galia schaute wieder gebannt auf den Stream, der Chat drehte völlig durch.

„Was ist? Was ist los?", fragte eine aufgeregte Galia. Jolanda lachte.

„Er meint seine Eltern- oder ein Teil davon hätte ihn umgebracht und er sei zurückgekommen mit einem geliehenem Körper."

„WTF!"

„Und er meint, das sie es aus Liebe getan hätten."

„Der ist ja krank", brach es aus Galia heraus und sie fragte:

„Darf er so?"

„Ja."

„Woher kennst Du den eigentlich?"

„Wir waren zusammen auf der Piste, du hast dir nur jemand anderen geangelt. Ist wohl an dir vorbeigegangen?"

„Ach er kommt hier aus Berlin?"

„Ja."

„Wie klein die Welt doch ist."

„Habt ihr zusammen gevögelt?"

Jolanda blieb still.

„J?"

„Was?"

„Habt ihr?"

Jolanda blieb weiter still.

„Ach du kannst mich mal."

Jolanda lachte.

„Du kannst zwar alles essen, aber nicht alles wissen."

„Kann oder darf?"

„Ach, keine Ahnung. Du weißt schon, was ich meine."

Galia hatte bruchstückhaft den Chat verfolgt und sah erneut aufgeregte Kommentare.

„Was sagt er von wegen Familie?"

„Er sagt, wir sind eine Familie, alle zusammen."

„Mich meint er damit aber nicht, ich habe schon genug Stress mit meinen Eltern, ohne jemand anderen."

„Du musst das metaphysisch sehen, G."

„Was soll das bedeuten *metaphysisch*, ich kanns ja kaum aussprechen."

„Das ist Latein …"

„Jaja…J… ich weiß. Trotzdem. Es ist Bullshit."

„Wenn das so ist, können wir auch auflegen."

„Hab dich mal nicht so. Tut mir leid."

„Tut dir leid?"

„Mehr hast du nicht zu sagen?"

„Ich habe nicht die richtigen Worte gefunden. Ich…dachte immer, wir haben etwas Besonderes für uns. Etwas Erdendes. Wahrscheinlich bin ich eifersüchtig auf diese Meta-Scheiße."

„Bullshit."

„Eins zu Eins."

„Ja."

„Knallst Du den alten Sack noch? Deinen Nachbarn?"

Galia lachte.

„Ach J., du…darfst zwar alles essen, aber …"

„Ja, schon gut. Das haben wir dann also auch geklärt. Was machst Du noch?", fragte Jolanda.

Galia überlegte.

„Mir fällt nichts ein. Ich denke, ich versacke einfach vor dem Fernseher."

„Na gut, ich schaue noch ein bisschen den Typen. Bis die Tage Süße."

„Bis dann."

Galia beendete das Gespräch und schaltete die Lautstärke des Streams von Adam hoch.

„Realtalk: Hat Romeo, Julia umgebracht?… aus Liebe?"

Im Chat waren nun Nachrichten zu lesen wie:

„Lol, keine Ahnung von Geschichte.

Die haben sich nicht gegenseitig umgebracht.

Bist du nicht mehr ganz dicht?

Klar aus Liebe. Wahre Liebe ist so.

Er hat sie vergiftet.

Kennt einer den Film?

Was labert ihr?
Wie theatralisch!
Sein oder nicht sein, das ist hier die Frage.
Die leben doch noch?
Ja, Film war krass."
Adam las die Nachrichten von seinem Monitor ab.
„Ich weiß, die haben sich nicht gegenseitig umgebracht. Jedenfalls nicht richtig. Indirekt schon. Oder? Ich meine, ist indirekt erlaubt? Direkt aber nicht?"
Galia gähnte. Ihr war nicht nach Schnulzen. Außerdem war sie müde. Sie beendete den Stream, legte das Handy ans Ladekabel und ging ins Bad.
Von dort aus hörte sie, wie es an der Tür klopfte.
Sie beendete ihre Toilette und ging zur Tür. Im Türspion sah sie gut, wer es war: Ihr Nachbar, der alte Sack, wie ihn Jolanda genannt hatte.
Überzogen lasziv öffnete sie die Tür. Doch noch bevor sie ein Wort der Begrüßung sagen konnte, packte er sie an den Armen und schloss die Tür von innen.
Seine wulstigen, aber starken Hände glitten unter das Hemd der jungen Frau, er knetete und drückte ihr den Körper durch; mit einem unstillbaren Verlangen übermannte er sie. Sie küssten einander und seine Zunge verschwand in ihrem Hals. Er roch nach frischem Schweiß und Parfüm, Galia war angeturnt. Das riesige Glied in seiner Hose scharrte förmlich an ihrem Rock. Es klopfte an, entfernte sich und kam umso mächtiger wieder. Sie ging in die Knie und nahm es in den Mund. Nach einigen Minuten nahm er sie von hinten direkt an der Wohnungstür.
Galia schepperte mit ihrem Oberkörper und ihrem

Gesicht dagegen und der dumpfe, teils klirrende Ton, den unter anderem ihre Ohrringe beim Schlag gegen die Tür machten, hallte im Treppenhaus nach.

Wenige Minuten vergingen und der Mann trat wieder über die Schwelle der Wohnungstür der Frau. Ohne ein weiteres Wort zu sagen, verschwand er wieder hinter seinen eigenen vier Wänden.

Montagmorgen

Min öffnete langsam die Augen. Gewahr werdend, wo sie sich aufhielt, nämlich in einem Krankenhaus, erschrak sie zunächst. Nach einer Schwesternklingel suchend, schaute und tastete sie um sich. Doch einen irgendwie beleuchteten Knopf fand sie nicht. Daraufhin versuchte sie, von allein aufzustehen, was ihr allerdings nicht auf Anhieb gelang; ihre Beine waren zu instabil und zitterten stark. Nach einer Schwester oder einem Pfleger rufend, schüttelte sie ihre Beine noch einmal durch und richtete sich erneut auf. Binnen weniger Augenblicke stand sie zumindest fest auf dem Boden. Sie ging ein paar Schritte und merkte dabei, wie die Starre wieder verschwand und sie einigermaßen normal zu gehen fähig wurde.

Erleichtert dieses Umstandes wegen, setzte sich die Frau auf das Bett, in dem sie aufgewacht war. Ihr Blick verharrte gegenüber an der Wand, an dem sich ein farbiger Knopf befand, der jedoch unbeleuchtet war, was man in dem noch nicht gänzlich einsetzenden Sonnenaufgang gut sehen konnte.

„Es mochte etwa um die sechs Uhr in der Früh sein", wie Min vermutete.

Erneut aufgestanden, tat sie einige Schritte in Richtung des großen Flures der mehrere Patientenparzellen miteinander vernetzte hinaus und suchte Orientierung an einer Art Schalter oder Sprechzimmer oder auch Schwesternzimmer; ganz gleich, wie es genannt wurde: Sie suchte jemanden, der hier hergehörte und sich verantwortlich für sie als Patientin zeigen konnte. Die Erklärung für den Umstand, dass nahezu niemand weit und breit zugegen war, lag in der Tatsache, dass zurzeit eine Besprechung oder eine Schichtübergabe stattfand, zu welcher scheinbar ein jeder Bediensteter und eine jede Bedienstete separat und von der Öffentlichkeit abgeschlossen zusammengefunden hatte.

Kurz dachte sie daran, sich wieder hinzulegen, bis sie jemand wecken würde, doch froh darüber, nach einer, -wie auch immer langen Zeit-, wieder auf den Beinen zu sein, ging sie die Flure weiter ab, um ihren Körper in Bewegung zu üben.

An einem Tresen mit Kaffee, Tee und Mineralwasser vorbeikommend, fragte sie sich, ob es in Ordnung sei, sich an den Heißgetränken zu bedienen, ihrer Gesundheit wegen, -denn sie wusste ja noch nicht, was sie hatte und konnte nur ihrem Gefühl Vorzug gewähren, sowie dem Umstand wegen, dass sie ungern einfach etwas nahm, was ihr nicht gehörte, oder auf das man sie zumindest nicht irgendwie vorher hatte hingewiesen.

Derart unsicher in ihrem Vorhaben hielt eine Leere

in ihrem Gemüt Einzug, eine Art geistiges Vakuum, das nicht zur Entscheidung fähig beziehungsweise vorgesehen war und das ihr keine Luft zum Weitergehen ließ. Sie fing innerlich an zu pumpen und setzte sich neben den Getränken auf einen Stuhl; schwer atmend.

Ihr Körper war in Alarmbereitschaft, „zumindest funktioniert er noch" dachte sie, „schlimmer, wenn ich wie ein Zombie - wer weiß, wie lange rumgestanden wäre".

Nachdem sie sich sitzend erholt hatte, -ihre Beine zitterten wieder ein wenig, fand sie sich bestätigt darin, dass die Getränke für die Allgemeinheit und somit auch für sie seien, nämlich nahm sie das deswegen an, da ihr Blick jetzt auf die vielen sauberen Tassen fiel, die umhin standen und ihr den Eindruck erweckten, sie seien eben für das viele Laufpublikum da. Eine Tasse Kaffee aus der Glaskaraffe schöpfend, fand sie nun einen Pfleger, der die Flure ablief und bald direkt hinter ihr vorbeiging.

„Äh, der Kaffee…ist der für alle?"

„Ja, bedienen Sie sich", war die kurz angebundene Antwort, die der Pfleger im Vorbeilaufen von sich gab.

Min nickte, der Pfleger drehte sich noch einmal um, um wenige Augenblicke später noch hinzuzufügen:

„Um sieben Uhr ist Frühstück; also in einer dreiviertel Stunde. Speisesaal ist ausgeschildert."Er zeigte auf mehrere Schilder, die unweit von ihm an der Wand befestigt waren und war bald wieder um die Ecke verschwunden. Min ging mit ihrer Tasse Kaffee zur besagten Beschilderung und schaute in groben Zügen, in welcher Richtung der Speisesaal läge und was es sonst noch an interessanten Plätzen gäbe. Ein Aufenthaltsraum erweckte ihre Aufmerksamkeit und sie nahm sich vor, diesen gleich nach dem Kaffee einmal aufzusuchen und zumindest einen Blick hineinzuwerfen. Bis zum Frühstück war es ja noch Zeit und von den weiteren, für sie zuständigen Schwestern und Pflegern fehlte ihr nach wie vor jede Spur auf dem Flur. Die lauwarme Brühe, so konnte man, dass was Kaffee sein sollte nach einigen wenigen Minuten durchaus nennen, war bald ausgetrunken. Sie suchte einen Platz für die gebrauchte Tasse, fand ihn auf der unteren Ebene des Tisches, auf dem die Getränke standen, und machte sich auf, in den Aufenthaltsraum zu gehen.

Min fühlte sich ein wenig an ein Computerspiel erinnert, bei dem ein Mädchen in einer Psychiatrie mit ihrem Kuscheltier in Form eines Hasen oder sonstigen Tieres herumlief und zwecks Lösungsfindung auch sprach, wohingegen jene Lösung des Spiels darin lag, der Anstaltsleitung und der Anstalt im Allgemeinen zu entkommen. Zwar war Min gerade weder in einer Irrenanstalt, so viel meinte sie zu wissen, noch hatte sie einen an sich leblosen Gesprächspartner, noch musste sie entkommen, doch die latente Unwissenheit über den Hergang und den Fortlauf ihres Aufenthaltes im Krankenhaus blieben ihr im Argen und es war ihr daher ein wenig mulmig.

Das Letzte, woran sie sich erinnern konnte, war, dass sie einen Termin für ein Fotoshooting in Wannsee wahrnahm und sich zu diesem Zweck ein Auto angemietet hatte. Sie wusste um die Absolvierung des Termins, doch ob - und wie sie-, das Fahrzeug zurückgebracht hatte, blieb ihr unklar.

„Vielleicht war ihr auf der Fahrt etwas passiert?", dachte sie.

Der Aufenthaltsraum war erreicht. An einer großen Wand war ein ebenfalls großes Fernsehgerät angebracht, auf dem eine Tierdokumentation lief, was zwei neugierige Patienten miteinander verfolgten. In einer Ecke mit zwei Sesseln las jemand ein Buch und schaute auf, als Min den Raum betrat. Die gerade in den Raum eingetretene Frau grüßte kurz und ging dann in Richtung des Fensters in die Nähe der Buchlesenden.

„Such dir etwas aus", meinte die ältere Dame höflich, aber bestimmt und zeigte dabei auf das Bücherregal, das unweit von den Sesseln entfernt stand. Min verstand, dass die Frau sie aufforderte oder zumindest doch vorschlug, sich ein Buch zu nehmen und es sich im noch verbliebenden freien Sessel gemütlich zu machen, denn dort und darauf wies sie in diesen Augenblick hin. Mins Entscheidungsfähigkeit war, als sie vor den Büchern stand, wieder gefragt, sie entschied sich für ein Buch mit rosablauen Einband und einem modeaffinen Titel. Ohne den Klappentext zu lesen, befand sie das Buch schon als irgendwie treffend und setzte sich wie von der Alten geheißen- in den freien Sessel.

„Freut mich dich kennenzulernen", empfahl sich die Dame, die in ihren späten Siebzigern oder gar schon Achtzigern sein musste, wie die junge Mittzwanzigerin vermutete.

„Ja, freut mich auch. Ich heiße Min.", sagte diese laut und deutlich.

Die Alte nickte, nannte ihren Namen aber selbst nicht.

„Auf welcher Station sind wir?", fragte Min.

„Ach, Kindchen, das weiß ich nicht. Ich bin gestern erst hierhergekommen, nach meinem Sturz im Treppenhaus", gab die Frau Auskunft und meinte kurz danach:

„Ich bin sehr froh, noch am Leben zu sein."

Min wusste darauf keine Antwort. Sie lächelte höflich und schlug das Buch, welches sie ja in der Hand hielt, auf, um ein wenig darin herumzublättern. Noch bevor sie anfangen konnte, ein Wort zu lesen, richtete sich die alte Dame abermals an ihre neue Bekanntschaft in Form der jungen Min und meinte:

„Hier ist man schneller wieder draußen, als man *guten Tag* sagen könne, meint meine Zimmergenossin."

„Gut zu hören, ich mag Krankenhäuser nicht sonderlich", gab Min zu verstehen.

„Doch doch… es ist schon gut, dass es die gibt", erwiderte die Alte, tief in das Buch blickend, um einen Augenblick später wieder aufzutauchen:

„Ich wohne in einem Heim in Reinickendorf."

„Da soll man gut wandern können", lobte Min.

„Und das Schloss erst. Schloss Tegel, wissen Sie?"

„Ja, aber ich war noch nicht da."

„Alexander von Humboldt lebte dort…ein großer deutscher Naturforscher, der auch in Südamerika viele eindrucksvolle Erfolge feierte."

„Naturwissenschaft ist nicht so meins", meinte Min.

„Er ist ein echter Berliner Ehrenmann; ein Vordenker",

Min schlug ihr in den Händen gehaltenes Buch erneut auf, denn sie hatte wenig Ambitionen, mit der Dame zu reden; diese jedoch umso mehr:

„Was lesen sie da Schönes?"

Ungefragt kam die Alte näher, bog ihr das Buch in den Händen um:

„Auf dem Laufsteg lügen auch lange Beine … „, las die Dame laut vor und fragte nachdenklich, worum es denn wohl ginge.

„Weiß nicht, ich habe es noch nicht gelesen."

Min fand nun die Zeit, den Klappentext zu lesen, und fasste für sich zusammen, worum es ging:

Da war also als Hauptprotagonistin ein Model, das immer gute Miene zum bösen Spiel machte, ihre Karriere forcierte und an erste Stelle hob, obwohl sie eigentlich unter Angstzuständen und Essstörungen litt.

„Wenn sie es durchgelesen haben, sagen Sie mir mal, wie es war. Ich liebe Bücher", bekannte sich die Alte.

„Solange werde ich wohl kaum bleiben."

„Ach nehmen sie es mit nach Hause, bringen sie es oder ein anderes wieder, wenn sie damit fertig sind. Das macht doch nichts …"

Min schaute auf die Uhr. Es war kurz vor sieben und damit Zeit für das Frühstück.

Der Speisesaal war ganz in der Nähe und sie schickte

sich an aufzustehen:

„So, ich geh' dann mal etwas essen."

Die alte Dame schaute auf die Uhr.

„Ach sowas, schon so spät … "

Sich höflich verabschiedend, ging Min nun aus der Tür des Aufenthaltsraumes und wieder auf den großen Flur.

Dem Schild folgend, fand sie sich bald vor dem Speisesaal wieder. Hinter ihr tauchte derweil eine Krankenschwester auf, die aufgeregt gestikulierte …

„Sie habe ich schon gesucht … Kommen Sie bitte mit mir mit, man möchte mit Ihnen sprechen!"

„Kann ich nicht vorher etwas Frühstücken? Es war die ganze Zeit keiner da und jetzt…" erklärte sich die Patientin.

„Nein, nein. Frühstück kann warten, das gibt es auch um acht Uhr noch. Kommen Sie bitte gleich!"

Widerwillig setze sich Min in Gang und folgte der Krankenschwester, vorbei an dem Aufenthaltsraum und vorbei an dem Besprechungsraum der Angestellten, hin zu dem Krankenzimmer, in dem sie heute Morgen aufgewacht war. Der Arzt wartete bereits auf Min und tappte nervös mit seinem Schuh auf dem Bodenbelag.

„Ah, da sie Sie ja", war seine Begrüßung, als hätte er einen wissenschaftlichen Durchbruch zu feiern.

„Morgen", meinte Min, als würde es jemand aus ihr herausdrücken.

„Missverstehen wir uns bitte nicht. Ich warte ungern", sagte der Arzt und bat Min an, sich auf das Bett zu setzen. Er selbst blieb stehen.

Eine Schwester kam und nahm die Vitalwerte ab und meinte, die Patientin solle im Anschluss bitte zur Blut- und Urinabnahme im Schwesternzimmer vorstellig werden.

Der Arzt erklärte jetzt mehr zu Mins Lage:

„Sie sind seit Samstag früh hier und haben die letzten, gut vierundzwanzig Stunden, hier im Krankenhaus durchgeschlafen. Wie lange sie schon geschlafen haben, als wir sie gefunden haben, mussten wir schätzen und ich denke mal, es werden ein paar Stunden gewesen sein."

Min schaute verdutzt.

„Geschlafen? Gefunden? Ich habe…"

„Nehmen Sie Drogen?", fragte der Arzt unverblümt.

„Nein."

„Haben Sie schon einmal Drogen genommen?"

Was für ein fieser Typ dachte Min.

„Nein."

„Medikamente?"

Die Frau verneinte auch das.

„Woran erinnern Sie sich? Also das letzte bevor die hier aufgewacht sind?"

„Ich…, ich war in Wannsee zu einem Fotoshooting. Fuhr Auto."

„Wann war das etwa?"

„Samstagnachmittag gegen fünfzehn Uhr."

„Also …", seufzte der Arzt scheinbar zum Resümee ansetzend:

„Wir haben Sie gegen vier Uhr fünfzig am Samstagmorgen aufgefunden, in ihrer Wohnung, bewusstlos. Alleine. Die Blutuntersuchung hat ergeben, dass Sie geringe Mengen an Alkohol im Blut hatten und dafür aber eine Menge Betäubungsmittel. Außerdem leiden sie an einer, wohl eher temporären, Amnesie."

„Betäubungsmittel?"

„Ja, irgendeine Idee dazu? Was haben Sie genommen?"

Min strengte sich an nachzudenken, ihre Beine zitterten wieder ein wenig, was dem Arzt nicht unbemerkt blieb, er diesen Signalen aber wenig Beachtung schenkte. Im Gegenteil, er drückte auf seinen Kugelschreiber, steckte ihn in seine Westentasche des Kittels und beendete sein Fazit:

„Nun gut. Das reicht fürs Erste. Gehen Sie bitte zur Blut- und Urinuntersuchung, wie von der Schwester gerade angekündigt. Ach ja, ich empfehle Ihnen noch einige Tage zu bleiben…, Sie können aber auch heute Nachmittag gehen, wenn die Blutwerte in Ordnung sind…und noch was: Die Polizei wird mit Ihnen sprechen wollen. Hinterlassen Sie für den Fall ihrer Abreise, eine Adresse, unter der wir Sie erreichen können…und nun zum Letzten: Ich rate Ihnen dringend, in Begleitung in ihre Wohnung zurückzukehren. Man weiß nie, welche Erinnerungen so etwas auslöst und wie der Körper darauf reagiert. Seien Sie also etwas vorsichtig, was solche Schritte anbetrifft."

Der Arzt ging aus dem Zimmer und Min folgte der Schwester, zu den angekündigte, weiteren Untersuchungen im Krankenhaus.

Das Hinterhofcafé

Der Schichtbeginn um acht Uhr am Morgen war ein ruhiger. Ruhig war es auch in der Nacht geblieben und es gab kaum offene Meldungen für die Polizisten, die ihren Streifendienst anzutreten hatten, wozu an diesem Montag auch Agnes und Greg gehörten. Den provisorischen Kaffee auf der Wache hatten sie ausgetrunken, sich dabei ein wenig mit den Kollegen ausgetauscht und waren jetzt im Begriff befindlich, ein Einsatzwagen für den Dienst in ihrem Kiez, oder teilweise auch mal in angrenzenden Bezirken, zu finden.

Nicht lange auf einen Einsatz wartend, kam über das Funkgerät die Durchsage eines Einbruches, dem die beiden Polizeibeamten nachzugehen beauftragt wurden. Greg bestätigte den Einsatz und Agnes und er fuhren zu einer Lokalität in Berlin-Mitte.
Dort um zehn Uhr angekommen, verschaffte man sich einen Überblick über die Szenerie und die vermeintlich bestohlene Einrichtung selbst. Die Umgebung, in der das betreffende Lokal stand, war voll mit Einzelhandel und Geschäftsgebäuden im Allgemeinen, wozu Gastronomie ebenso zählte wie Modeartikel aller Art. Bloß der Laden, zu dem sie gerufen wurden, lag etwas abseits in einem Hinterhof; es gab also kein direktes Laufpublikum und man konnte ihn nicht direkt von der Straße aus einsehen. Parkplätze gab es für Anwohner; Kameras, unter anderem zur Aufnahme des städtischen Panoramas, waren keine in

Reichweite.

Greg und Agnes hatten die Lage vor dem Geschäft sondiert und gingen hinein, um Weiteres in Erfahrung zu bringen. Die Türklingel aktivierte sich und es kam ein aufgeregter Mann mittleren Alters auf sie zu und fand erst einmal Worte zur Begrüßung:

„Guten Morgen. Schön, dass Sie da sind."

„Ich bin Erwin Holter. Das ist mein Lokal."

„Guten Morgen, Herr Holter", begrüßte Greg den Eigentümer. Agnes blieb derweil stumm.

„Wir haben eine Einbruchmeldung erhalten. Wissen Sie Näheres dazu?"

„Ja, genau … ich habe den Einbruch gemeldet."

„Und, ich habe alles auf Video. Die Kamera nimmt alles auf."

Er zeigte auf eine kreisrunde Box, die im oberen Deckenbereich des Lokals angebracht war.

„Ich habe es hier auf meinem Laptop sehen Sie nur."

Die Polizisten machten sich auf, um hinter den Tresen des Lokals zu gelangen, um von dort einen Blick auf die vom Eigentümer gemachten Aufnahmen des vermeintlichen Tatherganges zu werfen. Noch während sie um den Tresen bogen, erkundigte sich Agnes, was es denn genau für ein Lokal sei.

„Wir bieten Kaffee und Kuchen an. Von morgens bis abends."

„Alkohol?", fragte Agnes.

„Nur Weinbrände."

„Sonst etwas von Wert? Wie viel war in der Kasse?"

„In der Kasse war nichts. Das lag alles im Safe…und der blieb unversehrt. Sie werden gleich sehen, … , den Einbrechern ging es nicht darum, etwas zu klauen … Schauen Sie nur!"

Der Eigentümer hatte auf seinem Laptop ein Video laufen, das den Einbruch zeigen sollte und dies vermutlich auch tat.

Es waren zwei Personen zu sehen, die, nachdem sie die Tür des Lokals nahezu gewaltfrei geöffnet hatten, ins Innere gelangt waren und sich dort einen Moment umschauten. Ob sie die Kamera gesehen hatten, war auf den Aufnahmen des Eigentümers nicht genau zu erkennen und Greg erfragte die Verfügbarkeit der Aufnahme für weitere polizeiliche Auswertungen, was der Mann befürwortete und versprach, er werde für die Polizei eine Kopie zurechtlegen. Er verwies darauf, dass die Aufnahme immer nur die letzten vierundzwanzig Stunden zeige und sich dann selbst überspiele, für das Video des Einbruches hätte er aber separates Material angelegt und zwischengespeichert.

Die Nachfrage, ob der Laptop im Lokal gewesen sei zum Tatzeitpunkt, bejahte der Mann, verwies aber darauf, dass man ihn gut verschlossen im Hinterzimmer der Einrichtung aufbewahrt hatte.

Zurückblickend auf den Videoscreen des Laptops sahen die Beamten, dass die Einbrecher als Lichtquelle zunächst Taschenlampen genutzt hatten, bevor sie einige Lichter des Lokals einschalteten.

„Wann ist das passiert? Ich sehe keinen Zeitstempel auf dem Video?"

„Es muss so gegen drei Uhr nachts gewesen sein."

„Die beiden sind ein Paar oder so etwas. Eine Frau und ein Mann", meinte Greg

„Und diese Verkleidungen", warf Agnes ein, denn die Einbrecher trugen Masken wie bei einem Banküberfall. Gummiartig und im Motiv einer älteren Frau sowie eines jungen Knaben. Die Kleidung war normal, wobei die kleinere Person, jene, welche die beiden Beamten für den weiblichen Teil des Paares hielten, ein Kleid trug, wohingegen der männliche, größer und maskuliner erscheinende Part Stoffhose und Baumwolljacke anhatte. Beide trugen feine schwarze Handschuhe.

Der Maskuline saß am Tisch und ließ sich bedienen, während die grazilere Person hinter dem Tresen befindlich, Kaffee und Kuchen servierte.

„Sieht so aus, als kenne sich zumindest eine der Personen hier aus", meinte Greg, der sah, wie behände und geschickt die Handgriffe vonstattengingen.

Der Eigentümer blieb stumm.

„Geben sie uns bitte noch eine Liste der Angestellten der letzten Jahre", bat Agnes.

Sobald alles aufgetischt war, fing die kleinere Person an, die größere- zu füttern, die nun wie ein zu groß geratener Schimpanse am Tresen saß.

„Was ist mit dem Ton?", fragte Agnes.

„Ton wird nicht aufgezeichnet. Tut mir leid."

In dem Moment, in dem sich der Eigentümer für den nicht vorhandenen Ton entschuldigte, sah man, wie auf dem Screen die kleinere Person nun anfing zu schlagen und ihrem Partner einige saftige Ohrfeigen verpasste, aber ohne das die getragene Maske dabei heruntergefallen wäre. Nach der Schlägerei fütterte sich die Konstellation der beiden wie gewohnt und erneut. Das Ganze dauerte etwa zwanzig Minuten bis zu einer halben Stunde. Schließlich verließ man den Laden wieder.

„Das benutze Geschirr haben sie wieder mitgenommen", meinte der Besitzer des Ladens.

„Sonstige Spuren?"

Die Beamten machten sich daran, den Laden zu untersuchen, Spuren zu sichern und Fragen zu stellen.

„Etwas stimmt hier nicht", meinte Greg und versicherte sich intuitiv seiner Schusswaffe.

„Ach, du fantasierst."

„Findest du das nicht merkwürdig mit den beiden? Das ist doch Psycho."

„Komm, was wir schon alles erlebt haben, mich wundert mittlerweile gar nichts mehr."

Die Beamten standen im Hinterzimmer des Lokals, in dem auch der Laptop gestanden haben soll, und riefen den Eigentümer näher zu sich, der in einiger Entfernung zu den Beamten geblieben war.

„Wo, sagten Sie, bewahrten sie den Laptop auf?"

„Gleich hier."

Der Mann ging hastig um Agnes und Greg herum und stand vor einem Sekretär, der sich auf - und zuschließen ließ.

„Hier: Darin. Das Möbelfach war verschlossen und es gab keine Anzeichen auf etwas, das nicht hätte sein sollen", versicherte der Mann.

„Greg untersuchte die Stelle am Möbel und drumherum, machte Fotos, nahm Abdrücke."

Agnes Blick fiel auf eine Tür, die um die Ecke und

unmittelbar in der Nähe eines erdgeschossigen Fensters lag.

„Was ist das für eine Tür?"

„Da gehts zum Keller!"

„Waren Sie seit dem Einbruch schon unten?", fragte Agnes.

„Nein, ich habe Sie ja postwendend … angerufen."

Agnes wurde unruhiger. Sie rümpfte die Nase und ging langsam auf die Tür zu, während Greg noch den Sekretär untersuchte.

„Greg, ich gehe da einmal runter."

Die Tür knarrte bei Aufgehen und sofort kam Agnes ein starker Geruch entgegen. Sie schnauft, drehte ihr Gesicht fort und rang nach Atem.

Ihr Kollege hatte das mitbekommen, drehte sich zu ihr und nahm den Gestank nun ebenfalls wahr.

„Leiche?", attestierte er ein wenig fragend.

„Kann gut sein", bestätigte Agnes.

„Was bewahren sie da unten auf?", fragte man den Besitzer des Lokals.

„Alles Mögliche. Es ist ein Lager."

Mit der Handfeuerwaffe im Anschlag und die Taschenlampe daneben, gingen beide Polizisten die Kellertreppe hinab. Die Fragen und Rufe der Beamtin dahingehend, dass sie in Form der Polizei hier sei und sich demgemäß fragte, ob sich dort unten jemand befände, blieben unbeantwortet.

Den Raum durchleuchtend, fiel der Kegel der Taschenlampe von Agnes ausgehend bald auf den mittleren Bereich des Ortes, in dem sich ein einzelner, hölzerner Stuhl befand.

Und auf dem Stuhl saß eine junge Frau, leblos und gefesselt.

Der Eigentümer schaltete von oben das Licht ein und die Polizisten erschraken für einen Moment.

„Ich habe Ihnen Licht gemacht", erklärte der Mann oberhalb der Treppe in einem etwas dümmlichen Tonfall im Nachgang zu dieser Aktion. Die Beamten schalteten ihre Taschenlampen aus und betrachteten den Tatort im Keller.

Agnes nahm den Puls der Frau, schaute zu Greg und schüttelte mit dem Kopf.

Greg forderte daraufhin Verstärkung und Unterstützung weiterer Gewerke an, unter anderem die Kriminalpolizei.

Auf den ersten Blick schien es den Beamten so, als müsse die Tote jene Frau sein, die sie am Samstagmorgen bewusstlos in die Klinik hatten einliefern lassen und deren Besuch dort für heute überdies geplant war. Das vor ihnen befindliche Opfer, die Tote, hatte ebenfalls rabenschwarzes Haar, eine schlanke und sportliche Figur und Körpergröße, und die sonstigen Proportionen stimmten ebenfalls überein. Da das Gesicht in Teilen entstellt war, denn die Mundwinkel waren mit einem Messer nach oben nachgezogen, und die vorgefundene Schminke ähnelte der eines Clowns, konnten die Beamten keinen eindeutigen Vergleich der Physiognomie anstellen und beließen es dabei.

Von Ungewissheit geplagt, rief Agnes in der Charité an, um sich zu versichern, ob es sich um die besagte Person vom Samstagmorgen handeln könnte oder ob dieses aufgrund des andauernden Aufenthaltes im Krankenhaus zumindest auszuschließen war und man sich infolgedessen anderweitig zu orientieren habe.

Das Krankenhauspersonal bestätigte daraufhin, dass die besagte Frau, also Min, noch im Krankenhaus sei, was Agnes regungslos hinnahm. Die Gemüter der beiden Beamten besserten sich in Anbetracht der - mehr oder weniger - entstellten Leiche nicht.

„Was hätte sie auch erwartet? Dass die Leiche verschwinden würde, wenn es Gewissheit gäbe, die Frau aus dem Krankenhaus sei wohlauf?", dachte Agnes.

Auch Greg konnte sein Unbehagen in dem kalten Keller kaum überspielen, wenn auch nicht so angefressen und stumm wie seine Kollegin; er wünschte sich das Eintreffen der angeforderten Verstärkungen und weiterer polizeilicher Disziplinen so schnell wie möglich herbei. Greg befragte in der Zwischenzeit den Eigentümer, der oben gewartet hatte und nun nach unten gebeten wurde, wobei ihm beim Anblick der Leiche ein Würgen aufkam, ob dieser die tote Frau kenne oder etwas mit ihr zu tun habe. Nun auch mit einem Verdacht einer eigenen Straftat konfrontiert, fing der Mann teilweise an zu stottern, wirkte unsicher und verschroben.

Die Verstärkung war bald eingetroffen und neben einem Hauptkriminalkommissar mit Namen Piet Steinar war Personal für die Spurensicherung und die Obduktion der Leiche dabei.

„Steinar, guten Morgen", sagte der Neuankömmling. Der in den Anfängen der Vierziger war und damit in etwa das gleiche Alter aufwies wie die beiden Streifenbeamten, die sich ihm ebenfalls vorstellten und sofort begannen, ihn über die bereits vorgefundene und evaluierte Lage zu instruieren.

Steinar mit seinem dunkelbraunen Haar, das graue Züge zeigte, trug ansonsten einen Anzug mit Krawatte und hatte einen Ohrring in Form eines kleinen Edelsteines zu seiner Linken. Schmuck trug er bis auf eine Herrenuhr mit Lederarmband in Farbe seiner braunen Haare und einer Halskette, -die ein Kreuz trug keinen.

Im Bilde, was die Lage vor Ort betraf, schaute er sich die Videoaufzeichnung an, ließ hin spulen, her spulen und bat darum, die Aufnahme alsbald auf Details zu untersuchen.

„Wann waren Sie zuletzt im Keller oder jemand anderes?", fragte Steinar.

„Gestern. Gestern Mittag", antwortete der Eigentümer.

„Wer?"

„Ich ich persönlich. Meine Angestellten gehen nur in Ausnahmen in den Keller?"

„Und es gab keine Ausnahmen?"

„Nein. Gestern arbeitete ich allein. Es war niemand sonst mit mir da."

„Es war Sonntag", warf Steinar ein.

„Ja, ähm. Stimmt, aber ich kann nur so viel machen, wie Personal da ist und gestern ist mir jemand ausgefallen und Ersatz gab es so schnell nicht."

„Sie wurden im Stich gelassen?"

„Na ja, so würde ich es nicht sagen", beschrieb es der

Ladenbesitzer.

„Also sonntags in einem Kaffee- und Kuchenladen, in dem gut und gerne drei Leute, die fleißig sind, arbeiten, wenn es voll ist…stehen Sie allein …? Wie viele Mitarbeiter haben Sie denn zurzeit?"

„Sieben. Und einen noch nicht gemeldet, der hatte Probe gearbeitet."

„Liste bitte. Mit vollständigen Namen und Adressen; Telefonnummern, wenn möglich … "

„Ja, ja, muss ich hier irgendwo haben. Von den sieben zumindest … "

„Lassen Sie sich Zeit", bemerkte Steinar.

Agnes und Greg kamen nun auch wieder die Treppe hinauf.

„Wir ziehen dann mal ab und machen weiter auf Streife. Bei weiteren Fragen wenden Sie sich einfach an die Dienststelle."

„Ja, natürlich … ah, eine Frage noch: Sie sagten etwas von einer fast identisch aussehenden Person und einem Samstagmorgen …"

„Ja. Wir dachten erst, das Opfer im Keller wäre eine Frau, die wir am Samstagmorgen bewusstlos im Prenzlauer Berg aufgefunden hatten und die daraufhin ins Krankenhaus eingeliefert wurde, doch dem ist nicht so, das hat ein Anruf in der Charité ergeben. Die Frau ist noch dort."

„Geben sie mir bitte die Kontaktdaten dieser Frau, ja?"

Die beiden Beamten waren erstaunt.

„Aber …", setzte Agnes an, die keinerlei Verbindung zwischen den Fällen sah und reflexartig nachfragen wollte, wie der Kriminalbeamte auf eben eine solche Beziehung käme. Doch ein Blick von Steinar reichte aus, um ihre Frage diesbezüglich zu beantworten.

„Natürlich", meinte Greg, der wusste, dass man manche Sachen einfach nicht hinterfragt und der Agnes Überforderung in dieser Gegebenheit bemerkte. Ferner machte Greg seiner Kollegin gegenüber jetzt eine Geste, endlich fortzufahren, zurück zum Einsatzfahrzeug und zurück auf die Straße.

„Auf Wiedersehen", meinte Agnes. Greg nickte nur und senkte den Kopf.

„Machen Sie's gut."

Draußen angekommen machte Agnes ihrem Unmut Luft:

„Ein widerlicher Kerl, oder?"

Greg blieb erst stumm.

„Er macht nur seine Arbeit."

„Aber wie?"

„Wir sind halt nicht die Kripo."

„Zum Glück auch. Was liegt an? Kaffee?"

„Auf ins Krankenhaus zu dieser Frau. Wir haben so viel darüber geredet und gerätselt. Lass uns das Thema abhaken."

„Okay. Aber vorher Kaffee."

„Meinetwegen."

Charité ade

„Die Blutergebnisse sind da, es ist alles in Ordnung", meinte die Krankenschwester.

„Dann kann ich also gehen?", fragte Min aus ihrem Bett heraus.

„Ja, können Sie."

Min überlegte:

„Wo soll ich schon hin, vielleicht ist es besser, noch hier im Krankenhaus zu bleiben, -zumindest bis ich mich erinnern kann. Außerdem, wer weiß, was in der Wohnung passiert ist. Ob es wieder passiert?"

Min war wieder übel. Die Entscheidung darüber, ob sie nun bleiben solle oder lieber gehen, stellte sie wieder vor eine Wand der Nichtentschiedenheit; nicht in dem Sinn, dass es nichtig und unbedeutend war, sondern das Resultat der Überlegungen lief einer Nichtigkeit im Sinne der Vernichtung oder zumindest Verarmung ihres eigentlichen Antriebes zu. Ein widersinniges Nichts, das sie keineswegs zu erklären vermochte.

Als Min aufstehen wollte, ergriff sie erneut eine Übelkeit und ein Schwindelgefühl und ihre Beine versagten. Sie fiel auf den Boden und wurde ohnmächtig.

Als sie wieder zu sich kam, befand sie sich in einem separaten Krankenzimmer mit einer Schwester.

„Können Sie mich verstehen?"Fragte die Schwester laut und deutlich, als wäre Min schwerhörig oder schwer von Begriff. Die geschwächte Frau nickte.

Die Krankenschwester ließ nach dem Arzt rufen,

stellte Min derweil ein paar Fragen, einfach um zu sehen, ob sie wieder wohlauf wäre und keine kognitiven Beeinträchtigungen erlitten habe. Es waren Fragen nach dem Alter, nach dem Namen, dem Lieblingstier und so weiter.

Die gerade noch in Ohnmacht befindliche Dame hatte keine Schwierigkeiten bei der Beantwortung und sah bald, wie der gerufene Arzt eintraf.

„Da sind wir ja wieder? Was ist passiert?" Fragte der Mann, diesmal um ein Vielfaches freundlicher wirkend als vorhin bei dem Gespräch.

Min erzählte ihre Sicht der Dinge und verschwieg dabei nicht, dass sie seit geraumer Zeit ein Zittern in den Knien hätte; zusammen mit den seit heute auftretenden Schwierigkeiten in Entscheidungssituationen und dem Schwindel fühle sie sich überfordert.

Der Arzt stand vor dem Modell eines menschlichen Körpergerippes, das er anstupste, um die Situation ein wenig aufzuheitern. Er meinte daraufhin, das Leiden der Frau könne eine Angsterkrankung sein, genauso wie die Nachwirkungen des Gedächtnisverlustes oder eine Kombination aus beiden. Er rate zu einem Psychologen oder Psychiater, -man müsse es ausprobieren, was zuträfe und wies die Krankenschwester an, Kontaktdaten für betreffende Seelenärzte an die Patientin weiterzugeben, was man ohnehin hätte veranlasst.

Min erfragte dabei, ob sie immer noch gehen könne, erhielt ihre Bestätigung in der Form, dieses dann auf eigenes Risiko zu tätigen, und man entließ sie daraufhin wieder aus dem separaten Krankenzimmer.

Auf dem Weg zurück, in jenes Zimmer, welches sie im Krankenhaus zum Genesen bezogen hatte, entschied sich Min dazu, im Folgenden ein Appartement per Zwischenmiete zu bewohnen und das Krankenhaus heute zu verlassen; sie ertrug es nicht länger.

Ihre gewaschenen Sachen waren bald angezogen, denn bisher hatte sie ja noch den Pyjama des Krankenhauses getragen. Außerdem nahm sie die vorbereiteten Informationen aus dem Schwesternzimmer an sich, gab Auskunft über ihre Pläne, ein Appartement für unbestimmte Zeit zu mieten, wisse aber noch nicht wo und wie und gab alternativ dazu die Nummer ihres Mobiltelefons zwecks Kontaktaufnahme an; dass allerdings gerade ausgeschaltet sei, denn der Akku wäre leer.

Der Weg aus dem Krankenhaus raus nach draußen, war gepflastert von Patienten, Ärzten, Pflegekräften und Besuchern, die in Massen durch die Gänge gingen, Kaffee kochten oder holten, andere Besorgungen, machten, wie Geld abheben, Zigaretten holen, zum Physiounterricht schlenderten oder einfach nur spazieren waren.

Reges Treiben, was allerdings nicht verbergen konnte, dass zwei uniformierte Polizisten ebenfalls auf den Gängen unterwegs waren und Min geradewegs entgegenkamen. Ohne den Ordnungshütern in besonderer Weise aus dem Weg zu gehen, hielt sich die Frau an der Wand und dem Geländer des Ganges, sodass zwischen ihr und den nahenden Polizisten noch Platz für ein- bis zwei Menschen war und sie mit den Beamten nicht in direkten, unmittelbar nahbaren Kontakt kommen würde.

Im Außenbereich der Charité angekommen, nahm sie sich ein Taxi und ließ sich fortfahren.

Richtung Wannsee.

„Die ist gerade gegangen; vor drei Minuten hat sie sich verabschiedet", berichtete die Krankenschwester.

Die beiden Beamten seufzten.

„Knapp daneben ist auch …"

„Ja, Greg. Ich weiß."

„Was nun?"

„Mobilfunk anrufen", schlug Agnes vor, die die Nummer gerade von einer der Krankenschwester erhalten hatte.

„Übernehmen Sie das bitte?", fragte Greg die Krankenschwester.

„Widerwillig nickte diese und ging zum Telefon der Station."

Einige Sekunden vergingen.

„Niemand zu erreichen, das Handy ist aus."

Eine weitere Schwester kam in das Stationszimmer; sie hatte das Geschehen von weitem mitverfolgt.

„Wenn sie da sind wegen … ach, ich habe den Namen vergessen … wegen der Frau, die vor einigen Minuten gegangen ist … jedenfalls, das Handy ist aus, weil der Akku leer ist."

Die Polizeibeamten seufzten erneut diesmal etwas zynischer, verkniffen sich aber einen weiteren Kommentar.

„Der Arztbericht ist noch nicht fertig, nehme ich an", fragte Greg.

Die Krankenschwester, die zuletzt das Zimmer betreten hatte, rollte mit den Augen.

„Schon gut", sagte Greg süffisant und darüber ironisch.

„Ein Versuch wars wert", lächelte die Krankenschwester.

Wannsee, Willkommen

Min hatte auf der Taxifahrt über das Smartphone des Taxifahrers ein passendes Apartment gefunden und gebucht. Sie vermochte ihn dahingehend zu überzeugen, dass es ein Notfall sei und sie dringend eine Buchung bestätigen müsse. Zum Glück hatte man, als man sie am Samstagmorgen fand, ihre Handtasche samt ein paar wichtigen Dinge für die Fahrt ins Krankenhaus eingepackt, derer sie sich nun versichern konnte. Leider war ein Aufladekabel für ihr Mobiltelefon ebenso wenig dabei wie ein Ersatzgerät, doch dafür hatte sie ihr Portemonnaie, die Schlüssel für die Wohnung und ihren Schminkspiegel dabei.

Die Adresse des Apartments, welches unmittelbar zum Wannsee hin gelegen sein sollte, war bald gefunden und es begrüßte sie eine Dame, die ihr den Schlüssel für die gebuchte Einliegerwohnung übergab. Min vermutete, dass es sich bei der Dame um die Vermieterin handeln müsse, sah aber davon ab, weiter nachzufragen und persönlicher zu werden.

96

Nachdem die Formalitäten geklärt waren, machte sie sich, ohne einen Blick in die Wohnung zu werfen, auf zur nächstgelegenen Einkaufsmeile, um ein paar Sachen zu besorgen, und zu aller erst war damit ein Ladekabel für ihr Smartphone gemeint.

Der Nachmittag war grau und Regen kündigte sich an, aber ohne wirklich niederzukommen. Dies blieb in den nächsten Stunden eine latente Ankündigung des Himmels, ohne dass es sich wirklich machte. Min besorgte sich das Kabel genau wie einen Terminplaner und ein Notizbuch, ein paar Stifte und Textmarker, ein Buch über Angsterkrankung und ein paar Unterhosen, Strümpfe, Shirts, legere Hosen und eine Jacke. Außerdem kaufte sie noch ein günstiges Notebook.

Zurück im kürzlich angemieteten Apartment, sorgte sie für das Aufladen der Akkus von Laptop und Telefon, legte ihr Notizblock mit einem Stift auf den Tisch und begann zu überlegen.

„Mir fehlen ungefähr zwölf bis dreizehn Stunden von Samstagnachmittag gegen sechzehn Uhr, als ich fertig war mit dem Termin beim Fotografen bis hin zum Sonntagmorgen um etwa fünf Uhr, als die Polizei und die Rettungssanitäter mich fanden.

Sie notierte:

1. Fotogalerie anrufen. Fotos nach Wannsee schicken. Fragen, ob ich etwas sagte, was ich noch vorhätte (kommt doof).

2. Weg nach Hause durchgehen. Wohnung begehen. Nur zu zweit! Galia?

3. Adam anrufen, ...

Ihr Stift glitt vom Notizbuch ab und sie wurde kreidebleich, ihre Beine zitterten und ihr Kopf hämmerte, als pumpe sich eine große Menge Blut dadurch. Ihr Kopf, ihre Gedanken waren augenblicklich leer und verloren. Mit großen Augen starrte sie an die Wand. Zu hilflos, um etwas zu tun. Das ging einige Minuten so, bis sie sich aufraffte, um ein Glas Wasser zu holen. Immer noch nicht imstande, ihre Gedanken zu verarbeiten, ging sie langsam und wie in Trance zum Waschbecken. Ohne darüber nachzudenken, wählte sie intuitiv richtig jene Schranktür, die die Gläser beherbergten und öffnete, ohne hinzuschauen, den Wasserhahn, um ein Glas Wasser abzufüllen. Sie hätte dort ebenso gut mit geschlossenen Augen stehen können, es hätte keinen Unterschied gemacht. Den Wasserhahn wieder schließend ging sie wieder langsamen Schrittes zum Sofa.

Als sie das Wasser ausgetrunken hatte, legte sich Min längs ausgestreckt auf die Couch und versuchte die Augen, die immer noch weit aufgerissen waren, zu schließen. Nach einer halben Stunde wachte sie wieder bei Sinnen -aber immer noch leer im Kopf- auf, nahm eine kurze Dusche, kleidete sich in die bequemen, neu erworbenen Klamotten ein und machte sich schließlich daran, die drei Punkte der Liste abzuarbeiten.

Die Fotoagentur war schnell kontaktiert und unkompliziert war die postalische Umleitung der noch ausstehenden Zusendung der Fotos akzeptiert und in die Wege geleitet. Auf die Nachfrage hin, ob Min denn verlauten ließ, wohin sie wohl noch unterwegs sein würde, oder was sie noch zu tun hätte, fand man keine Antwort. Man wusste es schlichtweg nicht. Nach dem Telefongespräch mit der Agentur ging sie die Heimfahrt in ihrem Kopf noch einmal durch und erinnerte sich zumindest einmal daran, dass geliehene Fahrzeug wieder in der Zentrale der Autovermietung abgegeben zu haben. Die Adresse und die Telefonnummer der betreffenden Firma fand Min im Internet und kurzerhand nahm sie telefonischen Kontakt auf, genau wie zuvor schon zu der Fotoagentur. Man bestätigte, dass die Frau das Fahrzeug unversehrt abgegeben habe, und wüsste nicht, was sie noch vorgehabt hätte; außerdem verstoße solch eine Vorhaltung von Informationen gegen die Firmenrichtlinien. Min meinte, sie hätte ja vielleicht im Smalltalk etwas fallengelassen und bat darum, mit dem Kollegen zu reden, der ihr das Fahrzeug abgenommen habe.

„Derartige Gespräche können wir leider nicht arrangieren, wir bitten um Verzeihung", war die Antwort und Min musste schließlich klein beigeben.

Zu guter Letzt war jetzt noch Adam anzurufen, was sie auch in ihrem Elan der beiden vorherigen Anrufe wegen bewerkstelligte. Sie ließ es lange klingeln, doch kam nicht durch. Es gab auch keine Mailbox, die sie hätte besprechen können und so legte sie auch diesmal wieder unverrichteter Dinge auf.

Sie bemerkte im Nachhinein, dass sie Punkt zwei ein wenig übersprungen hatte, denn sie hatte sich den Weg nach Hause von der Verleihfirma des Fahrzeuges ausgehend, nicht weiter bewusst gemacht und

auch Galia nicht in ihre Pläne eingeweiht, ihre Wohnung einmal zu zweit betreten zu wollen. Überhaupt: Galia. Und überhaupt: Arbeit!
Verwundert darüber, dass sie ihre Arbeit bisher vergessen hatte, meldete sie sich dort kurzerhand im Sekretariat, erklärte die Lage und dass sie erst aus dem Krankenhaus käme. Min meinte, noch andauernd krankgeschrieben zu sein, wisse allerdings nicht wie lange und müsse das auch erst erfragen. Fürs Erste habe man sich auf die Daten der offiziellen Krankschreibung zu verlassen.
„Vermutlich ist Galia auch noch auf der Arbeit …", dachte sie.
„… oder zumindest auf dem Rückweg."
Min verfasste eine Kurznachricht an Galia mit der Bitte, sich zu melden, wenn diese Zeit habe, es sei dringend, denn sie hätte keine Erinnerung mehr an den letzten Samstagabend und erhoffe sich von ihrer Freundin den einen oder anderen hilfreichen Impuls.

Auf dem Teufelsberg

Steinar war seit guten siebzehn Stunden auf der Arbeit, er hatte zwar zwischendurch im Hauptquartier der Kriminalpolizei Berlin etwas geschlafen, doch mehr schlecht als recht. Er dachte daran, nach Hause zu gehen, doch sein Telefon läutete just in den Zügen dieser Überlegung; muffig ging er an den Apparat.
„Ja, … Steinar."
„Grüß dich, wir haben da einen Fall. Falls du noch im

Dienst bist?"

„Noch!", platze es aus ihm heraus.

„Dann komm doch bitte zur ehemaligen Abhörstation auf dem Teufelsberg", bat man den Kommissar.

„Ja. Bis gleich."

Steinar fuhr mit seinem Dienstwagen los und geriet in die Dämmerung. Müde gähnte er einige Male und musste blitzschnell ausweichen, als ihm ein entgegenkommender Lastwagen fast schon in der Mitte der Fahrbahn fuhr.

„Depp du!"

Es fing leicht an zu nieseln und der Mann suchte nach dem Scheibenwischer. Den Wagen hatte er erst neulich als Dienstfahrzeug zugeteilt bekommen, im Zuge einer neuen Verordnung, die das Alter des Fuhrparks der Kriminalpolizei wesentlich verjüngte.

Am Bestimmungsort angekommen, sah er bereits aufgebaute Scheinwerfer und Taschenlampen. Die Richtung, in der er vermeintlich zu gehen hatte, um zum Einsatzort zu gelangen, war also klar.

„Steinar, gut, das Sie da sind. Die Kollegen der Spurensicherung packen schon fast wieder zusammen, aber lassen Sie sich nicht beirren ... es sollte ja erst ein Kollege von Ihnen kommen, der ist aber ausgefallen. Ha!"

Der Polizist klopfte Steinar kumpelhaft auf die Schulter, getreu dem Motto:

„Gut, das Sie das sind alter Junge."

Sira, eine Kollegin von Steinar, die längst hätte im Ruhestand sein sollen, zeigte ihm den Ort des Geschehens. Sie verwies mit dem Finger ein paar Meter weiter.

Vor ihnen saß eine alte Dame - oder was von ihr übrig geblieben war.

Der skurrile Anblick, der sich bot, täuschte über die Grausamkeit hinweg. Es war ein in Szene gesetztes Werk der Abscheulichkeit. Ein Statement von der Verschrobenheit eines Geistes.

Die Dame hatte elektrische Kabel, austretend aus dem Kehlkopf und den Ohren, dem Herzen und dem Bauch. Die Kabel waren gebogen und bemalt und muteten wie Äste und wie Zweige an. Ferner waren die Strippen untereinander mit etwas verbunden, das wie Spinnenfäden aussah und in denen eben solche, also Spinnen nisteten. Ihre Augen waren geschlossen, doch mit strahlendem Weiß angemalt von außen, also aufgebrachte Farbe auf den Augenlidern, sodass der Eindruck entstand, die Augen wären offen, aber gänzlich ohne eine Iris.

Um die Dame herum befand sich ein Rahmen aus normalem Holz, ebenfalls angemalt und mit Ornamenten geschmückt.

„Wer macht so etwas?"

Steinar verzog keine Miene.

„Jemand, der eine klare Vorstellung davon hat, was es bedeutet", fügte der Kriminologe hinzu und ging umher, den Tatort zu untersuchen.

„Wisst ihr schon etwas über das Opfer?"

„Nichts Genaues. Vielleicht war sie schon tot, als man sie ausgestellt hat, oder sie ist er zu diesem Zweck ermordet worden. Die Kollegen fahren gerade Leichenhallen und Altersheime ab, um vielleicht so möglichst schnell einen Treffer zu landen. Die Kollegen konnten das Alter der Leiche bisher nicht bestimmen, von den Leichenfledderern ist niemand mehr im Dienst. Das wird wohl bis morgen warten müssen.

„Und wenn sie ausgegraben wurde …?" Steinar fehlten weitere Worte.

„Dann müssten meine Leute sich um die Friedhöfe kümmern…dafür habe ich aber keine Kapazität."

Steinar schmunzelte jetzt den Blick von der Szene mit der alten Frau abgewandt.

„Weißt du wie lange ich schon im Dienst bin?", fragte er.

„Ach du armer Junge …"

„Ja, lassen wir das", meinte Steinar, dem das Lächeln wieder verging.

„Das ist heute schon mein zweiter Fall mit einer entstellten Leiche. Irgendwas will mir der Herrgott wohl sagen."

„Ach, Schmarrn. Lass den Herrgott aus dem Spiel."

„Haben die Kollegen irgendetwas Brauchbares gefunden? Erkundigte er sich.

„Nein. Bisher nicht. Keine Spuren von Gewalteinwirkung an der Toten, soweit wir wissen keine Medikamente, keine Drogen…aber genaues wird die KTU herausfinden."

„Fußspuren, Reifenabdrücke?"

„Werden zurzeit ausgewertet."

„Können wir?", fragten zwei Polizisten.

„Ja, sie können", meinte Sira, woraufhin jene Beamte begannen, die Leiche zu bergen und das perfide Werk zu demontieren und für die weiteren Ermittlungen zu sichern.

„Also?"

„Ich nehme mir morgen die Friedhöfe vor. Zwei, drei Stunden mehr nicht ... und werfe ein Blick auf die Akten."

„Danke Steinar."

„Bis dann Sira."

Der Kriminalhauptkommissar stieg in sein Dienstfahrzeug und diesmal im festen Vorhaben, die Schicht für heute zu beenden.

Berlin - London

„Letzter Aufruf für Abflug London, Heathrow, Gate ..."

„Das sind wir! Komm!"

Adam und Jola, schwarz geschminkt um die Augen und an den Fingernägeln, nahmen jeweils ihren Rucksack und gingen zum angesagten Gate.

Der Flughafen war voll mit Fluggästen, Gepäckstücken und Flughafenpersonal.

„Überall stimmen über Stimmen, über Töne, die über Töne gelegt waren."

Zumindest war das der Eindruck, den der zugekokste Kopf von Adam hatte. Er meinte bald, geheime Botschaften herauszuhören und erfand Geschichten, die er Jola nuschelnd und murmelnd erzählte.

„Ich setze ihr ein Denkmal", sagte er irgendwann etwas lauter, als kündige sich etwas Wichtiges an:

„Weißt du wie?"

Im Tumult des Flughafens ging Adams Stimme zwar nun wieder nahezu gänzlich unter, doch Jola, die neben ihm ging, ihn von Zeit zu Zeit regelrecht schleppte, konnte ihn gut verstehen.

„Ich habe ein Gemälde für sie gemacht…das Gemälde eines Erwachten…jemanden, der nach dem Tod in Imagination und Konversation weiterlebt. Künstlich und metaphysisch … Jemanden, der in den Strom der Wiederkunft eingetreten ist und der in seinem eigenen Körper gefangen ist- zum Schutz und zum Frust",

Adam endete seinen Monolog und Jolanda, die auch einiges an Drogen genommen hatte, freute sich.

„Ja, Liebster", säuselte sie und gab ihm einen Kuss.

Das Gate lag hinter ihnen und das Paar stieg in das Flugzeug ein. Die Crew begrüßte die Gäste und Adam hatte seine Sonnenbrille übergezogen, ging jetzt lässig und wieder ohne die Stütze seiner Freundin. Diese lächelte beim Einstieg, kümmerte sich darum, die Plätze schnell zu finden und tat einiges, um ihren Gefährten zu überreden, sich doch selbst, anstatt den Mann an das Fenster zu setzen. Adam, ohnehin mehr mit sich selbst beschäftigt, machte sich nichts daraus, ob er hier oder da säße, und sah seine Begleiterin nun wie ein kleines Kind oder ein Kobold, um ihn herumspringen, die Freude darüber zum Ausdruck bringend, den kommenden Flug über den Wolken aus nächster Nähe mitverfolgen zu können.

Nach den üblichen Instruktionen zu einem etwaigen Verfahren in Notfallsituationen kündigte man den

Abflug an und befand sich binnen weniger Minuten bereits in der Luft. Durch einige Turbulenzen hindurch steuerte der Kurzstreckenflieger über das deutsche Land, die Nordsee und schließlich der Mündung der Themse, um schließlich zum Landeanflug auf London anzusetzen.

Die beiden ließen sich Richtung Harlington transportieren, fuhren von dort weiter nach Hammersmith und weiter nach Fulham, wo sie sich in einem Haus eingemietet hatten, das unweit der Themse lag.

„Schlafen wir erst einmal, Süßer."

Der Straßenverkehr war ungewohnt ruhig, sogar die Vögel konnte man zwitschern hören. Adam hatte Kopfschmerzen, ließ es sich jedoch nicht nehmen, Jolanda zu bitten, ihm einen Cocktail zu machen; einen „Londoner Willkommensgruß", solle sie kredenzen, wie er meinte. Frühstücken wolle er später, er würde sie einladen in ein Café. Jolanda freute sich und mixte mit dem, was man gestern auf der Durchreise vom Flughafen noch gekauft hatte, einen Drink zusammen. Sie selbst machte sich einen Malzkaffee.

„Hier, Süßer; Whisky Sour."

Jolanda reichte Adam das Getränk, schaute in seine stahlblauen Augen und lächelte.

„Was machen wir heute?", fragte sie.

„… also nach dem Frühstück, zu dem du mich ausführen wirst?"

„Keine Ahnung, aber wir ziehen etwas Großes auf, …, du wirst schon sehen."

Der halb nackte Mann nahm ein Schluck von seinem Cocktail, während Jolanda langsam herunterrutschte und erst seinen Bauch küsste, um ihn dann an die Unterhose zu gehen.

„Nein, J. Jetzt nicht. Ich bin gerade wach geworden." Jolanda nahm ein Kissen und schlug ihn damit, sodass ihn das Getränk in der Hand verrutschte und zur Hälfte auf dem Bettlaken landete.

„Du Arschloch!"

„Was?"

Sie schlug in nun mit der ausgestreckten Hand; mehrmals, denn sein Gesicht schien ihr nur zu gummiartig und ohne Empfindung.

Dass er keine Wehr zeigte - und auch sonst keine Anstalten machte, irgendetwas wie Gefühle zu zeigen, machte Jolanda nur noch wilder, bis sie schließlich ihre Tasse Malzkaffee nahm und ihn das bis zu dreiviertel noch gefüllte Heißgetränk ins Gesicht kippte. Ein Aufschrei folgte und Adam lief ins Badezimmer, um sich mit kaltem Wasser das Gesicht abzukühlen.

Jolanda blieb im Bett liegen und lächelte.

„Selbst schuld du Arschficker."

Als er wieder ins Schlafzimmer kam, war er nackt und machte sich zügellos über Jolanda her, die es sichtlich genoss.

Als die beiden schließlich fertig waren mit dem Akt, entschuldigte sich Jolanda für vorhin, lachte aufgrund des rötlichen Gesichts ihres Angebeteten und versprach, das nächste Mal, Nachsichtigkeit zu üben. Adam hingegen stand auf und ging, ohne ein weiteres Wort zu sagen, unter die Dusche.

Das Haus verließen sie in Richtung Süden, sie wollten die Themse überqueren und in Putney oder

Wandsworth ausgiebig frühstücken.

„Also, wir brauchen ein paar Frauen", meinte er zu Jola.

„Wozu?", fragte diese zurück.

„Damit wir die Männer bestechen können und fürs Prestige natürlich. Wir werden eine Kirche."

„Kirche, hmm."

„Du selbst hast gesagt, ich wäre ein Messias …"

Jola schwieg.

„… am besten, wir nehmen rothaarige Frauen; am besten mit irischem Blut …"

„… Künstlerinnen …"

„… Amazonen."

„Für wie viele reicht unser Haus? Acht neun…zehn?" Fragte Adam, um Jola mehr zu involvieren, in seine Vorstellungen.

„Aber bei uns schläft keine von denen", forderte die Frau ein.

„Du wirst sehen, wir werden eine richtige Familie werden …"

„…Adams Family …"

„… oder Adams Mansion …"

„Manson wohl eher", warf Jola spöttisch ein.

„… Adams Men´schen."

„Wir werden Künstler der Lebenden und der Toten."

„Für Lebende von Toten und für Tote von Lebenden. Alles ist ein Kreislauf …, Liebe bis in den Tod und Hass bis in das Leben, … bis dass der Tod uns scheidet und bis dass das Leben und vereint."

„Welche Rolle spiele ich?"

„Du gebierst mir Kinder … als Nachkommen … und

du bist oberste Instanz im Kulturrat für Künstler. Du bist verantwortlich, dass unsere Kunst überzeugt. Dass sie warnt und indirekt behütet. Wir haben einen Auftrag, Jola. Einen Auftrag in Gottes Namen."
„Das gefällt mir."

Die Autopsien

Steinar gähnte. Er hatte bis zum Vormittag geschlafen und wurde nur durch die penetrante und vor allem permanente Vibration wach.
„Steinar."
„Balthis hier. Von den Leichenfledderern aus der Autopsie."
„Gibt's was Neues?"
„Ja eine Menge. Die Kollegen waren schnell und haben gute Arbeit geleistet."
„Eilt es? Hat es Zeit bis ich persönlich da bin?"
„Beides wäre gut."
„Sie Scherzkeks."
„Wir haben nicht allzu viel zu lachen bei den ganzen Toten, da erlauben wir uns ab und zu mal ein Witz."
„Sehr gelungen. Chapeau."
„Also kommen Sie?"
„Ja, bin gleich auf dem Weg", sagte Steinar, der bereits mit einem Bein in seiner Hose steckte.
„Okay, bis gleich."
Die Morgentoilette erledigte der Kommissar außerhalb der Dusche oder einer Badewanne, an einem Waschbecken. Eine nötige Rasur führte er notdürftig

und ohne Blessuren aus, bevor er sich sein übliches Aftershave ins Gesicht klatschte, die Haare zum Scheitel kämmte und ölte beziehungsweise mit Haarwichse festigte. Sein Anzug saß tadellos und er war bald bereit, nach draußen zu gehen.

Sein neuer Dienstwagen fuhr auf dem Weg zur Leichenhalle bei einer Tankstelle vorbei, wo der Kommissar einen Kaffee und einen Snack besorgte und vor Ort verzehrte, bevor er jenen Ort seiner kommissarischen Arbeit erreichte. Schnellen Schrittes ging er durch die Türen der Obduktion und stand bald am Tisch mit der toten jungen Frau, die gestern im Keller des Hinterhofkaffees in Berlin-Mitte gefunden worden wurde.

„Guten Morgen. Ich bin Bruno. Bruno Balthis. Wir hatten telefoniert. Ich habe übernommen für den Herrn… na ja, für den der in Rente gegangen ist."

„Morgen. Steinar. Piet Steinar um genau zu sein. Ihren Vorgänger mochte ich eh nicht. Er war mitunter kälter als die Leichen."

„Ja, alte Schule… Kaffee?", fragte Balthis zuvorkommend, eine Kanne in der Hand haltend.

„Meinetwegen…mit Milch und ohne Zucker bitte."

„Milch steht dort drüben, schauen sie mal."

Balthis drückte Steinar einen Pott Kaffee in die Hand und zeigte mit seinen langgliedrigen Fingern auf einen Chromtisch, der in der Nähe eines Spiegels und eines Wasserbeckens stand.

„Die Organisation und der Platzbedarf hier ist …, sagen wir mal äußerst … überbordend", meinte der Leichendoktor.

Steinar dachte daran, dass die vampirartigen Finger von Balthis, bei den ganzen Toten, einen durchaus passenden Job gefunden hatten, ließ sich aber nicht länger als nötig davon irritieren und goss, am dazu gewiesenen Tisch, ein wenig Milch zum Kaffee.

„Was wissen wir über die Tote?", fragte er, signalisierend, dass es ihn nun um die Arbeit ging.

„Miranda Fowler, neunundzwanzig Jahre alt, Prostituierte. Wohnhaft in Moabit."

„Woran ist sie gestorben?"

„Überdosis…"

„… Heroin und Kokain."

„Snowball?"

„Speedball, ja!"

„Spuren von Gewalteinwirkung?"

„Bis auf den Mund, keine. Und das war, post mortem herbeigeführt."

„Also ein Unfall?"

„Wenn sie die Drogen freiwillig nahm, ja."

„Hinweise darauf, dass sie des Öfteren Drogen nahm."

„Nein. Keine. Es ist nicht unüblich in dem Metier, aber es gibt keine inneren oder äußeren Schädigungen, die darauf hindeuten."

„Vielleicht war sie unerfahren?"

„Vielleicht."

„Kannte sie jemand? Kollegen? Zuhälter? Kunden? Und seit wann?"

„Das müssten Sie den Akten entnehmen, Steinar. Ich werde nicht ganz schlau draus."

„Warum?"

„Angeblich haben die es auch untereinander, miteinander getrieben. Sehr undurchsichtig, muss ich sagen."

„Wann hatte sie den letzten Verkehr?"

„Einige Stunden vor ihrem Tot. Sagen wir mal: sechs - bis sieben Stunden vorher."

„Und keine Gewalt?"

„Nein, nichts zu sehen", untermauerte Balthis.

„Nun gut, sonst noch etwas?"

„Nein, Steinar, das war es. Reicht es Ihnen nicht?"

„Doch, doch schon gut."

Steinar nahm einen letzten kräftigen Schluck aus dem Pott mit Kaffee und verzog die Mundwinkel.

„Echt stark."

Balthis grinste.

Der Kriminalkommissar war schon auf dem Weg nach draußen, als ihm die ältere Dame von gestern einfiel:

„Und schon etwas Neues zu der alten Frau? Die bei der alten Abhörstation gefunden wurde?"

„Ah, davon wissen Sie auch?"

„Die liegt gleich nebenan. Ich wusste nicht, dass Sie auch diesen Fall betreuen."

„Ich helfe aus."

„Nobel, Steinar."

„Wenn Sie mögen …", Balthis machte eine Geste, mit der er, seinen Kollegen in den nächsten, angrenzenden Raum bat, und beide gingen einen Raum weiter.

Der Leichenarzt nahm dort die lange Decke beiseite, die auf einer der aufgebahrten Leichen lag, deren Alleinstellungsmerkmal, eine hoch aufgerichtete Form war und brachte die alte Frau mit den ausstehenden Elektrokabeln zum Vorschein.

„Darf ich vorstellen, die Waldelfe vom Teufelsberg."

„Bis eben mochte ich Ihre Witze noch … gerade so", meinte Steinar kritisch mit einem gewissen Charme.

„Ich gelobe Besserung", versprach Balthis daraufhin.

„Und?" Fragte Steinar, dem der Anblick die Sprache verschlagen hatte und in Staunen versetzte.

„Die Dame war bereits tot, als die *Installationen* angebracht worden sind."

„Post mortem?"

„Ziemlich sicher, ja …"

„Wie lange war sie schon tot?"

„Zwei - bis drei Stunden. Der Todeszeitpunkt der beiden Leichen, also der jungen Frau von eben und dieser hier stimmt übrigens in etwa überein: Sonntagmittag gegen zwölf Uhr."

Steinar dachte daran, dass er seiner Kollegin Sira versprochen hatte, die Friedhöfe abzuklappern, um in Erfahrung zu bringen, ob die Leiche der Alten womöglich aus einem Grab entwendet wurde, doch der Umstand, dass die Leiche schon so kurze Zeit nach dem Tod geschändet wurde, schließt eine geraubte Friedhofsleiche wohl tendenziell aus. Sein Vorhaben, die zentrale Friedhofsverwaltung Charlottenburg-Wilmersdorf aufzusuchen, war nun nicht länger vonnöten, was den Kommissar ein wenig erleichterte.

„Was sollen diese Kabel und die Spinnenweben?"

„Die Spinnen haben wir bereits entfernt … aber noch nicht entsorgt, nur für den Fall."

„Wenn wir der Mythologie, in diesem Fall der griechischen, trauen können, haben wir es hier mit dem Motiv Neid zu tun. Athene verwandelte die Weberin Arachne in eine Spinne, weil sie besser weben konnte. Und verdammt sie so zu ewiger Spinnerei."

„Neid?"

„Auf eine alte Dame?"

„In der Tat, rätselhaft."

„Was ist mit den Kabeln?"

„Es sind Zacken, Äste, oder derlei."

„Eine Krone des Neides? Oder ein Baum des Neides?"

„Ja, so in etwa", attestierte Balthis.

Sich weiter keinen Reim darauf machen könnend, atmete Steinar schwer aus.

„Ein bisschen viel heute Morgen, was?"

„Ich muss das erstmal sacken lassen …, und brauche Frischluft", meinte Steinar und begab sich auf den Weg nach draußen.

„Danke für den Kaffee."

„Bis später, Steinar."

Erklärung und Aufruf

Adam hatte Rechner, Monitore, Mikrofone und Kameras positioniert und war einsatzbereit. Sein neues Mobiltelefon lag bereit, das alte hatte er seit seiner Abreise aus Berlin nicht mehr angeschaltet; und er hatte es auch nicht vor, denn für ihn begann eine neue Zeitrechnung.

Auch der heutige Stream konnte nun losgehen. Er

wartete, bis eine gewisse Zahl an Usern online war und startete gleich unverhohlen in die Vollen gehend: „Habt ihr von den Toten in Berlin gehört?"

Im Chat waren jetzt eine Vielzahl von Meinungen, Kontroversen, Fakenews, Bestätigungen, Fragen und so weiterzulesen. Adam ging auf die ein oder Antwort zuerst ein wenig ein, bevor er zusammenfasste:

„Die Formel zum Motiv lautet: Schließt euch der Bewegung von Adams Men´schen an. Bei uns gilt: Alt ist jung und jung, ist alt. Wir künsteln nichts. Der Kreislauf ist in sich geschlossen und die Wiedergeburt aus dem Alten, für manche die ewige Jugend, ist unsere Predigt. Wir bedienen uns eines Besten und prüfen und messen uns daran. Wir prüfen immer wieder, ob wir uns verlieren im Geäst aus Wahrheit und Lüge, aus Gönnerei und Neiderei, aus Krieg und Frieden. Wir gehen und legen Wege. Römische Legionäre sind wir sterbend im Alter, mit einem Lächeln. Tragt euch in den Newsletter ein, folgt mir in den Socials, schaut den Stream und macht einfach mit. Und ja: Wir suchen Mitbewohnerinnen für unser neues Künstlerheim in London. Bewerbt euch über die Socials. Mehr von mir in Kürze."

Adam hatte den Stream ebenso schnell beendet, wie er angefangen hatte; es dauerte keine halbe Stunde. Zu Jolanda gewandt, meinte er, er würde kurz und knackig agieren wollen wie ein Boxer. Seine Reichweite als Content-Creator wolle er nutzen, um die Adams Men´schen bekannt zu machen und aufzubauen. Von sonstigen Themen wolle er Abstand gewinnen, das Streamen von Games nahezu einstellen und somit alles auf eine Karte setzen.

„Und was ist mit den Tussis, die du anschleppen willst?"

„Die, meine Liebe, werden wir brauchen. Glaub mir."

„Meinst Du nicht, du bist ein wenig zu vorschnell, zu tiefgreifend und gingest ein wenig zu weit in dem, was du tust?"

„Doch, aber das gehört dazu. Wir haben nur diese Chance. Verstehst Du?"

„Man bekommt doch immer noch mal eine Chance im Leben. Versteife dich doch nicht so darauf."

„Ja, wenn Du am Boden liegst, auf die Schnauze gefallen bist, kriegst Du vielleicht eine neue, aber wenn du auf dich allein gestellt bist, wenn du dir diese Chance nehmen musst, die, die dir keiner *gibt*, dann hast du nur eine-,"

„Du bist ein echter Menschenkenner."

„Pass lieber auf, was du sagst. Wir werden auf dünnem Eis wandeln. Sehr dünnem."

„Nun werd´ mal nicht paranoid."

„Selber."

„Lass uns lieber ein neues Kunstwerk schaffen!"

„Ja ... der endlose Sinn ... Pack schon mal die Kamera ein."

Adam machte sich daran, den Browser und seine IP-Adresse zu verschlüsseln und in das Darkweb zu gehen. Dort meldete er sich unter einem Pseudonym in einem Forum an und erstellte einen Beitrag: Er suche per sofort eine *Mutter*, die erfolgreich für das Kind entbunden habe und selbst dabei gestorben sei; „möglichst per Kaiserschnitt", schrieb er.

Es dauerte nicht lange, da meldete sich jemand und fragte nach dem Preis, den er bereit sei, zu zahlen. Adam rechnete nach und schrieb die Summe zurück, die er für angemessen erachtete.

Die Antwort folgte prompt und sagte aus, dass er dafür nur eine Leiche einer Mutter, -die gerade entbunden habe- bekäme. Er könne jedoch arrangieren, ihm das zu liefern, was er wolle, und zwar frei Haus plus dem *Goodie*, ein Video von der Geburt beziehungsweise dem Tod beizulegen; er müsse nur den doppelten Betrag zahlen, wie ursprünglich angegeben.

Adam stimmte zu und indem Momente, als er die unmittelbare Übergabe der Zahlung und der Leiche veranlassen wollte, nur noch einen Mausklick entfernt war, war sein Werk in Gedanken bereits vollendet; so dachte er zumindest und stand paralysiert vom Rechner auf.

„Der geendete Kreislauf einer Explosion von Leben und Tot, die nie vollendet wurde", sagte er zu sich. Kunst sei der Zweck, zu etwas zu gelangen, das man gäbe und nähme, ohne je zu wissen, wie sich das Blatt wende. Ein Spiel mit dem Feuer, eine Profession, die zwischen Profit und Rezession stattfände, ein Gedanke, der im Grunde als Fundament (sich) untreu ist und der doch so treu ist, als dass er sich für Höheres verdient macht.

Sein Werk müsse unvollendet bleiben, da es bereits vollendet wurde. Dies sei die höchste Kunst, die er jemals geschaffen habe; doch wie sich der Welt mitteilen? Wie den Durst die Nachfrage bedienen? Sie hatten etwas geschaffen, doch nichts dafür zerstört, dachte er. Wolle er dieser Zerstörung innerlich nicht zum Opfer fallen, so müsse er jetzt handeln …

Freund oder Feind?

Als Min das Telefongespräch annahm, befand sie sich gerade in der Küche ihres vorübergehend angemieteten Apartments in Wannsee. Barfuß, auf den kalten Fliesen, war sie ein wenig ungehalten und doch zu aufgeregt, um von der Stelle einige Schritte weiterzugehen.

„Galia, warum erst jetzt? Warum hast du dich gestern nicht gemeldet?"

„Ich habe dir doch getextet."

„Was? Ich habe keine Nachricht bekommen?"

„Warte mal … Mist, die Nachricht ist an Jolanda gegangen."

„Ich meinte, ich sei beschäftigt und würde mich die Tage melden."

Was Galia ihr verschwieg, war, dass sie gar keine Nachricht an Min gesendet hatte und damit bloß so tat. Eine Nachricht an Jolanda hatte sie zwar in der Tat geschrieben, aber nur mit dem Inhalt einer Klage, dass sich ihre Freundin, also Min, das ganze Wochenende über nicht gemeldet habe und lieber feiern gegangen wäre, ohne sich auch nur einmal mindestens per Textnachricht bei ihr zu melden.

„Du hast es am Samstag wohl ziemlich wild getrieben, wenn du die Erinnerung daran verloren hattest oder hast. Oder wie sieht's aus?", meinte Galia zickig.

„Ach, Galia…nein, so war das nicht. Und ich dachte, du könntest mir helfen, mich zu erinnern."

„Wie war es denn? Aber falls du meinst, wir hätten uns getroffen oder so … Fehlanzeige. Ich war zu Hause, wie auch Sonntag, aber da hattest Du ja scheinbar auch Besseres zu tun, als dich einmal zu melden", meinte Galia vorwurfsvoll aber direkt.

„Man, ich lag im Krankenhaus und habe da von Sonntagmorgen bis zum Montagmorgen durchgeschlafen. Mein Handy war off und ich hatte keine Nummern und überhaupt, ich war froh, so schnell wie möglich wieder herauszukommen."

„Wie Krankenhaus? Ich dachte, du warst feiern?"

„Ich weiß es nicht mehr. Das ist das Problem. Meine Erinnerungen an den Samstagabend sind komplett futsch. Ich bin im Krankenhaus aufgewacht, nachdem sie mich in meiner Wohnung gefunden haben. Und zwar bewusstlos!"

„Ach du. Und ich dachte …"

Min hatte plötzlich ein komisches Gefühl, da war wieder diese Ängstlichkeit, eine Furcht, als ob sie ihrer Freundin nicht trauen könne. „Hatte sie etwas mit dem Samstagabend zu tun …?", dachte sie. „…oder werde ich paranoid …?" Min war verunsichert und hatte sich eigentlich vorgenommen, dass mit ihrer Wohnsituation zu erzählen, wovon sie nun jedoch absah. Allerdings sollte ihre Freundin ihr hierbei zuvorkommen.

„Wo bist du jetzt?", fragte diese nämlich mit einem gewissen Nachdruck in der Stimme.

„Äh …",

Min hatte im Eifer des Geschehens aufgelegt.

„Konnte sie ihrer Freundin trauen? Und: konnte sie ihrem Körpergefühl etwa nicht mehr trauen?"

Dieses Gefühl, das ihr Angst einjagte, ein so zuverlässiger Schutz aus den frühesten Tagen der menschlichen Entwicklung, sollte jetzt versagen? Worauf könne sie sich sonst überhaupt noch verlassen? Angst auch davor, dass ihr eine Welt zusammenbreche (die auf gesunder Angst beruhe), bündelte sich ihr Gefühl zu einem Brei, den sie als Kloß in der Kehle hatte.

„Verdammt", raunte sie.

Ohne weitere Überlegungen und in dem Ansinnen, irgendwie wieder Vertrauen fassen zu müssen, suchte sie die Visitenkarte von der Dame, die sie in der Wäscherei getroffen hatte, die ihr wegen des Modelns Offerten machte und wählte sich durch. Ihre Hände zitterten noch von dem zuvor beendeten Gespräch mit Galia.

„Victoria Magdalena Seelsman. International Model Agency. Sie sprechen mit Francis Diego."

„Guten Abend. Ich weiß, es ist spät, aber Frau Seelsman hat mir am Freitag eine Visitenkarte gegeben und meinte, ich solle mich einmal melden."

„Aha."

Francis Diego schien darauf zu warten, dass Min fortfuhr.

„Ja und hier bin ich …" meinte sie.

„Sehr schön. Also, Madame ist nicht zu sprechen, ohne vorherige Anmeldung. Ich kann Ihnen einen Termin vergeben, wenn Sie möchten."

„Ja, Ja. Super."

„In drei Wochen. Ein Dienstag um dreizehn Uhr."

„Drei Wochen", wiederholte Min.

„Ja, da haben Sie noch Glück gehabt, meine Liebe."

„Ja, wenn es denn nicht anders geht …"

„… Also ich schreibe dahinter, dass sie den Termin gerne noch früher hätten. Ich glaube zwar nicht, dass, dass gut ankommt -geschweige denn erfolgreich ist-, aber wie sie wünschen."

Min schwieg.

„Na gut. Also haben wir's?"

„Ja. Das war mein Anliegen."

„Gut dann noch einen schönen Abend, die Dame. Auf Wiederhören."

„Auf Wiederhören."

Steinars Ermittlungsarbeit

Als Steinar am Morgen erwachte, hatte er ganze zehn Stunden durchgeschlafen. Ein Rekord, der aber nicht dadurch gekennzeichnet war, dass er sich besonders agil oder ausgeschlafen empfand, oder erquickt von durchgehender Geruhsamkeit, sondern es waren vielmehr die reinen Zahlen in Stunden seiner Schlafenszeit, die Anlass für eine Genugtuung gaben. Ein Bad nehmend ließ er sich Zeit mit der Körperpflege und verbrachte nahezu eine ganze volle Stunde im Badezimmer, dafür war er aber danach aber auch aufs Beste gestriegelt, wie er schließlich wieder in sein

Wohnzimmer heraustrat. Die Wohnküche grenzte, wie für derartige Einrichtungen üblich, an den Wohnbereich an und es waren keine zehn Meter zur Kaffeemaschine zu gehen. Er trank dort einen Espresso, doppelt mit einem kleinen Schuss Milch und aß wenige Augenblicke später ein Brot mit Käse.

Um 8:02 Uhr verließ er das Haus und machte sich los ins Hauptquartier des Kommissariats. Dort angekommen, besorgte er sich die beiden Akten der entstellten Toten und beugte sich konzentriert darüber. Im Radio lief die Meldung der Toten in den Nachrichten. Man sprach fälschlicherweise von den *mexikanischen Toten*. Doch die Toten waren keine Mexikaner oder Mexikanerinnen. Dass man von *mexikanischen Toten* sprach, war wohl dem Umstand eines einfältigen Reporters geschuldet, der die Bemalung der Leichen irgendwie mit dem Schminken am ´*Día de Muertos*´, dem mexikanischen Festtag zur Feier von Toten in Verbindung brachte.

Steinar studierte die Akte zum Fall der Leiche im Hinterhofcafé und fragte dabei, wie und ob der aufgezeichnete Einbruch überhaupt mit der Leiche im Keller zusammenhing. Hatte jemand nur abgelenkt, oder hatte man die Chance nur genutzt, oder war es Teil eines weitaus umfassenderen Planes? Oder war es womöglich reiner Zufall?

Letzteres schloss Steinar aus aufgrund seiner Erfahrung aus und machte sich daran, die Überwachungsaufnahme noch einmal anzuschauen. Der Ausschnitt des Herganges war etwa dreißig Minuten lang und keiner der beiden beteiligten Personen hatte den Bereich lange genug verlassen, um eine Leiche in den Keller bringen zu können, geschweige denn die Kamera habe einen solchen Transport einer Leiche durch die Vordertür aufgezeichnet. Die Leiche musste also auf anderen Wegen in den Keller gelangt sein.

„Durch die vordere Tür, die im Blickfeld der Kamera war, kam die Leiche jedenfalls nicht und sofern man die Aufzeichnung nicht irgendwie manipuliert hatte, hatte auch keiner der Einbrecher direkt etwas mit der Toten zu tun", dachte er.

Eine Manipulation schloss Steinar zwar nicht aus, er konnte aber keine Spur erkennen, die ihn dies hätte vermuten lassen. Sowohl der vermeintliche Mann, als auch die vermeintliche Frau blieben den gesamten Einbruch über im vorderen Bereich des Cafés.

Auf die dreißig Minuten, die der Einbruch dauerte, kamen etwa 23 ein halb Stunden weiteres Videomaterial, das hinsichtlich einer möglichen *Einfuhr* der Toten hätte Aufschluss geben können. Da die Obduktion bestätigte, dass die Tote gegen Sonntagmittag um 12:00 Uhr gestorben war, so hätte sie in jedem Fall auf dem Band drauf sein müssen, dass ja ab 10:30 Uhr vom Montagmorgen an, als die beiden Polizeibeamten den Besitzer der Lokalität zum Back-up der Daten aufforderten, 24 Stunden rückwärts bis zum Sonntagmorgen um 10:30 Uhr, alles dokumentierte. Oder aber die tote Frau wäre lebend noch früher dort gewesen, was sich aber mit hoher Wahrscheinlichkeit ausschloss, da Augenzeugen, -es waren Passanten, die sie am Sonntagvormittag gegen 11:00 Uhr noch auf der Straße gesehen hatten. Zudem bestätigte der Eigentümer, der am Sonntag alleine die Schicht geleistet hatte, dass er mit der Sache nichts zu tun habe und nicht wisse, woher die Leiche käme.

Was Steinar beim Vergleich der Videoaufzeichnungen nun allerdings auffiel, war, dass die restlichen 23 ein halb Stunden Videomaterial nur *etwa* so viel waren, nämlich *rund* und um 50 Sekunden kürzer, als man hätte annehmen müssen bei 24 Stunden. Die gesamte Dauer der Aufzeichnung - mit der Dauer des Einbruches lag also bei 23 Stunden, 59 Minuten und 10 Sekunden; er stellte sich die Frage, ob dies ausgereicht hätte, um die Tote in den Keller zu transportieren und um das Video zu manipulieren.

Um eine Spur reicher, notierte der Kommissar:
1. Die fehlenden 50 Sekunden Videomaterial
Die weiteren Spuren befand er dabei wie folgt:
2. Die Frau, die so ähnlich aussieht wie das Opfer
3. Liste der Mitarbeiter des Tatortes
4. Augenzeugen und Zeugen
5. Fazit: Mord und / oder Schändung
Die verschiedenen Punkte bis auf den fünften und letzten verteilte er in seinem Büro an verschiedene Mitarbeiterinnen und Mitarbeiter. Diese sollten weitere Befragungen durchführen und Untersuchungen anstellen; er priorisierte die Punkte zudem und reichte die Akte, mit diesen Informationen versehen, wieder ein. Für den Punkt mit der Frau, die so ähnlich aussehen solle, erbat er schnelle Amtshilfe bei der Streifenpolizei und stellte explizit die Forderung,

dass die beiden Polizisten, die er im Zuge des Falles mit der Toten im Keller des Hinterhofcafés angetroffen habe, bitte den Fall übernehmen mögen und die betreffende Frau, Min Morgan, als mögliches nächstes Opfer eines etwaigen Serien- oder Ritualmordes zu betrachten hätten. Außerdem sollten die beiden Polizisten im Zuge der Ermittlung ihres Falles hinsichtlich der Frau äußerst sensibel für mögliche Komplizen, der oder die Täter sowie Zeugen sein.

In der Bredouille

Min saß mit zwei Polizeibeamten in ihrem Wohnzimmer.

„Schön haben sie es hier?", meinte Greg.

„Danke."

„Wie können Sie sich das leisten?", fragte Agnes neugierig und fuhr mit einer Erklärung ihrer Frage fort: „… so als Alleinstehende und als Angestellte bei einer Bank. Außerdem haben sie ja schon eine Wohnung, für die sie Miete bezahlen!"

„Na ja, irgendwie muss ich mich halt über Wasser halten."

„Über Wasser halten? Aber wie?", forderte Agnes ein.

„Bin ich verdächtig?", fragte Min.

„Ich dachte, ich bin das Opfer."

Min hatte recht, auch Greg musste einsehen, dass seiner Kollegin die Sache mit der Kripo wohl etwas zu

Kopf gestiegen war. Sie fragte Sachen und bediente sich dabei eines Tonfalles, der nicht gerade sachlich war.

„Agnes, lass mich mal bitte", meinte Greg und übernahm das Gespräch.

„Was ist mit den Betäubungsmitteln?"

„Keine Ahnung, die habe ich nie genommen."

„Wir haben an einem Glas in ihrer Wohnung den Speichel und den Fingerabdruck einer weiteren, vermutlich weiblichen Person gefunden."

Min blieb still.

„Galia", dachte sie.

„Haben Sie eine Ahnung, wer …?"

„Ich habe bisher nur eine Freundin hier."

„Und die wäre?"

Min nahm ihr Smartphone heraus und zeigte dem Beamten Nummer und Name. Sie selbst brachte es nicht über die Lippen, Galia anzuschwärzen.

„Sonst noch jemand aus ihrem näheren Umfeld?"

„Einen Halbbruder habe ich noch."

Min brach in Tränen aus:

„Was wollen sie noch? Soll ich mein gesamtes Umfeld verdächtigen? Wie soll ich so leben?"

„Wie verstehen das ja, aber es steht eine Straftat im Raum."

„Was für eine Straftat?"

„In ihrem eigenen Interesse …"

„In meinem Interesse? Ich möchte vergessen. Vergessen ist mein Interesse!", rief die Frau jetzt aufgebracht.

„Ich will keine Angst mehr haben müssen", meinte

Min.

Ob die Beamten das diffizile Geflecht aus Verdrängung, Angst, Ungewissheit und gegenwärtigem Druck, ihr Umfeld zu verraten, nun auch erkannten oder nicht, sie taten das einzig Richtige und rieten ihr, sich psychologische Hilfe zu holen.

„Ja, ich weiß … Ich wollte ja gestern schon anrufen …", weinte sie.

„Machen Sie das…aber das ist nicht alles, der Arzt fand Spuren von Geschlechtsverkehr, den sie vermutlich in der Zeit ihrer Bewusstlosigkeit hatten."

„Oh Gott, nein", wimmerte Min.

„Sollen wir jemanden anrufen? Jemand, der sich um sie kümmert?"

Min schüttelte den Kopf.

„Nein, nein. Ich will allein sein."

Greg schaute zu Agnes. Ihr Blick war ihm gegenüber zwar immer noch eiskalt, doch auch sie hatte Verständnis dahingehend, jetzt erst einmal wieder zu gehen; beide Beamten standen auf und gingen in Richtung Haustür.

„Wir melden uns die Tage noch mal. Auf Wiedersehen."

„Wiedersehen", meinte Min, die die Haustür daraufhin öffnete und gleich wieder schloss.

Die beiden Beamten saßen wieder in ihrem Dienstfahrzeug.

„Na toll, und was ist mit dem Halbbruder?", fragte Agnes.

„Mist, habe ich vergessen."

„Ach und was ist mit der Frau aus dem Hinterhofcafé.

Die mexikanische Tote. Wir hätten zumindest einmal fragen können, ob sie die kennt."

Greg schnaufte schwer und meinte vorwurfsvoll: „Hättest Du nicht die harte Kripotante gespielt am Anfang wäre das nicht passiert."

„Und hättest du dich nicht von ihren Weinereien einlullen lassen und mal auf dein Zettel geschaut, wäre das auch nicht passiert", konterte Agnes und mutmaßte weiter:

„Wenn die Tat nun zu einer Serie gehört, die gleichaussehende Frauen betrifft, dann müssen wir sie zumindest warnen und bitten, vorsichtig zu sein. Nicht umsonst haben wir explizit Order von oben bekommen, die Frau als potenziell nächstes Opfer zu betrachten und sensibel in Hinblick auf potenzielle Zeugen, Täter und Komplizen zu sein; schon vergessen?"

„Man Himmel, ..., die hat Probleme. Psychische Probleme. Die kann unsere Warnungen und halb garen Vermutungen so nicht gebrauchen."

„Dann soll sie in eine Psychiatrie, oder weiß der Kuckuck."

„Weiß der Kuckuck, sehr toll."

Agnes schwieg und schaute geradeaus.

„Ich rufe sie später noch einmal an", meinte die Polizistin.

„Ach, mach was du willst noch mal", raunte der Beamte, schnappte die Schnalle seines Anschnallgurtes, rastete diese ein und fuhr los.

Rechtfertigung

„Warum und wie sehe ich ab? Ab von künstlerischen Prozessen, die bereits in Gang gesetzt sind?", fragte Adam rhetorisch.

„Das, was häufig übersehen wird, ist: eigenes Dasein. Die Explosion, die mit einer auslöschenden Geburt passiert, ist ein künstlerischer Einzeller.

Ein Standbild.

Eine Standpauke.

Ein Lichtblitz blinden Momentes.

Wir brauchen ein mehr an Masse, ein mehr an Klasse, ein Mehrwert, der verdientermaßen Stufen erklimmt oder sich nach unten hin beugt.

Wir haben für alles die richtigen *Töpfe*, doch ein *Topf* fehlt. Und es fehlt *ein* Topf.

Die Aufgabe ist sichtbar und man kann sie begreifen, indem man Entfaltung kennt.

Es gibt gute Menschen.

Es gibt Gutmenschen.

Und es gibt gute Gutmenschen.

Wer von euch will mir sagen, was es bedeutet?

Wer will sich rechtfertigen, während die Tapete im Hintergrund von Schwarz zu weiß wechselt und der Rahmen, in dem er steht, von Gold zu Oker wandelt, von Silber zu Grau und von einstmals zu jemals.

Mundtot sein durch tote Seiten.

Mundtot sein durch mündende Flüsse, die aufeinandertreffen und sich nicht zu sagen haben, außer einer leeren Blase.

Mundtot durch Sedierung, durch Sezierung."

„Warum ein Tier an seinen Instinkten hindern, warum es bei Menschen tun?

Und wann und warum solle man damit aufhören, einen Instinkt zu stimulieren, zu fördern, abzuschwächen?

Darf man überhaupt aufhören, sofern man die Erkenntnis erlangt, oder ist Teil der Erkenntnis, dass es praktisch unmöglich bleibt; umgekehrt gefragt: Darf man überhaupt weitermachen?"

„Ein drittes und letztes noch: *Ja!* Immer noch … in diesem Sinne … Auf bald."

Adam hatte seine Ansprache über sein Streaming-Kanal beendet und wusste sich erleichtert zu fühlen, wenn ihm auch ein passender Schlussakkord, der auch ein Anfangsakkord hätte sein können, nicht gestattet war. Er meinte, just Zeugnis abgelegt zu haben, konnte sich aber ab sofort nicht länger daranhalten und pendelte nun zwischen dem vermissten Aktionismus, der seiner gemachten Ansprache vorausging, und dem noch nicht erfolgten Aktionismus, der *nun* folgen musste.

Jola hatte die Rede mitgehört, sie war im Haus und machte etwas zu essen, sie mochte es die Hausfrau zu sein und mit Adam ein Leben zu führen, das einem solchen ähnelte, wo der Mann tagsüber arbeitete und die Frau sich eben um den Hausstand, die Kinder - die sie ja noch nicht hatten- und derlei kümmerte.

„Wer sich verteidigt, klagt sich an", meinte Jola trocken zu Adam, der jetzt in die Küche kam, um sich einen Drink zu machen.

„Und wenn es meine Freiheit ist, mich anzuklagen, zu verteidigen und gerichtet zu werden - von was auch immer."

„Klagen und Freiheit haben nicht viel miteinander zu tun…vor allem nicht, wenn sie sich wie bei Dir auf einen Punkt konzentrieren, auf einen einzelnen Fleck, auf dem Du stehen bleibst."

„Ich bleibe nicht stehen."

„Aber ein *Teil* von Dir tut das. Und der ist verletzt, verletzt und gescheitert und Du meinst mit deinem Gelaber, Balsam darüber legen zu können. Von wegen: eigenes *Dasein, Entfaltung, Instinkte.*"

„Wer hat nun recht der marschierende, vorwärtsschreitende Fuß oder der, der auf der Stelle steht und Halt für den Moment gibt?", fragte Adam.

„Bist Du wirklich so behindert?"

„Scheiße. Verdammt."

„Du solltest Dich ein bisschen zurücknehmen, weder das eine noch das andere klappt derzeit."

„Zurücknehmen? Was sagst Du? Ich habe Dir gesagt, wir haben nur eine Chance…und Du sprichst vom Zurücknehmen?"

„Ich meine ja nur. Das Schicksal ist gegen uns."

„Schicksal? Bullshit!"

„Das Blatt hat sich gewendet, bevor du es ausspielen konntest. Vielleicht hast Du einfach überzeugt, zu viel Glück gehabt oder es ist…einfach dumm gelaufen. Du brauchst jetzt nichts mehr zu machen. Du bist am Ziel *und* dir wurde Einhalt geboten", meinte Jolanda.

„Solch ein Werk ersinnt die Ausgeburt des Wahnsinns! Der Betrüger von Leben und von Tod! Etwas Gestorbenes stirbt nicht und etwas Lebendes lebt nicht."

„Dein Spiegelbild ist es,- nur umgekehrt. Lass uns lieber was essen, ja? Wo willst Du sitzen?"

„Pah!" Adam warf die Schüsseln und das Geschirr beiseite und ging aus dem Haus.

Protagonist oder Autor

Der erste Termin mit einem Psychiater sollte in vier Wochen stattfinden und dabei hätte Min noch Glück gehabt, wie man ihr am Telefon sagte, denn ein Klient sei abgesprungen und habe diesen Zeitraum freigemacht. Erleichtert, aber auch ein wenig irritiert, was sie solange machen solle, nahm sie sich im Selbststudium, das Buch über Angsterkrankungen vor und begann ein wenig darin zu blättern.

Sie las von Verdrängen, von inneren Kindern, von Triggern und von Reflexion. Die Theorie und die Fachbegriffe waren ihr mühselig, die Erklärung zu aufgesetzt oder mit zu vielen Bauernweisheiten vermischt. Sie legte dieses Buch beiseite und nahm sich stattdessen, jenes Buch vor, welches sie aus dem Krankenhaus mitgebracht hatte.

Sie las ein Kapitel: *„Wie ich Angst vor der eigenen Größe entwickelte…"* und darin, wie sich die Protagonistin für ihre umworbene Schönheit geschämt habe, den

Anblick in den Spiegel pervertiert vorgefunden, sich dabei gehasst und auf sich selbst eingeschlagen hätte. Angst bekommend, in den Spiegel zu blicken, habe sie angefangen, sie sich selbst verbal und physisch in den Dreck zu ziehen. Es gab auf der Arbeit, in ihrer Agentur und bei den Kunden immer gute Worte, Bestätigendes und Gleichgesinntes - aber und auch heuchlerisches.

Die Heuchelei war im Einheitsbrei des Gleichgesinnten ein zündender Funke, Verdammnis und Rettung zugleich. Ein Armutszeugnis, das Heil versprach.

Gute Menschen kommen, wenn schon nicht direkt in die Hölle, zumindest doch an ihre Pforte. Schlechte Menschen hingegen, machen sich auf den Weg zu entscheiden. Es sei ein Schauspiel für Götter, die sich erhaben, einer Freiheit mit Einschränkung wegen und an einer Gabe mit Behinderung, erfreuen. Und haben diese Götter schon nicht diese Freiheit der menschlichen Torheit, ist ihnen zumindest das Nichtschlechte, ein Besseres gegeben, was ihnen von Neid und Missgunst absehen ließe.

Min fragte sich, was das alles mit Angst zu tun hätte, außer dem vermeidenden Blick in den Spiegel, konnte sie doch erst nicht verstehen, wie die Protagonistin, oder die Autorin, denn das Buch schien eher eine Art Autobiografie zu sein, zu einer Angst gekommen sei. Die Leserin konnte sich nur diesbezüglich einen Reim machen, indem sie das Schlusswort zum Kapitel las, das in etwa wiedergab, das Angst, nicht gleich Angst ist und das, in den Momenten, wo es beginnt *schlecht* zu werden, die Zinsen für das *Gute* bereits steigen und das Investment nur eine Frage der Zeit ist. Angst solle man vor allem haben, vor Verlust der Kontrolle, auch wenn diese Kontrolle, wiederum bedeute, mit Angst umgehen zu können.

Just als sie meinte etwas Tiefergehendes zu verstehen, klingelte das Telefon. Min nahm das Gespräch nach einigem Zögern an:

„Hier ist noch einmal die Polizei. Mein Kollege und ich waren vorhin bei Ihnen und ich möchte Sie bitten, auf einer Polizeiwache, noch die Kontaktdaten ihres Bruders zur Verfügung zu stellen."

„Halbbruder."

„Ja, Verzeihung … Ihres Halbbruders. Außerdem möchten wir Sie bitten, vorsichtig zu sein."

Min wusste nicht, was sich dahinter verbarg, aber es klang überzeugend und sie fragte nicht weiter nach.

„Okay, verstanden."

„Gut, das war es auch schon…und verzeihen Sie etwaige Unannehmlichkeiten von vorhin. Guten Tag noch."

„Auf Wiederhören."

Agnes hatte wieder aufgelegt und signalisierte Greg mit einem Nicken, das alles in Ordnung sei. Greg schaute sich gerade den Bericht des Busunfalles in Mitte an, bei der die Beifahrerin des Autos, welches mit dem Bus zusammengestoßen war, ihr Kind verloren hatte. Greg war nun im Begriff, Zeugen zu laden, und versuchte jenen Mann zu erreichen, den seine Kollegin in einem Lokal befragt hatte und der mit *ausgesprochen guter Sicht zum* Unfallgeschehen positioniert gewesen war. Dieser Mann, es handelte sich

dabei wohl um Adam, hatte eine Telefonnummer angegeben und man wollte ihn kurzfristig noch einmal
auf die Wache laden, zwecks Befragung, ob er sich
mittlerweile vielleicht doch an etwas erinnern könne.
Der Anruf blieb erfolglos; die angegebene Nummer
war nicht zu erreichen.
Dass die Beamten zu diesem Zeitpunkt keine nament-
liche familiäre Verbindung zwischen Min und Adam
herstellen konnten, war dem Umstand geschuldet,
dass sie als Halbgeschwister unterschiedliche Nachnamen trugen. Und die Kontaktdaten, also auch den
Namen des vermeintlichen Halbbruders von Min, als
Zeugen oder potenziellen Verdächtigen, hatten sie ja
gerade erst angefordert.

Agnes hatte indessen die Adresse von Galia abgeru-
fen und gab Greg ein Zeichen dieser Spur nun nachzugehen, am besten, indem man persönlich vorstellig
werden würde.
Greg gab die Vorladung von Adam als Zeugen für
den Busunfall in Auftrag, schnappte seine Jacke und
folgte seiner Kollegin zu den Dienstfahrzeugen.
Zu Hause trafen die beiden Polizisten Galia nicht an
und so machte Agnes sich daran, die Frau telefonisch
zu erreichen. Galia meinte daraufhin, sie sei auf der
Arbeit, müsse Überstunden machen und es dauere bis
zum Abend, ehe sie zu Hause sei und für ein Gespräch
zur Verfügung stünde. Man lud sie daraufhin vor die
nächsten Tage -aber bitte möglichst zeitnah auf die
Wache zu kommen, eine Aussage in dringender Sache zu machen und dabei auch gleich eine Probe ihres
Speichels und ihrer Fingerabdrücke abzugeben.

Überrascht von rigoroser Stringenz der Aufforderung, fragte Galia, ob sie verdächtig werde, woraufhin die Polizistin Agnes nur meinte, sie dürfe aus ermittlungstechnischen Gründen nicht mehr sagen.

Zusammenkunft

Am Empfangstresen der Polizeistation stehend, übergab Min die Kontaktdaten ihres Halbbruders in Form seiner Telefonnummer, der Nummer seines Mobiltelefons, sowie der Adresse seiner Berliner Wohnung. Zudem gab sie an, sie hätte den sozialen Netzwerken ihres Bruders entnommen, dass er sich derzeit in London befände. Sie selbst hätte mit ihm seit Tagen nicht gesprochen.

„War es das?", fragte Min, als hinter ihr die Eingangstür aufging und ein ihr bekanntes Parfüm herüberwehte. Umblickend sah sie in das Gesicht ihrer Freundin Galia. Beide waren erstaunt, blickten sich sekundenlang an, ohne dass die eine oder die andere eine nennenswerte Regung zeigte.

„Min."

„Galia."

„Was machst du hier?", fragte Galia und ließ sich noch einmal erklären, was Min am Wochenende passiert war.

„Und hast du etwa…hast du etwa ausgesagt, ich hätte etwas damit zu tun?"

„Nein, aber sie haben mich nach Kontakten gefragt. Nach Freunden und so. Da habe ich dich genannt, ja."

„Na toll. Und ich bin jetzt verdächtig oder wie? Als Freundin?", fragte Galia.

„Nein, also … keine Ahnung. Ich weiß auch nicht …"

„Wie auch immer …"

Galia ging ein paar Schritte weiter in den Raum hinein, gab ihren Ausweis am Empfang der Polizeidienststelle ab und meinte dazu:

„Ich soll eine Aussage machen und einige Proben abgeben; sie haben mich gestern angerufen."

„Ja, kommen Sie bitte mit."

Die Polizistin am Empfang gab Galia daraufhin ihren Ausweis zurück und führte sie an verschiedenen Schreibtischen vorbei, zum Arbeitsplatz von Agnes, die gerade Papierkram sortierte.

Die Polizistin vom Empfang stellte Galia mit vollen Namen vor und überließ sie ihrer Kollegin Agnes zum weiteren Gespräch und zur polizeilichen Aussage. Nach einer kurzen, gegenseitigen Begrüßung und Vorstellung fing die Beamtin an zu fragen, wo die vorstellig gewordene Frau, also Galia, letzten Samstagabend bis Sonntagmorgen gewesen sei.

Galia antwortete, sie sei zu Hause geblieben, in ihrer Wohnung und es gäbe keine Zeugen. Sie hätte zwar überlegt, sich eine Pizza liefern zu lassen, dann aber davon abgesehen, aus Gewichtsgründen und auch aus einem daraus resultierendem, mangelnden Appetit.

Agnes stellte noch weitere Fragen, die sich um das Verhältnis zu Min, dem letzten Treffen mit jener und weiteren gemeinsamen Bekannten und Arbeitskollegen drehten.

Das Gespräch dauerte etwa fünfzehn bis zwanzig Minuten und im Anschluss daran bat man Galia noch um Fingerabdrücke und Speichelprobe, was eine weitere Viertelstunde dauerte. Danach war die Frau wieder entlassen und konnte gehen.

Min hatte im Empfangsbereich gewartet, um die Wogen zwischen ihr und ihrer Freundin zu glätten, und wollte die Gelegenheit am Schopf packen, weniger bis gar kein Misstrauen mehr ihrer Freundin gegenüber zu empfinden und hoffentlich wieder in ruhigeres Fahrwasser in der gegenseitigen Beziehung zu gelangen.

Galia sah zwar, dass Min in einem Stuhl vor der Eingangstür der Wache saß und wartete, würdigte ihr aber keines Blickes mehr und ging wortlos vorüber. Min rief ihrer Freundin zwar die Frage hinterher, ob sie gemeinsam einen Kaffee trinken gehen würden, musste jedoch die kalte Schulter ihrer Freundin als eine klarstellende Antwort akzeptieren. Galia hatte sich weder umgedreht noch einen Ton von sich gegeben und war schnell im städtischen Trubel des Morgens verschwunden.

Greg hatte, während Agnes mit Galia beschäftigt war, eine Verbindung zwischen den potenziellen Zeugen im Fall des Busunglücks und dem Halbbruder der bewusstlos aufgefundenen Min hergestellt und mit dieser just gewonnenen Erkenntnis, dass es sich um den gleichen Mann, also Adam, handeln müsse, habe der Polizist einmal Nachforschungen im Internet betrieben und war auf den Streaming-Kanal des Mannes gestoßen, dabei insbesondere und zufällig auf das aufgezeichnete Video vom Dienstagvormittag. Greg setze die Kopfhörer seines Computers auf und spielte das Video ab einem willkürlichen Zeitpunkt ab:

„Die Formel zum Motiv lautet: Schließt euch der Bewegung von Adams Men'schen an. Bei uns gilt: Alt ist jung und jung, ist alt. Wir künsteln nichts. Der Kreislauf ist in sich geschlossen und die Wiedergeburt aus dem Alten, für manch die ewige Jugend ist unsere Predigt. Wir bedienen uns eines Besten und prüfen und messen uns daran. Wir prüfen immer wieder, ob wir uns verlieren im Geäst aus Wahrheit und Lüge, aus Gönnerei und Neiderei, aus Krieg und Frieden. Wir gehen und legen Wege. Römische Legionäre sind wir sterbend im Alter mit einem Lächeln. "

Ohne dass Gregs Finger nun nicht schneller gewesen wären als sein Kopf, wäre ihm das eigentlich Interessante nicht mitgeteilt worden: Nämlich aus einem Versehen heraus, (er hatte nämlich die Maus des Computers unachtsam über den Bildschirm geschoben, als er aufzustehen gedachte und sich parallel dazu den Kopfhörer abnehmen wollte) sprang das Video einige Augenblicke zurück, dahin, wo Adam meinte:

„Habt ihr von den Toten in Berlin gehört?"

Die Assoziation der *Toten in Berlin*, die Verbindung zum Rahmen um die Tote aus dem Hinterhofcafé und die Ansage: *„Die Formel zum Motiv lautet ... alt ist jung und jung ist alt ... "* ließ ihm den Schluss zu, hier auf einer brandheißen Fährte im Zuge der *mexikanischen Toten* zu sein.

Er sendete das Video mitsamt den Gedanken dazu an

den Kommissar Piet Steinar und ging daraufhin rüber zu Agnes, um dieser von seinen Erkenntnissen zu berichten.

Die Bestattung und die Opfergaben

Adam wusste, dass es aus war; oder aus gehen werde. Er hatte Visionen gehabt, wie in einem schamanistischen Ritual hatte er nieder gelegen, wie ein Mönch und Hexer hatte er meditiert, wie ein Zarathustrier hatte er sich in Gedanken bestatten lassen. Er drückte auf Aufnahme und ging live:
„Die Hunde! Hetze und Häme ist ihr Metier. Sie jagen mit alten Vätern in Minen nach Reichtum, ziehen die Lore, beißen das Mittel der Gleise, um Seiten zu wechseln und ein Spiel voranzutreiben, das sie selbst haben darben lassen. Um mit Heureka hinauszuschießen. Haben sie, was sie verlangen, liegen sie schlafend oder feiern abseits oder rufen aus der Ferne ihren Schabernack. Es sind vermachte Könige, die sich als Bettler verkleiden und so das Glück auf sich ziehen. Könige für einen Tag erwiesene Gnade wird ihnen zuteil; und verleumderisch sind sie noch in ihrem Verrat und andersherum.
Und ein weiteres: Trennung ist nicht länger nur schwarz oder weiß auch nicht, was die Hautfarbe oder ähnliches betrifft, sondern es ist in und um das Wissen und das Unwissen. In sich selbst und gegeneinan-

der. Das heißt, man trennt einerseits selbst das Wissen konträr in Schwarz und Weiß und andererseits auch das Unwissen in Schwarz und Weiß; und zu allem Überfluss ist dieses Wissen zu Unwissen auch wieder schwarz und weiß.

Außerdem: Da wo Motten in das Licht fliegen, kommt das Licht hin, um Motten ins Licht fliegen zu *lassen*. Das Licht spielt ein göttliches Prinzip, ein Gefühl nach. Das Licht ist der wahre Übeltäter der Götter. Und das Gegenlicht, das Dunkel, will dunkel bleiben und scheidet Lichtbringer aus, ein Verkauf und ein Handel der Prinzipien und Ordnungen. Niemand ist je treu, um der Treue willen.

In diesem Sinne werde ich mich verabschieden, bevor es begonnen hat. RIP: Adams Men´schen; ewige Totgeburt in Armen einer nicht lebenden Mutter."

Steinar saß an seinem Arbeitsplatz und hatte live verfolgte, was Adam streamte. Jener Polizist, den er um Amtshilfe gebeten hatte, Greg lag goldrichtig mit seiner Spur.

Und wie auch immer Adam es gewusst oder geahnt hatte –auch er lag richtig in dem, was er sagte. Man war ihm auf den Fersen.

Denn der Kommissar hatte Minuten vorher sein Resümee gezogen:

Adam war Hauptverdächtiger in der Schändung der sogenannten *mexikanischen Toten*. Er hatte alleine - oder mit Komplizen, und unter anderem dachte Steinar hier an das Überwachungsvideo aus dem Hinterhofcafé, Leichen geschändet und man könne auch den potenziellen Verdacht nicht ausschließen, dass er

diese ermordet oder zumindest der Ermordung bei-
gewohnt habe.

Das perfide *Kunstwerk* der ´*mexikanischen Toten*´ bestand darin, dass das Alte die Krone des Neides für
das Junge trug, während das Junge mit einem Lächeln für die Alte starb.

„*Die Formel zum Motiv lautet: … Alt ist jung und jung
ist alt …*"

Die Kombination der beiden Werke war das eigentliche Werk.

Alles Weitere blieb im Dunkeln.

Epilog I

Schweißgebadet wachte Min in einer kalten Winternacht eines Februars auf. Zitternd am ganzen Leib. Sie hielt ihren dicken, schwangeren Bauch und atmete schwer. Als würde sie etwas verlieren, wenn sie nicht aufpasse. Min erinnerte sich an den Traum von eben; sie hatte ihn gesehen:

Adam. In ihrer Wohnung. In jener Nacht des vergangenen Spätsommers, als sie ins Krankenhaus eingeliefert wurde.

Min hatte gesehen, wie Adam sie bedrängte und schlug.

Sein Atem, seine Hand.

Seine Worte:

„Mutter, Mutter."

ZWEITER TEIL

Kultur für Steinar

Steinar hatte morgen einen freien Tag und entschied sich, diesen damit zu verbringen, dem kulturellen Leben der Stadt Berlin beizuwohnen. Auf einer entsprechenden Informationsseite im Internet scrollte er lesend hin und her. Gemälde wollten ihn gefallen, Geschichte und Kriege.

„Oldschool", dachte er und klickte dabei, in seinem Browser weiter, auf eine Seite für moderne Kunst. Er las einen Artikel, der mit interessanten Fotografien daherkam:

„Totenwelten, inspiriert durch Freude im Umgang mit dem Thema Tod, sowie der mythischen Sogkraft dieses 'Antagonisten eines Lebens' und in Verbindung mit der, seit den Neunzigern existierenden Wanderausstellung zum Thema Körper, sind komplexe Skulpturen geschaffen, die zum Nachdenken und Rätseln anregen."

Steinar notierte in seinem Smartphone die Daten der Ausstellung und schloss den Browser. Die Mittagspause war beendet.

Steinar selbst hatte seine Erfahrungen mit dem Tod. Zum einen hatte er eine Frau an ihn verloren, vor vier Jahren bei einem Autounfall. Sie fuhr nachts von der Arbeit nach Hause, landete übermüdet und als Geisterfahrerin auf der Gegenspur der Autobahn und fuhr in einen entgegenkommenden Vierzigtonner. Sie war augenblicklich tot und ihr Anblick bot wenig Aussicht darauf, ihren Körper im Ganzen und würdig, beerdigen zu können. Die Familie stimmte demgemäß einer Feuerbestattung zu und man verbrannte die Leiche seiner Frau, um die Urne anschließend und statt ihres toten Körpers zu beerdigen. Dies tat man, nicht ohne, etwas von der Asche an die Familienmitglieder zu verteilen, damit sie, die Verstorbene in separaten Urnen zu Hause ebenfalls ehren konnten.

Steinar hatte seine *eigene* Urne auf dem Kamin, zusammen mit immer frischen Blumen und einem großen Porträtfoto.

Wenn dies die eine, nähere Erfahrung gewesen war, die Steinar mit dem Tod hatte, so war die andere, nicht weniger persönlich, -ganz im Gegenteil:

Er selbst war dem Tod nur knapp entronnen, nachdem er bei einer Schießerei im Dienst tödlich verletzt worden war. Dies ereignete sich in den Anfängen seiner kommissarischen Laufbahn vor zwanzig Jahren und im Zuge eines Sondereinsatzkommandos, in das er damals als Frischling berufen war. Ein Banküberfall hatte seinerzeit ein derartiges Ausmaß genommen, dass die Geiseln von den Entführern und Räubern regelrecht hingerichtet wurden und eine Stürmung der Bank befehligt wurde. Noch grün hinter den Ohren, stürmte der junge Steinar mit seinen Kollegen des SEK die Bank und wurde von einer Schusswaffe getroffen, deren Patrone ihn fest im Bauch steckte, - einige Zentimeter neben der Hauptschlagader.

Er wurde aus dem Einsatz genommen, sofort in ein

Krankenhaus gebracht und notoperiert. Die Zeit, die er in Lebensgefahr schwebte, erinnere er als ein weißes Licht, in das er, wie in einem Traum hineinzugehen gedachte, doch, das ihm noch derart zäh und verhangen war, das er nicht hindurch kam und infolgedessen, einige Stationen seines Lebens, stets in diesem hellen Licht getaucht, durchlebte, um schließlich aber doch wieder im Krankenhaus zu erwachen.

Steinar hatte als Mittvierziger, also durchaus seine Erfahrungen gemacht.

„Gibts was neues Steinar?", fragte seine Kollegin Michelle, die gerade aus der Mittagspause kam.

„Nicht wirklich…morgen habe ich frei."

„Ach du Glückspilz."

„Schon etwas vor? Was macht Mari?"

Mari war seine, nun ja wie sollte er es nennen? Eine ´Weggefährtin´, - von Zeit zu Zeit zumindest. Dass der Weg meist im Bett begann oder endete, war nebensächlich, aber entsprach den Tatsachen.

„Morgen bleibe ich allein, wenn nichts dazwischenkommt", meinte er und sagte leise zu sich, dass man ja nie wissen könne.

Michelle schaute ihn immer noch fragend an, als würde sie ihre Frage, was Mari mache, nicht beantwortet finden, was ihr in Erfahrung zu bringen ein eigentliches Interesse war. Steinar, der erst ein wenig auf der Leitung zu stehen schien, reagierte bald:

„Die ist beim Boxtraining und Yoga oder so, zumindest morgen vormittags, das macht sie immer. Heute Abend ist sie zu einem Arbeitsessen und ja, … ihr

geht es so weit ganz gut…auch gesundheitlich…keine Beschwerden."

Steinar, offenkundig überrumpelt und dabei unbehol-
fen, räusperte sich:

„Und dein Mann? Was macht der?"

„Er ist auf Geschäftsreise. In Hongkong."

„Hongkong?"

„Ja, warst du da bereits?"

„Da muss ich überlegen, kann gut sein."

Steinar war nie in Hongkong gewesen. Das wusste
er, das wusste sie.

„Also, wo geht es für sich hin im nächsten Urlaub,
Steinar?"

Der Mann wusste nicht, warum, aber Michelle hatte
eine Arroganz und eine Strenge an sich, die ihm an
diesem Mittag unsicher machte, was ein persönliches
Gespräch anging. Sie wusste zu viel, als dass es
Smalltalk war und dabei zu wenig, als dass man hätte
ernsthaft von einem tiefen Gespräch reden können.

„Tel-Aviv!?", meinte er mehr fragend.

„Israel? Ob sie einen Heißsporn wie dich da rein lassen? Da musst du dich aber von deiner besseren Seite
zeigen, Herr Kollege."

Michelle lächelte nun wenigstens, auch wenn er nicht
wusste, ob mit oder über ihn. Es wurde ihn allerdings
zu bunt, sie war doch zu weit gegangen.

Steinar, eigentlich selbst kein Kind von Traurigkeit,
meinte:

„Dann wirst du wohl in einem Tierpark Urlaub machen."

Eine Kollegin, die das Gespräch unweigerlich mitangehört hatte und gerade an ihrem Kaffee nippte, prustete aufgrund von Steinars harscher Antwort aus und der Überraschung halber in den Kaffeebecher hinein, womit der Inhalt nicht zuletzt, weil die Tasse vollgefüllt war, in ihrem Gesicht und um ihren Arbeitsplatz verteilt lag.

„Sehr witzig Steinar", meinte Michelle, die sich nun wieder daran machte, ihre verbliebenden Akten, welche auf einem Stuhl neben ihr zwischengelagert waren, einzuordnen.

Steinar ging nun auch ab und zwinkerte der Kollegin, also derjenigen, die ihren Kaffee im Eifer des Moments ausgeschüttet hatte, zu, woraufhin sie lachte und den Kommissar beobachten konnte, wie er erst mal nach draußen auf den Balkon gehend verschwand.

Mia

„Meine Kleine, ja … meine Kleine."

Min nahm ihre Tochter aus dem Kinderbett heraus und wiegte sie im Arm.

„Mia Maus", sagte sie und stupste sie dabei auf die Nase.

An der Tür klingelte es. Min ging langsamen, aber zielstrebigen Schrittes zur Eingangstür des Hauses und öffnete.

„Galia, schön, dass du es einrichten konntest."

„Na klar, Schätzchen. Ich übe doch schon mal",

Galia schwang dabei ihren Bauch nach vorne, der ebenfalls von nahendem Nachwuchs zeugte und dick und rund unter ihrem rosafarbenen Baumwollpullover verborgen lag.

Galia war gerade im fünften Monat schwanger.

„Wann musst du da sein?"

„Um elf Uhr. Pünktlich. Darauf legt er größten Wert."

„Diese Psychoklempner haben doch selbst alle ´ein an der Klatsche´."

„Psychiater. Galia. Und die Therapie ist sehr gut."

„Na dann …" Galia verkniff sich weitere bissige Kommentare und nahm den kleinen Knopf an sich.

„Ich bin in etwa zwei Stunden zurück, wir können dann etwas zu Mittag essen, wenn du magst", bot Min an und meinte einen Augenblick später noch: „Aber denk nicht, dass ich koche! Lieferdienst!"

Galia, mit der Kleinen im Arm, saß mittlerweile auf dem Sofa im Wohnzimmer und hatte den Fernseher eingeschaltet, während sich ihre Freundin aus dem Bad heraus die Tür dabei offenstehend unterhielt.

„Was willst Du denn bestellen?"

„Worauf du Lust hast, Koreanisch, vielleicht mal wieder?"

„Die liefern Suppen?"

„Ach, was weiß ich, wir … Pizza tuts auch."

Min stand im Wohnzimmer. Aufgetakelt.

„Ich dachte, du gehst zum Psychiater und nicht zu einem deiner Shootings", meinte Galia.

Min lächelte nur.

„Bis später, Galia."

„Bis dann Schatz."

„Dann wollen wir uns mal die Zeit vertreiben …", meinte die Babysitterin der kleinen Mia zugewandt. Sie legte das Kleinkind in ihr Kinderbettchen und stupste das im Stoffhimmelszelt befindliche Baumwollherz an, auf das es hin- und herschwang.

„Wie geht es Ihnen heute?", fragte der Psychiater.

„Ich habe nicht viel zu erzählen, glaube ich."

„Versuchen sie es doch einmal."

„Ich fühle mich als Versagerin."

„Warum?"

„Weiß nicht."

„Wie geht es mit ihren Ängsten?"

„Die sind weg. So gut wie."

„Das ist ein Erfolg, darauf können sie stolz sein."

„Ja, aber anstelle der Ängste treten Selbstzweifel, Versagens- und Verlustängste. Der Platz ist frei für neue Seelenkrankheiten. Scheinbar ist der reserviert für solche Sachen. Schicksal Psychoterror."

„Was machen ihre Träume? Träumen Sie noch von … Adam?"

„Ja, ab und zu. Immer wieder dieselbe Szene … , als er mit seiner Hand …"

„… mit seiner Hand … sprechen Sie ruhig darüber. Es tut ihnen keiner etwas."

„… mit seiner Hand über meinen Bauch fährt und ihn berührt, um gleich darauf zuzuschlagen. Ich wache auf und rieche sein Atem, höre seine Stimme, die nach seiner Mutter verlangt."

„Ihrer Mutter?"

„Ja, aber ich kannte sie ja nicht. Sie ist nur der Körper,

der mich hervorgebracht hat. Biologisch gesehen. Ich habe keine Erinnerungen an sie. Eine Halskette habe ich von ihr. Zu Hause. Adam hatte sie mir geschenkt, zum Geburtstag vor etwa drei bis vier Jahren …", sie machte eine Pause.

„Wie konnte ich mich nur so täuschen?"

Der Psychiater machte eine kurze Pause.

„Erinnern Sie sich an den Missbrauch? An das Kopulieren?"

„Nein gar nicht. Nichts. Ich war ja total weg von den Medikamenten, die er mir in mein Wasser geschüttet hatte. Es ist, als hätte es nicht stattgefunden."

„Warum haben sie sich für das Kind entschieden? Ich meine, Sie hätten abtreiben können."

„Hätte ich das?"

Min fing an zu weinen und ihre Schminke verlief.

„Nun ja, ich denke, darüber haben wir auch schon öfters und ausgiebig gesprochen. Sie haben recht."

Der Psychiater reichte Min eine Box mit Taschentüchern.

„Lassen Sie uns über etwas anderes sprechen."

„Wie verbringen sie ihren Tag?"

„Frühstücken. Mich um die Kleine kümmern. Ab und zu ein Termin zum Shooting oder Laufsteg."

„Verdienen Sie gut?"

„Ja durchaus. Die Jobs sind klasse. Die Agentur ist klasse."

„Sie reisen viel für sie Arbeit?"

„Ja."

„Passt ihre Freundin dann immer noch auf ihre Kleine auf?"

„Galia, ja."

„Schon mal überlegt, ein festes Kindermädchen zu organisieren?"

„Warum?"

„Nur so eine Idee."

„Würden Sie sagen, Sie haben Ihr Leben im Griff?", fragte der Psychiater kritisch.

„Ja, …, ja. Natürlich."

„Gut, haben Sie noch etwas? Ich bin durch", meinte ihr Gegenüber.

„Nein, wir können Schluss machen, denke ich", meinte Min.

Sie verabschiedete sich vom Arzt, ging durch den großen Raum, in dem die Therapiesitzung stattgefunden hatte, auf den Flur der Praxis und von dort aus nach draußen.

„Also Wiedersehen. Bis zum nächsten Mal", verabschiedete sich der Doktor.

Min hob die Hand und schritt beruhigt und ausgelassen durch die Straßen zur nächsten U-Bahn-Station.

Pizza und Brause

Min hatte aus der Nähe und aus der Kälte des Tages zwei dampfende Pizzen mitgebracht. Mit den beiden Pappschachteln unterm Arm öffnete sie nun ein wenig umständlich die Haustür ihrer Wohnung.

Drinnen saß Galia seelenruhig vor dem Fernseher, genau wie Mia, die in ihrer Wiege schlief.

Min versicherte sich der Ruhe von Mia, flüsterte ihr ein Willkommensgruß zu, -allerdings ohne sie durch allzu lautes wie nahes Sprechen aufzuwecken und gab Galia schließlich ein Küsschen auf die Wange.

„Bin wieder da."

„Sehe ich."

„Und, ich habe Pizza mitgebracht."

„Sehe ich."

„Artischocken und Thunfisch für dich und dem Etwas in deinem Bauch", meinte Min, als sie die geöffnete Pizzaschachtel zu ihrer Freundin herüberschob.

„Was hast du?"

„Margherita", meinte Min.

„Meine Linie …", fügte sie ein wenig rechtfertigend, hinzu.

„Ach, du kannst doch essen, was du willst."

„Soll ich dich an das Haxenessen erinnern?"

„Oder an den Broilertag?"

„Nee …, las mal. Jetzt ist Pizzazeit", antwortete Min.

„Guten!"

„Guten Hunger."

Schnell war die Pizza vertilgt, es dauerte keine fünf Minuten. Lachend, noch mit vollen Mündern, saßen sie auf der Couch und schauten sich gegenseitig in die leeren Klappschachteln, aus denen es eben noch gedampft hatte.

„Was magst du trinken?"

„Softdrink?"

„Ja, Cola oder Limo",

„Oder …, Fassbrause?"

„Hammer!", staunte die verblüffte Galia, als Min ihr

eine Flasche jenes Getränkes hinhielt.

„Extra für dich."

Min hatte beim letzten Einkauf daran gedacht, wie Galia ihr von dem Getränk vorgeschwärmt hatte, und meinte, es gäbe nichts Geileres nach einer Pizza. Mia lag immer noch schlafend, dessen hatte sich Min gerade versichert, denn die Mutter hatte vor, die Kleine ebenfalls zu füttern. Mia war mit ihren zwei Jahren daran gewöhnt, drei bis vier Mahlzeiten täglich zu bekommen, plus Zwischenmahlzeit, denn die Kleine war ein hungriges Kind.

„Ich würde ja sagen, wir gehen ein wenig spazieren, aber …", begann Min.

„Wenn sie aufwacht, will sie bestimmt essen!"

„Kein Problem, ich muss sowieso in einer halben Stunde wieder los. Erik will mit mir einkaufen gehen. Galia schaute dabei auf ihr Smartphone, um sich einerseits der Uhrzeit zu vergewissern und andererseits der in ihr schlummernden Frage nachzugehen, ob jener Erik sich zwischenzeitlich einmal gemeldet habe."

„Wie sehr magst du ihn?"

„Fünf", meinte Galia trocken und beide lachten.

„Die Skala einer geschwängerten Frau reicht nun mal nur noch bis sechs …, oder sieben, wenn sie wirklich astronomisches Glück hat."

„Was macht die Dating-App?"

Galia fluchte:

„Der Mist taugt gar nichts. Die wollen alle nur das eine - oder gar nichts. Ich habe sie wieder deinstalliert. Aus die Maus."

„Und dein Profil ist das gelöscht? Also ist nur die App weg oder alles?"

„Du stellst Fragen. Alles hoffe ich", meinte Galia

„Hoffst Du?"

„Ach, so 'n Scheiß interessiert eh niemanden … wtf!"

Mia war aufgewacht, was man am Schreien hörte.

„Oh, tut mir leid, war ich das?"

Min lachte:

„Bestimmt. So wie du dich immer aufregst."

„Böse Tante Gal", meinte Min schelmisch, als sie das Kindchen an ihr Gesicht hielt, sich mit der Kleinen hin und her bewegte und dabei halb nach Galia und halb zu dem Kleinkind schielte.

„Erzähl der Kleinen noch so´ n Mist …, Kinder sind sehr sensibel in dem Alter."

Min machte weiter und haute ihre Freundin ins Bockshorn.

„Siehst du, wie zornig sie ist?"

„Ach, du kannst mich mal", meinte Galia, die eher darüber betrübt schien, dass dieser Erik ihr nicht geschrieben oder angerufen hatte.

„Galia, man es ist Spaß."

Den Tränen nahe verabschiedete sich die schwangere Frau und verschwand aus dem Haus.

„Tut mir leid", entschuldigte sich Min, was Galia draußen stehend, schon nicht mehr hörte.

Mia wurde durch ihre Mutter nun weiter gefüttert, woraufhin man noch den Versuch eins Bäuerchens unternahm und sie dann zum Spielen auf die Spielecke gesetzt wurde. Sichtlich erfreut an Büchern und Dreirad beschäftigte sich das Kind jetzt abseits ihrer Mutter, die aufräumte und überlegte, ob ein Kindermädchen für Mia nicht doch eine gute Idee wäre. Immerhin würde Galia bald ein Baby haben, sich kümmern müssen und vielleicht nicht die Zeit oder Lust haben, mit zwei Kindern zu jonglieren, wobei eines, nämlich Mia, dann bereits in einem lärmenden Alter wäre, - was Spielsachen und derlei beträfe und Galia aber selbst viel Ruhe brauche für das Kümmern um ihr junges Neugeborenes. So dachte Min, dass zumindest die nächsten zwei- bis drei Jahre ein Kindermädchen für die kleine Mia nicht die schlechteste Option sei, und verstand nun auch den Gedankengang ihres Psychiaters oder meinte ihn zu verstehen, der ja entsprechendes geäußert hatte in der heutigen Sitzung.

Der Auftraggeber

„Liebe Frau Seelsman, mein Auftraggeber wünscht nicht irgendeine Dame, nicht eine, die man aus dem Katalog einfach auswählt. Sondern wir suchen etwas Besonderes. Etwas Einzigartiges, … etwas Atemberaubendes!"
„Aber wie soll ich Ihnen so etwas anbieten, wenn Sie nicht einmal wissen, wie das Gesicht für Ihre Kampagne in etwa aussehen soll. Ein wenig müssen Sie mir schon verraten."
„Sagen wir mal so: sie solle vom Haupt her dunkel wie die Nacht sein, die vom Himmel niederkommt,

vom Gesicht her weiß wie der Mond, der hell und majestätisch thront, und von den Augen her, strahlend wie der ewige Tag ihrer Jugend."

Victoria Magdalena Seelsman war verblüfft.

„Nun ja, ich werde sicher etwas Passendes finden für Sie...bis wann darf ich fragen, gilt Ihre Anfrage?"

„Wir erwarten etwas *Passendes* innerhalb der nächsten sechzig Minuten."

„Aber ...,"

„Aber aber Frau Seelsman ..."

„... Sie möchten mir jetzt sicherlich vorhalten, wie wenig Zeit Sie haben und das Sie sich schon persönlich darum kümmern, was eine Seltenheit und ein Prädikat wäre, doch Frau Seelsman, vergessen Sie nicht den Preis, den wir bezahlen ..."

„Ja, gut. Ich werde es sicherlich einrichten können."

„Wo soll ich die fertigen Unterlagen hinsenden?"

„Ich werde sie abholen ...", sagte der in Schwarz gekleidet Mann und schaute auf seine Uhr:

„In neunundfünfzig Minuten."

Seelsman nickte und zeigte dem Wachdienst an, die Türen zu öffnen, woraufhin der Mann verschwand.

Es war 14:06 Uhr. Die Dame rief ihren privaten Sekretär.

„Stellen Sie mir bitte *asap* ein Team zusammen. Design, Text, Foto...und was Ihnen sonst noch einfällt. Wir haben in einer Stunde ..., ähm, wir haben in achtundfünfzig Minuten eine Mappe zu einer Anfrage abzugeben. Es ist äußerst dringend und wichtig, dass wir diesen Auftrag bekommen."

„Verstanden."

Seelsman schaute auf den Monitor ihres Computers. Die Modelkartei abbildend, ging sie die verschiedenen Einträge durch.

„Haare kann man färben, Gesicht kann man schminken. Augen ... na selbst dafür gibt es Linsen ... also was will der Kunde?"

Das angeforderte Team traf mit Laptops ein und die Dame bat sie an den großen Besprechungstisch, der in der Weitläufigkeit ihres Büros stand. Sie selbst blieb hinter ihrem Schreibtisch sitzen. Die Kollegen instruierend, dass man nunmehr weniger als eine Stunde Zeit habe, ein Model zu finden und in einer Präsentation anzubieten, dass den Ansprüchen des Kunden Genüge täte, woraufhin die Chefin die Beschreibung des Kunden noch einmal in eigenen Worten wiederholte, verlangte die alte Seelsman von dem Team höchste *Profession*.

Ein Mitarbeiter, ein Lead-Producer, machte den Vorschlag, zweigleisig zu fahren und einmal etwas Natürliches anzubieten und einmal etwas eher *spaciges*, wie er es nannte. Letztes wäre bearbeitet, sprich: Haare gefärbt und derlei, wobei das erste, das natürliche Angebot nur diejenigen Models berücksichtige, die eben natürlich entsprechend der Kundenanfrage veranlagt seien.

Victoria Magdalena Seelsman war von dem Vorschlag nicht begeistert, da sie darum wusste, wie der Kunde zum Auswählen einer geeigneten Lösung stand, dies auch kommunizierte und sie ließ kurzerhand abstimmen und holte eine Meinung darüber ein, wie das Team zu jenem Vorschlag stünde.

Man einigte sich im Folgenden darauf, nur ein einziges Model anzubieten und bereitete alles auf Hochtouren vor. Die Auswahl des Gesichtes traf die alte Seelsman selbst nach Vorlage durch das Teammitglied, das für eine grundsätzliche Vorauswahl verantwortlich war.

Es schien nur allzu schnell klar, wer das Model sein werde und alle designten und texteten und druckten die Angebotsmappe fertig.

Zufrieden legte die alte Seelsman das Werk um kurz vor fünfzehn Uhr auf ihren Schreibtisch aus und verabschiedete ihr Team mit besten Wünschen.

Nun blieb nur eines noch zu tun, das Model davon zu überzeugen, auch Zeit und Willen zu haben. Seelsman griff zum Telefon.

Min las gerade ein Buch, als ihr Telefon schellte. Sie versicherte sich erst, dass es Mia auf ihrer Spielwiese gut ging, um dann den Hörer abzunehmen:

„Ja."

„Hallo, meine Liebe. Hier ist Victoria Seelsman. Wie geht es dir, meine Liebe?"

Min war überrascht, persönlich von der Frau Seelsman zu hören. Sie hatte zwar seit dem ersten Kennenlernen in der Wäscherei vor drei bis vier Jahren immer wieder mal Kontakt gehabt mit der vornehmen Dame, aber ein Anruf zu Hause war nie vorgekommen und war ihr bis eben auch undenkbar und realitätsfern.

„Du, ich habe nicht viel Zeit. Ein Kunde wird gleich ein Angebot abholen ..., ein äußerst wichtiger Kunde ... und ich wollte mich nur versichern, dass du Zeit für ihn hast. Es solle *kurzfristig* passieren, mehr hat er nicht gesagt, und du müsstest dafür nach Paris reisen. Also …?"

„Kurzfristig? Ich bräuchte ein Kindermädchen."

„Darüber mach dir mal keine Sorgen, mein Liebes."

Min im Klaren darüber, dass sich die Raten für ihr neues Haus nicht alleine abbezahlten, sagte zu.

„Sehr schön. Wir hören voneinander, mein Liebes, ja? Auf bald."

„Wiederhören."

Just in dem Moment, als die Seelsman den Hörer aufgelegt hatte, öffnete sich die Tür ihres Büros und der Kunde, der vor einer Stunde das Büro entschlossen verlassen hatte, kam erneut herein.

„Waren Sie fleißig?", fragte er süffisant.

Die alte Seelsman überreichte die in schwarzes Leder gehüllte Mappe und meinte, sie hoffe, es sei zu seiner Zufriedenheit und zur Zufriedenheit des Auftraggebers.

Der Mann nahm die Mappe entgegen, roch kurz und intensiv daran, öffnete den vorderen Lederumschlag, betrachtete das Porträt auf der ersten Seite, schlug die Mappe mit einem Knall wieder zu und verkündete beim Verlassen des Büros:

„Wir akzeptieren."

Vereinbarungsgemäß

Es dauerte keine halbe Stunde, da meldete sich die *'Victoria Magdalena Seelsman - international Model Agency'* erneut bei Min, diesmal in Person von Francis Diego.

„Guten Tag, im Namen von Frau Seelsman, soll ich einen Termin vereinbaren für das Engagement eines Kindermädchens, das per sofort einsatzbereit ist."

„Ich würde es mir schon gerne selbst aussuchen, wer mein Kind betreut."

„Vertrauen Sie uns, wir arbeiten nur mit zertifizierten und erfahrenen Partnern zusammen. Einen besseren Service werden Sie nicht finden."

„Außerdem suche ich längerfristig."

„Selbstverständlich steht Ihnen das Kindermädchen solange und sooft zur Verfügung, wie Sie wünschen."

„Und, ich muss die Kosten im Blick behalten."

„Auch dafür ist gesorgt. Wir übernehmen alle anfallenden Kosten für die Betreuung Ihres Kindes. Frau Mandig freut sich bereits auf ihren Einsatz."

„Mandig? Spricht die überhaupt die Sprache meines Kindes?", fragte Min sich leise selbst.

„Wie bitte?"

„Ach nichts. Ab wann sagten Sie, kann die Frau Mandig anfangen?"

„Ab sofort natürlich."

Min dachte, sie könne es ja mal ausprobieren, was hätte sie schon zu verlieren.

„Na gut. Wann kann ich mit einem Eintreffen rechnen? Zum Kennenlernen?"

„Lassen Sie mich sehen. Frau Mandig kann heute Abend bei Ihnen sein. Sagen wir zwanzig Uhr Ortszeit?"

„In Ordnung."

„Sehr schön. Dann noch einen schönen Tag."

„Ja, schönen Tag noch."

Eine Sorge weniger, aber auch eine mehr, denn sie musste Galia beibringen, nun ein Kindermädchen für Mia zu haben und von einer weiteren diesbezüglichen Fürsorge ihrer Freundin vorerst absehen zu wollen. Min musste es ferner verstehen, die Sache ihrer Freundin so beizubringen, als dass die Entscheidung für ein Kindermädchen nichts mit dem Streit von heute zwischen den beiden zu tun hatte, sondern eine Entscheidung war, die aufgrund ihres kurzfristig geplanten Engagements in Paris erfolgt wäre.

Min entschloss, Galia, die Sache mit dem Kindermädchen noch nicht zu sagen und auf eine passende Gelegenheit zu warten, dann nämlich, wenn sich die Wogen zwischen den beiden wieder ein wenig geglättet hätten.

„Vielleicht wäre Gal nach dem Einkaufen mit diesem Erik besser gelaunt", dachte Min und vertagte einen Anruf bei ihrer Freundin auf den späteren Nachmittag beziehungsweise auf den frühen Abend.

Galia saß in einer Bar. Neben sich eine Cola.

„So ein Scheißtag", sagte sie leise zu sich, als ein Bär von einem Mann sich neben sie stellte.

„Na Lady, wohl nicht gut drauf?"

„Arschloch, was willst du?"

„Na, na. Ich wollte nur höflich sein."

„Wenn Höflichkeit so aussieht, dann weiß ich es auch nicht mehr", meinte Galia.

„Was möchste denn trinken? Big Boy will dich einladen?"

„Big Boy? Dass ich nicht lache."

„Ne schwarze Brause wa? Trinkst du auch was mit Schuss?"

„Du hast sie wohl nicht mehr alle", sie drehte sich von der Theke weg, richtete sich gerade auf und zeigte mit beiden Zeigefingern auf ihren kugelrunden Bauch.

„Sieht das vielleicht nach Alkohol aus?"

„Oh Lady, ich hatte ja keine Ahnung. Gibets denn ´n Typen zu der Molle?"

„Keine Ahnung, was geht dich das eigentlich an?"

„Big Boy kümmert sich nun mal gerne."

„Dann kümmere dich besser um deinen eigenen Kram", sagte Galia, drehte sich wieder zur Theke und stütze sich mit den Ellenbogen darauf ab, sodass sie wieder in sich zusammenfiel und einen Buckel machte, woraufhin ihr Bauch erneut gut verdeckt blieb.

„Na gut verstanden ich geh´ ja schon. Wenn du's dir überlegst, … ich steh' dahinten bei den Jungs. Wir spielen 'ne Runde Pool. Also…hat mich trotzdem jefreut."

„Jaja Großer. Tschüss."

Erik hatte sich nicht gemeldet und Galia hatte ihn nicht erreicht; mit Min hatte sie ein wenig Krach und jetzt auch noch der große Dicke. Der Tag lief mies für sie.

Den Vater ihres ungeborenen Kindes kannte sie nicht. Es war irgendeine Bekanntschaft, die sie an einem ihrer Wochenenden gemacht hatte.

Seit Jolanda nicht mehr da war, ging Galia allein auf die Piste, denn Min war nicht für Partys und Menschenmassen zu begeistern. Das hätte vielleicht vor der Geburt von Mia noch anders ausgesehen, aber jetzt, jetzt war sie, wenn nicht, beschäftigt mit Modelterminen, eine Vollzeitmama. Galia arbeitete im Gegensatz zu Min immer noch in der Bank. Hatte sogar einen Posten in der Chefassistenz erhalten und kam finanziell ganz gut allein klar.

Was Jolanda betraf, war der Kontakt eingeschlafen, schon vor Jahren, irgendwo in der Zeit, als ihre Freundin in London war. Jolanda hatte sich irgendwann einfach nicht mehr gemeldet.

„Gott weiß, was sie treibt", dachte Galia.

Sie raufte sich die Haare, bestellte sich einen Shot, kippte ihn herunter und ging zu den Jungs, die Pool spielten.

Die Nanny

„Guten Abend. Mandig mein Name", stellte sich der Gast in der Tür vor.

„Guten Abend, sehr erfreut", sagte die Hausherrin und bat die Dame herein.

„Sehr freundlich", fügte die Hereingebetene drinnen hinzu und setzte sich auf einen, von Min gewiesenen Platz am Ende des Küchentisches.

„Haben Sie gut hergefunden?"

„Ja, ich kam ja mit dem Flieger und das Taxi hatte keine Probleme, den Weg zum Hotel und zu Ihnen zu finden. Danke."

Min war überrascht.

„Von wo sind sie abgeflogen?", erkundigte sie sich.

„Aus London. Ich wohne dort in Camden."

„Aber sie sind Deutsche?"

„Ja, gebürtig. Aus dem Schwarzwald. Meine Eltern sind aber noch in meiner Jugend nach England, da mein Vater dort beruflich zu tun hatte. Meine Mutter war Krankenschwester."

„War?"

„Ja, sie ist letztes Jahr verstorben. Mein Vater lebt noch; er ist in einem Heim im Süden von England. An der Küste, so kann er sein Lieblingsland ab und zu noch sehen."

„Frankreich?"

„Ja, Frankreich."

„Er ist im Krieg geboren, wissen Sie? Und er meinte immer zu mir, ohne die Franzosen wäre er tot und mich hätte es nie gegeben."

„Und es macht Ihnen nichts aus nach Berlin zu ziehen?"

„Nein im Gegenteil. Es ist schön noch ein wenig herumzukommen, bevor ich in Rente gehe."

„Ich dachte ich hätte der Agentur gesagt, ich suche

etwas Längerfristiges. Vielleicht liegt hier ein Miss-
verständnis vor."'

„Wegen der Rente meinen Sie? Ach machen sie sich
mal keine Sorgen, das dauert noch gut zehn Jahre. Ich
bin jetzt 56."

„Aber wie kommen Sie dann auf die Rente", fragte
Min verwundert.

„Nun ja, vielleicht weil es hier so gemütlich ist, so wie
ich mir einen Alterssitz vorstellen würde, oder weil
wir von meinem Vater gesprochen haben, der im
Heim lebt oder warum auch immer…, glauben Sie, es
gibt für alles immer eine Erklärung?"

„Wenn man tief genug bohrt… oder die richtigen
Mittel einnimmt."

Der Gast lachte.

„Ja, Sie haben recht", sagte sie.

Mia fing an zu schreien und Min holte sie zu sich.

„Ah, die Kleine. Wirklich süß."

„Möchte Sie sie mal halten?"

„Nur zu, ich habe schon unzählige Babys und Klein-
kinder im Arm gehabt."

Die Dame breite die Arme aus und nahm Mia in Empfang. Etwas störte Min daran, dass eine eigentlich
fremde Person nun ihr Liebstes im Arm hatte. Ob sie
eifersüchtig sei, fragte sie sich. Min verdrängte den
Eindruck vorerst und fragte ihren Gast, ob er etwas
trinken möchte.

„Nehmen Sie, sie mal wieder", meinte die Nanny und
reichte Min das Kleinkind zurück.

„Ich denke, wir sind noch nicht so richtig warm miteinander."

Min war verwundert, dass diese Frau Mandig, ihr fast schon aus der Seele sprach und sie gedachte damit das Gespräch fortzuführen.

„Sie merken wohl, wenn etwas nicht stimmt?"

Frau Mandig lächelte.

„Ja, so kann man es nennen. Wie gesagt ich habe schon so viele Kinder und Mütter, wie Väter um mich gehabt, dass ich das alles kaum noch zusammenkriege. Nicht umsonst freue auch ich mich auf etwas Längerfristiges."

„Würden Sie sagen ein Kindermädchen liebt das Kind, das es betreut genauso wie das eigene Kind?"

„Oder noch mehr. Soll es auch geben. Wo die Liebe hinfällt, sage ich immer…"

Min erschrak ein wenig, ihre Gesichtszüge glitten ein wenig ab.

Die Dame aber lächelte:

„Aber um Ihre Frage zu beantworten: Es ist eine Arbeit und die macht man professionell, Waschen, Windeln, Spielen und, und, und. Der Rest ergibt sich, oder auch nicht. Punkt."

„Aha."

„Ja."

„Und wo würden Sie wohnen wollen?"

„Bei Ihnen, um es ganz unverblümt zu sagen."

„Aha."

„Ja…"

„…wissen Sie, es ist das Umfeld mit den Menschen, was den Kindern in Erinnerungen bleibt. Das Eine - ohne das Andere gibt es nicht. Und ich wäre gerne authentischer Teil dieses Umfeldes."

Min war gespalten, einerseits verstand Sie, was Frau Mandig erklärte und wie sie es meinte, versprach sich sogar eine Perspektive; andererseits war durch die Offenheit der Situation, ein Tor dafür geöffnet, durch das Min lamentieren konnte, Perfektion propagieren und sich wünschen konnte, es möge doch einfach alles stimmen. Die Frau hatte recht und war nur ehrlich: Es war Arbeit. Geschäft. Und es gab keine Garantie auf ein Zwischenmenschliches, -so wie man es sich erträumte oder es sich erwartete.

Min hatte nicht gedacht, dass ihr die Entscheidung zu einem Kindermädchen dermaßen viel abverlangen würde, aus einer kleinen, idealen, mutterliebenden Welt heraus, hatte sie sich keine Vorstellungen gemacht, wie so etwas praktisch aussähe.

„Galia", sagte sie leise und dachte, „das habe ich wohl verspielt."

Begeisterte Tage starten lammfromm

Der Frühstückstisch war reich gedeckt und eine dieser großen Zeitungen lag zu beiden Seiten ausgestreckt darauf. Schmatzend und ungewaschen saß Steinar auf seinem Stammplatz an seinem Küchentisch und goss Kaffee in sich hinein. Er hatte Eier, Speck, Honigquark, Marmeladen, Croissants mit Butter, Laugenecken, warme Brötchen, Schinken und Räucherwurst und heiße Rostbratwürstchen neben sich und aß wie es ihm beliebte.

Das obligatorische Glas Orangensaft, natürlich frisch gepresst, stand daneben und war noch unberührt. Ein Radio lief und lieferte leise Nachrichten und Popmusik.

Der Wecker im Schlafzimmer klingelte. Steinar störte sich nicht daran und las weiter die Zeitung. Er hatte sich die Freiheit gegönnt, sehr früh und ohne einen Zwang, den ein Wecker auslöste, aufzustehen und jenes nervige Gerät nur für den Notfall auf zehn Uhr zu stellen. Das machte sich nun bemerkbar. Den Zeitungsartikel zu Ende lesend, machte er sich danach auf in das Schlafzimmer, um das, nach einer Weile doch störende Geräusch seines Weckers, abzuschalten und den Vorgang besonders zu genießen, denn dies, ließ sich im Vergnügen tun, sich nicht weiter danach einzurichten, im Gegensatz zu den unzähligen andern Malen, bei denen er sich mit jenem Geräusch konfrontiert sah.

Die Morgentoilette verrichtete der Kommissar im Anschluss an das Frühstück, ohne Radio und auch ohne Zeitung. Nach der Rasur, dem Auftragen des Aftershaves und der Haarwichse, ging es in sportive legere Bekleidung, in Form einer Baumwollkhaki und eines feinen Wollpullovers mit Rollkragen. Passend dazu fanden sich warme, mit Schafwolle gefütterte Stiefel, denn kalte Füße im Winter, waren dem Mann ein absoluter Gräuel.

In Schweden und später in Dänemark aufgewachsen und zur Schule gegangen, hatte er sich dem modischen Farbcode vieler Skandinavier verschrieben und liebte es, beige, grau, schwarz oder auch dunkelblau zu tragen, was an seiner Bekleidung für diesen Tag abzulesen war.

Eine Vorbestellung für die Karte, die er zum Eintritt in die Ausstellung, welche er gestern - und für den heutigen Tag zu besuchen geplant hatte, brauchte er der telefonischen Auskunft der Ausstellung gemäß, nicht, man solle sich nur an die Kasse vor Ort halten, und er würde mit sehr hoher Wahrscheinlichkeit, Einlass erhalten.

Sich noch länger zu Hause aufhaltend, jedenfalls länger als geplant, fand er sich noch zur Mittagszeit herum, in seinen vier Wänden verblieben. Denn die Zeit verging rasend schnell und aufgrund von Telefonanrufen, E-Mailverkehr und lange liegengebliebenen, aufgeschobenen Dingen, zu denen auch Einkäufe von Socken und Unterhosen gehörten, die er an diesem Vormittag im Internet bestellte, fand Steinar einfach keine Zeit, um aus der Tür zu gehen.

Als er gegen dreizehn Uhr endlich die Haustür hinter sich schließen konnte, strömten ihn schon allerhand Schulkinder entgegen, die ihre kulturellen Aufgaben bereits hinter sich gebracht hatten, zu denen er jetzt erst noch aufzubrechen gedachte. Den Wagen ließ er demonstrativ stehen, um etwas für die Umwelt zu tun, wie er sich sagte, und fuhr mit der Bahn in die Stadt. Die Fahrt war unspektakulär und langweilig, hätte er nicht seine Kopfhörer und das Handy dabeigehabt, um damit seinen Lieblingspodcast hören zu können, er wäre wohl eingeschlafen. Eine Stunde später, gegen vierzehn Uhr erreichte er den Ort der Ausstellung in Kreuzberg und ging zu einer der zwei

Kassen, um etwa zehn Euro zu bezahlen, die teilweise eine Spende beinhalten sollten. Wofür, hatte ihn weniger interessiert und er zerknüllte, nachdem er darin sein Kaugummi gespuckt hatte, den Beleg und ließ diesen dann, in eine seiner Hosentaschen verschwinden.

Was die Ausstellung nun bot, hatte er gestern bereits in groben Zügen gelesen, doch war das Ganze in der Realität präsentiert um einiges eindrucksvoller. Er zählte etwa zwanzig, ja vielleicht dreißig ausgestellte, nachempfundene Plastiken von Leichen, die so derart skurril und entstellt, präpariert waren, dass ihm ein sonderliches und schauriges Gefühl hochkam. Das Publikum selbst schien ihm sehr durchmischte Emotionen zu zeigen und von heuchlerischer Begeisterung, über schwer zu begeisternde - und doch interessierte Gesichter, bis hin zu überschwänglichen Gefühlen -in beide Richtungen von Freude über Trauer, war alles vertreten. Zu letzterer Kategorie gehörte auch ein Paar, dessen männlicher Part sich dermaßen über die Unappetitlichkeit der ausgestellten Objekte oder künstlicher Subjekte aufregte, dass die gesamte Ausstellung sich, seiner Ansichten vergewissern konnte, denn diese breiteten sich lautstark als Kommentar in der gesamten Halle aus. Ekel und Verstörtheit empfand jener, während ein nicht unweit von dem Störenfried stehendes Paar, nur selbiges über jene Person zu empfinden hatte, und ansonsten begeistert war vom Gebotenen der Ausstellung.

Steinar schaute für sich einige, ausgestellte Körper an, doch ließ er sich die Schau dahingehend nehmen, dass ihm, wenn er einmal gefallen fand, ein undefinierbarer Sog ergriff, ihn in eine Art Trance versetzte und ihn emotional blind und taub machte für das Gebotene. Es war ihm eine Art Sperre, ein Hindernis und eine Zensur, die ihm, war er doch körperlich und geistig anwesend, nicht erlaubte, Teil an einer Realität zu sein, die er ahnte und sehen und hören konnte. Ungemach breitete sich aus und in ihm waren *weinende Kinder*, so nannte Steinar es. Kinder, die weinten, weil sie es einfach wollten und entweder den Grund darin sahen, weil es ihnen zu unheimlich war, oder aber, weil, sie es heimlich nicht ansehen durften. Dementsprechend hatte jeder seine Gründe gegenseitig bedingt und niemand Recht, außer das Recht zu weinen, das wie zwei Steine, aneinander rieb, und so einen Funken Feuer entzündete, den Steinar zu spüren begann.

Und Steinar, der für sich genommen schon ein Interesse an dem Gebotenen der Ausstellung hatte, fand sich in einer Klemme, mitten in dem besagten Funken aus Trauer und Missmut wieder, was ihn selbst nur traurig und wütend machen konnte, ihn ansteckte wie trockenes Heu, und aus der geplanten Schau eines beeindruckenden Äußeren, wurde die Schau eines Inneren, in Form der Auseinandersetzung mit der Tristes einer Seele.

„Gottverdammte Scheiße", meinte er, als er die Ausstellung verließ und wieder in die Bahn einstieg.

Lachende Gesichter zeigten sich in der Bahn, heiter des schönen Tages wegen; wie Fliegen um eine reife

Frucht suchten sie Steinars körperliches Einzugsgebiet, so empfand er es zumindest, denn bald schon fand er sich in einer Traube von Menschen wieder.

Als Zentralgestirn musste er nichts weiter machen, als da zu sein und es über sich ergehen lassen, dass das, was eben noch in ihm weinte, nun umso heftiger außerhalb von ihm lachte. In ihm blieb nichts als Verwahrlosung, leere Trauer, umgekehrte Sinne und ein Traum übrig, der sich nicht träumte, sondern in einen lebenden Alptraum verwandelt hatte. Wie durch ein Spektralglas sah er sich, an Fäden und als mentale Ladefläche.

„Was ein Tag", sagte er leise zu sich und er wünschte zu vergessen, doch wie war einerseits das *Eindrucksvolle* zu vergessen, und wie solle man sich andererseits an *Nichtigkeiten* entlangziehen? Die Perversion der Gravitation seiner Seele war ihm bewusst und er war beschämt.

„Hatte mich etwa selbst der Tod verraten?", dachte er in seinem mental schwer zu beschreibendem Zustand.

Steinars Schwert

Der Abend war lang und kalt. Die Heizung funktionierte nicht und Steinar saß kauernd auf dem Sofa. Er hatte sich für morgen krankgemeldet.

Im Fernsehen schaute er Musikkanäle und TV-Serien. Ihm war nach Zerstreuung.

Irgendwer will immer den Retter spielen, lautete eine Zeile als Songtext aus einem der Musikvideos, die er schaute.

Steinar fand nichts Außergewöhnliches daran, doch schien es ihm bilateral in Bilder verpackt.

Es war ernst gemeint, in der einen Hand, ehrlich und aufrichtig sowie pervertiert, ins lächerlich gezogen, zum sprichwörtlichen „schießen" in der anderen Hand. Und beide Seiten bedingten sich in ihrer Widersprüchlichkeit. Und das Letzte, das Dritte, war die Erkenntnis darüber, ein Damoklesschwert, das den Liegenden, den Eingespannten zwischen diesen beiden Wänden erfasste und ihm sprichwörtlich einen Märtyrertod versprach. Dieser geistige Tod mit nichts außer leeren Versprechungen, die sich gegenseitig aufhoben, war ihm das Diktat seines eigentlich leeren Herzens.

Steinar hatte den Eindruck, dass selbst die Gedanken, die er hatte, ihn zu einer Freiheit verhelfen sollten, die wiederum in einem Gefängnis enden würden. Sein Gehirn, sein Geist oder wie auch immer man es nannte, spielte ihm Tricks und Kniffe vor. Zu Belustigung. Zur Erheiterung. Zur Freude. Doch auch hier war, wie schon auf der Heimfahrt vorhin, die Lage derart, dass es eine hinterlassene Leere im Inneren war und das, -was auch immer es sein mochte, sich nach außen hatte transpiriert und in ihm nun Gegenteiliges auslöste. So hatte er im Angesicht der besagten Tricks mit Trauer, mit dunklen Gedanken und mit Hohn umzugehen.

Der Plan des Universums lautet Krankheit, war ein weiterer Ausschnitt aus dem besagten Musikvideo.

Auch hier konnte er sehen, wie jenes notwendig war, aber auch wie sie Selbstzweck einer Ausrede, ein perfides Spiel wurde. Beides miteinander ringend wurde hohler Krieg des Gesundheitsbegriffes, ja der Existenz selbst.

Steinar fragte sich im Zuge seiner Überlegungen, ob man ihm bewusstseinserweiternde Drogen beigemischt habe oder ob er eine sonstige, gottgleiche Erfahrung gemacht habe, die ihn würden teilhaben lassen, an Erkenntnissen, die schweres Schwert waren, Last und Lust und Ladung wie Entladung.

Unkenrufe, von wegen, Normalsterbliche bräuchten sich darüber keine Gedanken zu machen, er sei verrückt geworden und habe nun eine Grenze überschritten, folgten natürlich auf dem Fuß, waren sie doch das Arschloch, durch das es wieder durchging, um an die Wände sehen zu können, dem Damoklesschwert zu entfliehen, sich als Mensch zu fühlen, herunterzukommen und sich wieder zu fürchten. Mit dem Kopf schüttelnd, den Tag verfluchend fand sich Steinar, bis tief in die Nacht, hin und her wälzend, in einem *Bett über freien Himmeln* wieder.

In einem seiner Träume dieser Nacht sah er, eine große Fläche voller Menschen, die wie er selbst, jung und agil waren; sie hatten sich zuerst etwas zu erzählen. Den Kopf voller großer Dinge; deren Größe jedoch immer weiter darauf beschränkt wurde, je weiter sie redeten, Macht im Sinne von Erkenntnissen zu demonstrieren.

Nur scheiterten sie an Demonstration und Demonstrationsverbot, wurden wütend und aggressiv. Hatten scheinbar ein göttliches Recht an ihrer Seite, sprachen es sich gegenseitig ab und fingen an zu würgen und sich zu winden.

Als er schließlich aufwachte, fühlte er sich besser, so sagte er sich zumindest. Sein innerer Schweinehund, als nunmehr besten Freund, er ließ ihn aufräumen, abwaschen und Wäschewaschen, wobei Steinar in der Hose, jene, die er gestern getragen hatte, einen zerknüllten Zettel fand, den er samt dem darin befindlichen Kaugummi auseinanderpulte und betrachtete. Auf dem Zettel stand das Eintrittsgeld für die Ausstellung. Außerdem diente der Druck als Spendenquittung für eine Organisation namens *Men´schens Kinder*.

Steinar entschloss, wohl mehr aus einer Gewohnheit heraus, den Beleg aufzuheben und einmal untersuchen zu lassen.

Den Rest des Tages verbrachte er mit Lesen, Bügeln und Staubwischen, bevor er sich früh hinlegte.

Die Quittung

Steinar ging es wieder besser und er war im Dienst. Nachdem er die dringendsten Meldungen an ihn in Form von Anrufen und E-Mail abgearbeitet hatte, machte er sich noch einmal daran, den Zettel, also das Eintrittsticket für die Ausstellung vom Vorgestern, beziehungsweise die damit verbundene Spendenquittung näher zu untersuchen.

Der Zettel hatte eine äußerst seltsame Oberfläche an der Hinterseite und roch verdächtig, wobei er nicht sagen konnte, ob es sein Kaugummi von jenem Tage war, welches er mit der Zunge hineinbuchsiert hatte, oder ob es der Zettel selber war, der diesen bizarren Geruch verteilte.

Abgesehen von der Seltsamkeit der Oberfläche und des Geruchs, erinnerte ihn die Organisation *'Men'schens Kinder'* an einen Fall, den er vor etwa dreieinhalb Jahren im Zuge der sogenannten *'mexikanischen Toten'* bearbeitet hatte. Damals war von der sogenannten *'Adams Men'schen'* die Rede.

Dies galt seinerzeit als ein Aufruf, den ein nach wie vor flüchtiger und untergetauchter Krimineller, der sich über das Internet populär machte, ausgab, um seine Zuschauer zu mobilisieren und für seine Zwecke zu gewinnen. Das dieser Adam auch in dringenden Verdacht stehe, seine Halbschwester betäubt und mitvergewaltigt zu haben, trat im Zuge der weiteren Ermittlung eines weiteren Falles, den die ihm bekannten Polizisten Agnes Murch und Greg David untersucht hatten, weiter zu Tage.

Steinar fotografierte, was auf den Beleg gedruckt war und ging in das Labor der Kriminaldienststelle, um testen zu lassen, was sich auf dem Zettel - außer seinem Kaugummi- noch befände. Da er niemanden im Labor vorfand, schrieb er kurzerhand eine Nachricht an die Bediensteten, in der er darum bat, den beiliegenden Zettel einmal auf chemische Substanzen zu untersuchen und ihn daraufhin mit den Resultaten zurückzurufen.

Es war zwar noch früh am Vormittag, doch auch wenn der Kommissar wieder arbeitete, überließ er sein Wohlbefinden nicht dem Zufall und machte sich, als er merkte, wie ihm unwohl wurde, auf, um bei ihm zu Hause ein verfrühtes Mittagsschläfchen zu halten. In der Dienststelle zu schlafen, erlaubte er sich nur in äußersten Notfällen und zudem in solchen, die mit seiner Gesundheit nichts, bis sehr wenig, zu tun hatten. Es dauerte keine halbe Stunde und sein Dienstwagen stand wieder auf dem Parkplatz vor seiner Wohnung und keine zwanzig Minuten, bis er schlafend war.

Die Träume, die Steinar träumte, waren intensiv und erinnerten an eine waffengeladene Auseinandersetzung, bei der die jüngsten Ereignisse beziehungsweise die Erkenntnisse und Gegenentwürfe im Zuge seiner Phase der letzten zwei Tage mit den *normalen* rangen, wobei sich jene zuletzt erlebten Ereignisse durch Bedrängung und hinterhältige Vertauschung einen legitimen Platz zu sichern gedachten. Dies sollte dadurch geschehen, dass er wie in einem Spionagefilm ausplaudern solle, was er wisse über seine vermeintliche *Wahrheit, in der* er lebe, welche man ihm doch ohnehin nur vortäuschen würde.

Steinars Smartphone klingelte.

„Ludwihg hier … aus dem Labor der Kripo.“

„Und Ergebnisse?“, fragte Steinar, der gleich zur Sache kam, ohne seine Kollegin, die er vom Namen her sehr wohl kannte, zu fragen, wie es ihr derzeit erginge.

„Der Beleg ist beträufelt mit MDMA. Einer Droge, Steinar."

„Ist sie gefährlich?", fragte er.

„Steinar, die Dosis macht das Gift."

„Paracelsus."

„Ja."

„Wie kommt es auf die Quittung?"

„Keine Ahnung, wie gesagt, es ist drauf geträufelt. Das Papier ist saugfähig, zumindest auf der Hinterseite, so hält sich die Substanz ein wenig."

„Und als ich mein Kaugummi …" fing Steinar an zu folgern.

„Ja, da hast du es wohl über den Mund aufgenommen."

„Was hat es mit dir gemacht?"

„Ach, frag lieber nicht?"

„So schlimm?"

Ludwihg lachte.

„Ach komm, ein bisschen Spaß kann jeder mal vertragen."

„Hast Du eine Ahnung, wie schnell aus Spaß ernst wird, Ludwihg?"

Die Kollegin verstummte mit ihrem Lachen.

„Spielverderber", sagte sie leise und mehr zu sich als zu ihrem Gesprächspartner.

„Sonst noch was?"

„Nein, Ludwihg. Danke."

Das Gespräch war beendet. Steinar war bedient.

„Die hat wohl einen Kasper gefrühstückt", dachte der

Beamte und beobachtete, wie diese Stimmung auf ihn überschwappte, ohne dass er ausreichend Platz gehabt hätte, diesen Schwall zu verarbeiten.

Er entschied sich, mit seinem Hausarzt über sein Befinden zu sprechen, und machte sich kurzerhand auf den Weg in die Praxis, um vor dieser stehend feststellen zu müssen, dass die gesamte Belegschaft samt der Ärztin im Urlaub sei - und das noch für die nächsten zwei Wochen. Es gab zwar eine Vertretung, doch diese kannte er bereits von einem anderen Mal, er erinnerte sich an die ewigen Wartezeiten und so weiter und entschied sich dazu, kurzerhand in die Charité zu fahren, um dort mit einem Arzt zu sprechen.

Mein Freund der Doktor

Die Notaufnahme an diesem Nachmittag war voller Menschen und Steinar wünschte sich, insgeheim, doch in jene Praxis zurück, die den Ersatzdienst für seine Hausärztin vollzog.

„Herr Steinar", bat ihn eine Schwester nach vorn.

„Ja, das bin ich."

„Gut, gehen Sie bitte zur Blutabnahme und zur Urinprobe in den Raum dort drüben *(sie zeigte dabei ein paar Meter hinter ihr)*. Danach setzen sie sich dahinten hin *(sie zeigte weit geradeaus)* und warten, bis man sie aufruft."

Steinar erledigte, was ihm aufgetragen war, während

ihm ein wenig schwindelig wurde, und nahm anschließend Platz vor einer Tür, die sich rege öffnete und schloss.

Fünf Minuten dauerte es vielleicht, als man ihn schließlich hereinbat und nicht unweit von der Tür, in das Arztzimmer führte. Weitere zwei Minuten vergingen und ein Doktor kam in den Raum.

„Guten Tag, oder guten Abend...mein Name ist Herr Doktor Girdorf. Wir hatten noch nicht das Vergnügen, nehme ich an?"

„Nein ich bin zum ersten Mal hier, mein Hausarzt...

„...hat Urlaub", vollendete Doktor Girdorf den Satz, weil er dachte, dem Kommissar würden die Worte fehlen. Tatsächlich sprach Steinar nur einfach langsamer und fühlte sich, nach dem Blut abnehmen, ein wenig benommen und träge.

„Wie fühlen Sie sich jetzt?", fragte der Doktor.

„Ein wenig mürbe."

„Mürbe, nun ja, ... es ist früh dunkel. Das schafft bei manchen Menschen ein sensibles Gefühl."

„Herr Doktor, begann Steinar...ich habe mein Anliegen bereits geschildert...was ist mit...,"

Der Arzt unterbrach ihn.

„Überlassen Sie den Befund und die Erläuterung und Herleitung bitte mir, Herr...Steinar."

Der Arzt hatte sich dabei jenen Namen versichert, der auf der Vorderseite der Akte stand, wozu er kurz, die vor ihm liegenden Blätter zu wenden hatte.

Steinar war angepisst.

„Also, sie haben eine Drogenintoxikation. MDMA. Nichts Ernstes, keine hohe Konzentration wie ich sehe, aber sie ist ausreichend um eine mentale Veränderung herbeizuführen."

Der Arzt fragte im Folgenden, Symptome ab, die Steinar wahrheitsgemäß zu beantworten hatte. Seine Verfassung näherte sich dabei erneut einem Tiefpunkt und halb gelangweilt, und halb träumend, schaute er, während der Arzt alles notierte, sich diesen genauer an, warf einen besonderen - wenn auch beiläufigen - Blick auf das Schreibutensil, dass der Arzt gerade benutze, denn das Emblem kam ihm unterbewusst bekannt vor. Auch den Raum unterzog er einer genauen Betrachtung.

„Also es kann bis zu einer Woche dauern, bis die Symptome wieder abgeklungen sind."

„Eine Woche?"

„Ja, so ist es."

„Okay, danke Doktor. Ich denke, ich habe alles, was ich wissen muss."

„Gut, dann alles Gute."

Steinar zog seinen Mantel über, nickte den Arzt noch einmal zu und ging wieder.

Draußen fand er sich müde und erschöpft. Entschied sich dazu, nach Hause zu fahren und einfach nur zu schlafen.

Neue Mitbewohnerin, alte Probleme

Es waren bereits einige Tage vergangen, seit Min von ihrer Agentur gehört hatte, und dafür, dass man meinte, der Auftrag in Paris sei ein kurzfristiges und wichtiges Engagement, ließ der Auftrag doch schon sehr lange auf sich warten.

Frau Mandig war tatsächlich in das Haus eingezogen, nachdem Min mit jener vereinbart hatte, die Probe eines Zusammenlebens, für die nächsten vier Wochen einzurichten, spätestens jedoch, bis Sie wieder aus Paris von ihrem Model-Job zurück sei. Die Dame aus England bezog zu dieser Vereinbarung ein Zimmer im Erdgeschoss des Hauses, das separat und ausreichend groß, neben dem hiesigen Wohnzimmer lag und das bisher immer als Gästezimmer, allen voran für Galia, genutzt wurde. Damit man austarieren konnte, wann, wer sich wie kümmere, fertigte Min eine Liste mit den üblichen Sorgen und Besorgungen für und von Mia an und machte jeweils, pro Tag, eine Spalte für Min und eine für Frau Mandig, wobei dabei jede der Frauen einzutragen hatte, was sie auf welche Art und Weise getan hätte. Min versprach sich davon, dass sie derart *freihändig* selbst herausfinden würden, wie man sich am besten abstimmen und kümmern könne, ohne einen allzu starren Plan füreinander und gegeneinander zu bestimmen. Solch einen weiterführenden Plan hätte sie sich gut in einem zweiten Schritt vorstellen können, nachdem die Praxis zumindest einmal, wie von ihr angedacht, erprobt gewesen wäre.

Was Galia anbetraf, so hatte Min seit der kleinen Auseinandersetzung nichts mehr von ihr gehört, hatte sie weder ans Telefon bekommen, noch eine Textnachricht oder Ähnliches erhalten. Auch wenn es nicht so war, dass Galia einen großen Freundeskreis aufweisen konnte, so war es durchaus normal, wenn sie sich für einige Tage nicht meldete. Klar, es war die Ausnahme, aber die bestätige bekanntlich die Regel. Nichtsdestotrotz hielt es Min auch nicht davon ab, sich Sorgen zu machen oder sich zu fragen, was sie bloß falsch gemacht hätte, denn dass etwas schiefgelaufen war, war ihr nur zu verständlich; und davon ab: Das Sorgen machen gelte insbesondere für Ausnahmen einer Regel als etwas Angebrachtes. Min war aus der Erfahrung heraus bereits bekannt, dass ihre Freundin sich gerne nach Uneinigkeiten rarmachte, um zu zeigen, wie nötig sie einander hatten, doch „solle sie den Bogen nicht überspannen", dachte Min und meinte sich damit im Recht, aber auch im Begriff befindlich, selbst etwas dagegen zu unternehmen.

Just in dem Moment, als Min einen neuerlichen Anruf bei Galia wagen wollte, klingelte es an der Haustür und vor ihr standen zwei bekannte Gesichter in Uniform.
Greg und Agnes grüßten freundlich und stellten sich erst einmal der Formalitäten halber vor.
„Um gleich zum Punkt zu kommen …", leitete Agnes

daraufhin ein.

„Wir suchen ihre Freundin Frau Galia …? *(Agnes hatte Schwierigkeiten, den Nachnamen zu lesen, und kam ins Stocken)*

„Galia?"

Greg nickte. Agnes versuchte sich immer noch in der Entzifferung des Namens.

„Ich habe meine Freundin seit Tagen nicht mehr gesehen."

„Seit wann genau?"

„Seit Dienstag nicht mehr."

„Heute ist Freitag. Das heißt, heute ist der dritte Tag, an dem sie sie nicht gesehen haben?"

„Ja, genau. Und auch sonst hat sie sich nicht gemeldet", platze es einfach aus Min heraus, ohne dass jemand danach gefragt hätte.

„Sie steht im Verdacht, in einen Laden eingebrochen zu sein. Gestern Nacht. Zusammen mit ein paar Männern."

„Männern? Einbruch? Gal?"

„Ja, so sieht es derzeit aus."

„Melden Sie sich bitte, wenn sie etwas von ihr hören, okay?"

Min willigte mit einem Nicken ein.

Der Versuch von Greg, noch ein wenig Smalltalk zu halten, schien edelmütig, scheiterte jedoch ein wenig an der Verfassung von Min. Denn auf die Nachfrage hin, wie es ihr sonst persönlich ginge, fand Min nur wenig Erfreuliches, sie blieb nachdenklich und besorgt. Ihrer Freundin wegen ihres Streites mit dieser

wegen; ihrer Arbeit und auch der fremden Nanny geschuldet. Die beiden Beamten verabschiedeten sich
daraufhin und Min ging wieder zurück in das Haus;
blass und äußerst unwohl aussehend.

Von Frau Mandig war nichts zu sehen. Das Kleinkind
schrie und die Mutter nahm alle Kräfte zusammen,
um die Kleine zu füttern.

„Gal, eine Einbrecherin?", dachte Min laut.

„Niemals."

Löffel für Löffel, schob sie einen suppenartigen, dick-
flüssigen, hellbraunen Brei mir orangen Karotten in
den Mund des Kindes. Galia ging ihr dabei nicht aus
dem Kopf und sie versuchte, sich abzulenken, indem
sie das Radio anschaltete.

Die kleine Mia war bald wieder satt und quengelte
nicht länger; anschließend ging es ab zum Spielen.
Und Min hatte Zeit für sich.

An der Wohnungstür schellte es erneut. Die Hausbe-
sitzerin öffnete auch diesmal und der Anblick, der
sich ihr bot, schockierte sie. Galia, vollkommen her-
untergekommen, in den Klamotten vom Dienstag,
dreckig, stinkend nach Rauch und billigem Parfüm,
wippte hibbelig auf der Stelle und fragte, ob *sie* hereinkommen könnten. Als ob die Aufmachung ihrer
Freundin im Zuge einer Schwangerschaft im fünften
Monat noch nicht Grund genug zur Aufregung bot,
hatte sie auch noch Besuch mitgebracht, denn mit
„sie" meinte Galia auch den dicken, riesigen Bären,
der neben ihr stehend unablässig grinste.

„Das ist Al", stellte sie jenen Koloss vor.

„Eigentlich Aleyx. Freut mich", er streckte Min seine

Bärentatze entgegen und lächelte nur umso mehr. Min war gar nicht nach Kennenlernen und willkommen heißen und erst recht nicht nach anfassen. Sie öffnete die Haustürtür ein weiteres Stück, seufzte und grüßte mit einem knappen „Hallo" und machte damit deutlich, dass die beiden hereinkommen könnten.

„Wo zur Hölle bist Du gewesen, Gal?", fragte sie.

„Nun ja, hier und da?"

„Du spinnst. Die Polizei war gerade hier. Deinetwegen!"

„Na, dann kommt sie wenigstens nicht so schnell wieder", mutmaßte Al lakonisch.

„Haha", künstelte Min einen Lacher.

Galia umarmte den Brocken ein wenig, denn sie kam ja nicht wirklich weit um ihn herum.

„Al hat mich Gali-heart genannt. Von wegen Gal und Al, du verstehst?"

„Ich mache mich mitschuldig, wenn ich dich nicht melde", flüsterte Min.

„Oh, wie badass von dir", entgegnete die sichtlich gut gelaunte Galia und sagte ferner, dass sie einmal die Toilette benutzen müsse, stand auf und ließ Min mit Al allein am Küchentisch sitzen.

„Sag Min, hast Du vielleicht einen Kaffee? Bitte?"

Min schnaufte und ging zur Kaffeemaschine.

„Na schön."

Min schnaufte wiederholt, diesmal vermischt mit einem Lachen, welches aus ein wenig Verzweiflung heraus geboren war.

Drei Tassen stellte sie auf den Tisch, dazu einen Marmorkuchen, der bereits in Scheiben geschnitten war und bei dem man nicht oder nicht mehr sagen konnte, ob sein Geschmack saftig oder trocken sei.

„Wirklich zu freundlich. Gali-heart hat nicht übertrieben."

„Ach ja? Was hat sie denn erzählt?"

„Das auf dich verlass wäre und so."

„Ja, das wünscht sie sich wohl."

Galia kam gerade zurück, als Min den dritten und letzten Pott Kaffee eingegossen hatte und auf den Tisch stellte.

„Also, was treibst Du? Die Polizei meint, Du hättest irgendwo eingebrochen?"

„Wir haben nur ein bisschen Spaß gemacht und Al wurde gelinkt, das ist alles."

„Wie das? Gelinkt?"

„Ich weiß es nicht mehr. War wohl voll."

„Voll? Du bist schwanger!"

„Ja, tut mir leid."

Al saß ein wenig beschämt daneben.

„Also Al, wie ist es passiert?"

„Ich sollte etwas abholen in dem Laden, der Typ ist aber nicht gekommen, dafür hat man uns wohl gefilmt…beim Warten…und was wir beim Warten so gemacht haben."

„Und, was habt ihr beim *Warten* gemacht?"

„Ein bisschen probiert. Hiervon …, davon …, so was halt."

„Was für ein Laden war das?"

„Spirituosen."

„Ihr habt euch beim Schnapsklauen erwischen lassen?"

Al nickte.

„Und der Typ hätte wer sein sollen? Nicht etwa der Besitzer, oder …"

Al nickte.

„Und was wollt ihr jetzt machen?"

Die Haustür öffnete sich und Frau Mandig trat ein.

„Guten Tag allseits."

Die drei grüßten ihrerseits alle zurück und während die Dame ihren Mantel und ihre Schuhe auszog, erklärte Min den beiden:

„Das ist Frau Mandig, mein neues Kindermädchen für Mia …, -auf Probe!"

„Was? Seit wann?", fragte Galia ein wenig leiser als vorher.

„Die Tage irgendwann."

„Ich dachte, unsere beiden wachsen zusammen auf", gab die Schwangere Galia zu bedenken.

Min schwieg.

„Kümmern Sie sich bitte um Mia?", rief Min der Nanny Mandig entgegen.

„Natürlich Liebes …"

Galia schwieg.

Al trank gerade den letzten Schluck Kaffee aus seinem Pott aus; dies von einem Raunen begleitet, das ein Wohltun mitteilte.

„Der war gut", wusste er anzubringen und faltete seine Hände wieder zu einem Berg und legte sie auf dem Tisch ab.

„Aber eines habe ich noch nicht verstanden …", meinte Min und ließ nach einem Augenblick folgen:

„…ist der Kaffee alles, was ihr von mir wollt, oder ist

da noch was?"

Galia schaute zu Boden, Al auch.

„Wir dachten noch, du könntest uns vielleicht etwas Geld leihen. Tausend oder so. Wir wollen über das Wochenende weg, bis sich die Sache mit dem Schnaps hoffentlich aufgeklärt hat."

„Warum in aller Welt sollte sich die Sache aufklären, …, ohne euch?"

„Ich habe dem Besitzer eine Nachricht geschrieben, die ihn überzeugen wird, nichts von wegen Polizei zu unternehmen und ihn sich erinnern lässt, dass er uns nur eingeladen hat."

„Oh, je wenn das mal nicht noch schlimmer wird."

„Keine Sorge. Gali-heart und ich wissen, was wir tun."

„Gut, ich überweise es Dir."

„Überweisung, das dauert doch mindestens …"

„Echtzeitüberweisung!", knirschte Min mit den Zähnen.

Galia freute sich.

„Du bekommst es auch wieder."

„Scheiße", dachte Min und sagte es laut.

„Und wenn die Polizei sieht, dass ich Dir Geld gesendet habe nach dem Besuch der beiden Beamten?", fragte sie entgeistert.

„Ach, chill` mal lieber", meinte Galia und fügte hinzu: „Wir sind dann mal weg."

Man verabschiedete sich und die Haustür war bald wieder geschlossen. Min seufzte.

Freitag ist Partyversuch

Den gesamten Mittag über, schlief Min und hatte ein äußert wohliges Gefühl dabei, was nicht zuletzt an den Tabletten lag, die man ihr zuletzt verschrieben hatte. Es war ein zutrauliches Empfinden und sie meinte sich aufs Beste behütet; bis ihr in ihrem Traum eine übergroße Figur aus grüner Knetmasse erschien, die an einen Baum erinnerte, an dessen Äste mehrere Kärtchen gebunden waren.

Min nahm eines mit der Nachricht: Freunde sind ein Geschenk, doch wer verschenkt die schon?

Ein weiteres verkündete: Ehrlichkeit gibt es nur unter Dieben; Loyalität ist ausverkauft und macht arm.

Ein Drittes und Letztes meinte schließlich: Wie war das mit dem kleinen Finger und dem Arm?

Frau Mandig ging mit dem Staubsauger durch die Wohnung. Min wachte auf und fragte sich, ob das zu ihren Aufgaben gehöre, sie ächzte in Anbetracht ihres dicken Kopfes, stand auf und ging in das benachbarte Bad. Es war Freitag Abend. Min fragte sich ferner, wann sie wohl das letzte Mal selbst feiern gewesen wäre und konnte sich nicht erinnern.

Ihr war einerseits sehr wohl nach Party, sie mochte den Gedanken einmal wieder auszugehen, doch auf ihrer Schulter saß ein Schalk und lachte sie aus: *„Sie sei eh zu schüchtern, würde es nicht bringen, wäre zu langweilig, zu prüde …, gar nicht so wie Gal und Al. Hahaha!"*

Min versuchte zu lachen. Mittelmäßig erfolgreich. Wenn sie mit solchen Wesenheiten und Weisheiten, Party machen müsse, könne es ja nur viel Spaß bedeuten, dachte sie ironisch.

Ein wenig befreiter im Kopf, fasste sie kurzerhand einen Entschluss. Mitsamt der Erkenntnis, eigentlich doch nichts zu verlieren zu haben, sprang die Frau unter die Dusche, machte sich zurecht und stand binnen einer Stunde fertig gestylt vor dem Spiegel. Ob sie nun unterbewusst oder bewusst auf Galia verzichten wollte, um sich zu sagen, es ginge auch ohne sie, war ihr nicht zur Gänze klar, nur so viel war sicher: Sie ging aus, und zwar allein und wollte nicht durch Galia oder eben auch Galias Abwesenheit eingeschüchtert sein.

Min mochte ihre Freundin an diesen Abend zu sehr, um sie zu hassen und zu wenig, um sie zu lieben. Galia hatte mit ihrem Verhalten ganze Arbeit geleistet, um sich einen Ehrenplatz unter den beschissensten und widerlichsten Freunden zu verdienen, die Min je gehabt hatte.

Die zurechtgemachte junge Frau machte, dass sie von zu Hause verschwand und war bald darauf auch schon vor einigen Lokales in ihrem Kiez.

In eine Bar eintretend, fand man sich schnell zu Gesprächen an der Theke zusammen und dass von allen Seiten geschubst und gerangelt wurde, störte sie zwar, aber anfangs zu wenig, als dass es ihr *über* gegangen wäre.

Der Schalk wusste bald jedoch zu lachen, darüber,

dass sie es mit sich machen ließe, sie solle verschwinden, nach Hause gehen und weinen; das stünde ihr besser zu Gesicht.

Nun wieder einmal mit der Wahrheit konfrontiert, wusste sie zwar, dass es wirklich Zeit wäre, wieder zu gehen, doch fand sich in der Bredouille, dazwischen, jenem Gespenst einerseits recht zu geben und andererseits sich zwingen zu müssen, nicht auf dieses Wesen zu hören. Der Abend verlief nunmehr ebenso beschissen wie der Tag. Ging sie, hatte man ein passendes Bild ihrer nachgiebigen Niederlage - ob wahr oder nicht; und blieb sie, hatte man ein passendes Bild ihrer bezwungenen Niederlage - ob wahr oder nicht. Der Schalk mutierte zum heulenden Schlosshund und meinte, unterbewusst, sie wäre doch nur eine billige Hure; so oder so.

Demgemäß endete der Abend schließlich für Min und sie ging nach Hause.

An ihre Großmutter denkend, schlief Min mit einem traurigen Gesicht ein. Ob Tränen rollten oder nicht, war ihr nach einer Weile ziemlich egal, genauso wie Galia, die Partygäste oder auch Frau Mandig.

Ihre Träume waren intensiv und bestanden aus Maschinen, an denen sie angeschlossen war, von mechanisierten Impulsen, von rettenden Spritzen, von Utopien die Realität geworden waren … und von einem Mann in Anzug und Trenchcoat.

Das Bauernopfer

Mit tiefen Furchen an den Händen zog der Mann die Schrauben des Holzschleppers nach. Er war früh aufgestanden, hatte einige Erledigungen am Computer gemacht und war bei den ersten Sonnenstrahlen hinausgegangen, um den Maschinenpark für die kommende Saison sowie den Baumschnitt, den er beim nächsten trockenen Wetter zu machen, sich vornahm, zu warten.

Der Atem dampfte in der kalten Winterluft und die Hände wurden gefühlsärmer. Arbeitshandschuhe hatte er nicht finden können in seiner ansonsten gut sortierten Werkstatt und so führte er die Tätigkeit ohne Schützendes um die Hände herum durch.
Mit einigen Schwierigkeiten nahm er dadurch auch das Telefon entgegen, das seine Frau ihm, während er seine Arbeit verrichtete, entgegenbrachte.

„Was ist so dringend?"
„Ready."
„Wann?"
„Auf Abruf."
„Ich melde mich."
„Verstanden."
„Ach und senden Sie die Einladung."

Die letzte Schraube feststellend, atmete der Mann angestrengt, fing förmlich an zu keuchen und hatte sie schließlich fest, woraufhin er mit seinem Kapuzenpullover über das Haar gelegt, in seinem Haus verschwand. Der Generator des Schuppens, indem der Holzschlepper stand, schepperte und rauchte derweil weiter.

Einladung zum Blues

Um nichts in der Welt wollte Steinar den Samstag derart beginnen, wie seinen anderen freien Tag in dieser Woche und er tat einiges dafür. Zum einen zwang er sich, mit dem Wecker auszustehen, zu der für ihn üblichen Zeit an Arbeitstagen, zum anderen schwor er seinem ausgiebigen, reichhaltigen Frühstück ab und begnügte sich mit einem Glas Orangensaft, einer Tomate und einem Käsebrot mit Butter. Die Morgentoilette verlegte er auf vor dem Frühstück und zum Frühstück wollte er statt der Zeitung die Post lesen, sofern sie denn schon da sein sollte. Ansonsten solle es zumindest zum Lesen der E-Mails reichen.

Die Post aus dem Briefkasten nehmend, war ihm schwer zu erkennen, ob es sich um Briefe und Karten vom gestrigen Tage oder von heute handeln würde, und so nahm er, was sich eben drin befand und ging wieder in die Küche zurück. Er setzte sich auf seinen Stuhl und begann mit den Briefumschlägen, wobei ihm ein naheliegendes Küchenmesser als Brieföffner diente.

Den Brief, den Steinar öffnete, während sein Orangensaft zur Neige ging, hatte einen goldenen Rahmen, Ornamente und er war händisch mit blauer Tinte geschrieben:

Man lade ihn ein, zu einem Bankett in Paris, hätte dazu nur die hochkarätigsten und geistreichsten ihrer Zunft vorgesehen und biete etwas an, das nichts in der Welt je aufwiegen könne. Man sähe sich geehrt, ihn morgen Abend gegen zwanzig Uhr begrüßen zu dürfen, und verbleibe mit besten Grüßen.

Es dauerte keine fünf Minuten, da bekam Steinar einen Anruf, und zwar persönlich vom Polizeipräsidenten.

Dieser habe Kunde von einer Einladung Steinars nach Paris erhalten und bekräftigte seinerseits, das Erfordernis einer entsprechenden Teilnahme aus diensttechnischen wie politischen Gründen. Er, der Polizeipräsident, gehe davon aus, dass Steinar am morgigen Abend erwartungsgemäß in Frankreich erscheine und dort die besten Glückwünsche aus Berlin auszurichten verstünde.

Der Kommissar war baff. Morgen sollte er in Paris sein. Zu einem Zweck, der ihm noch verborgen bleiben musste.

Auf sich allein gestellt

Nanny Mandig beschäftigte Mia auf ihrer Spielecke. Die Alte las ihr dabei aus einem klobigen Bilderbuch vor, das mit vielen bunten Farben und Pappseiten aufwartete, die in etwa so dick waren wie moderne Smartphones. Die Mutter von Mia, Min, befand sich bereits auf den Weg nach Paris, sie hatte Nachricht in Bezug auf ihr Engagement dort erhalten und war innerhalb von zwei Stunden aufgebrochen, um mit dem Flieger noch heute in Paris zu landen.

„Das ist ein Flugzeug", meinte die Nanny und erklärte der Kleinen, dass ihre Mutter mit so etwas unterwegs sei. Sie zeigte dabei auf ein Objekt im Himmel des Bilderbuches und ahmte mit dem Zeigefinger die Bewegung des Dings in der Luft nach.

Ob die Kleine es nun verstand oder nicht, oder es gar für eine Fliege hielt, war dem Kindermädchen nicht zu erkennen, doch die Kleine verstand so viel, als dass sie lachend nach dem Finger der Nanny griff, im Ansinnen, diesen zu erheischen.

„Das ist ein Auto", meinte Nanny Mandig einen Moment später, nachdem sie in dem vorliegenden Buch kurz auf ein auf den Straßen befindliches Gefährt gezeigt hatte. Sie fuhr mit dem Finger gleich danach auf dem Untergrund der Spielwiese herum, links und rechts wendend und haltend und wieder startend.

Auch hier war der Kleinen nicht abzugewinnen, ob es verstand, was Mandig intendierte oder Mia womöglich sogar einen Käfer zu sehen meinte, in jedem Fall wollte die Kleine auch hierbei den Finger der Mandig fangen, beziehungsweise ihn klatschend auf der Spielwiese parken.

Mandig stand auf und ließ ihren Schützling weiterspielen, um ihrerseits das Essen zuzubereiten, als sie unerwartet einen Anruf erhielt.

Obgleich die Hausherrin offenkundig nicht da war, versicherte sich Mandig eines ruhigen, zurückgezogenen Örtchens in ihrem Zimmer des Hauses und nahm den Anruf entgegen:

„Mandig."

„Freigabe für Stufe 2", hörte sie aus dem Telefon.

Es folgte eine Pause.

„Bitte bestätigen Sie."

„Bestätige Stufe 2", erwiderte Nanny Mandig, die dabei in Richtung der kleinen Mia schaute.

„Bestätigung Stufe 2 erhalten. Auf Wiedersehen."

Die Nanny legte auf und machte sich weiter daran, das Mittagessen zu kochen.

Die Alte schnippelte Karotten und Gurken, Kartoffeln und weiteres Gemüse und vermengte die Zutaten, nachdem sie gar waren, zu einer Art Brei. Als Fleischeinlage mengte sie mageres, ebenfalls gegartes Hähnchenfleisch hinzu und kochte alles einmal auf.

Mia aß, kaute oder lutschte das Essen, was davon auch immer zutraf und war bald wieder gesättigt, um sich mit neuem Elan in das Abenteuer zu stürzen; was auch immer kommen möge.

Nanny Mandig packte nun einige Sachen für das Kind zusammen, stellte diese reisebereit und in Form einer Reisetasche am Eingang des Hauses ab, nivellierte die Heizung auf Autopilot, versicherte sich der Alarmanlage, nahm Mia in ihren Kinderwagen an den Arm und die Reisetasche unter den Arm und ging aus dem Haus.

Berlin - Paris

In Paris am *'charles de gaulle' Flughafen* angekommen, bahnte sich Min einen Weg vom Terminal zum Treffpunkt. Man erwartete die Frau dort bereits, trug dabei ihre Reisesachen, begleitete die Dame den Weg aus dem Gebäude heraus und wies ihr ein Taxi zu, welches sie in ein Hotel im Herzen der Stadt fuhr. Die Französischkenntnisse von Min waren beschränkt, aber ausreichend, um sich gemeinhin zu verständigen. Der Smalltalk mit dem Fahrer des Taxis gehörte ebenso dazu wie das Lesen der Straßen- und Hinweisschilder in der Stadt.

Das Gefährt fuhr indessen einen Umweg, man drehe einen Film nahe der Innenstadt und habe vorsorglich Absperrungen errichtet, so erklärte es der Taxifahrer.

Das Hotel, zu dem man die junge Frau fuhr, lag an der Seine und in der herannahenden Dämmerung hatte man es verstanden, die Szenerie gut auszuleuchten und sie außerordentlich attraktiv wirken zu lassen. Nach dem Check-in im Hotel begleitete man sie zu ihrem Zimmer, lud Gepäckstücke ab, versicherte der Dame, für sie da zu sein, wann immer sie etwas benötige, und wünschte einen schönen Nachmittag beziehungsweise einen schönen Abend, denn die Dämmerung dieses Winters ließ beides zu.

Das Zimmer inspizierend, schaute Min sich um, warf

einen Blick ins Bad, schaute aus irgendwelchen Gründen unter dem riesigen Bett nach und legte sich darauf. Die Augen schließend, ging sie durch, was man ihr gesagt hatte:

Sie solle im Hotel angekommen, auf weitere Instruktionen des Auftraggebers warten und sich dazu in unmittelbarer Nähe der Herberge aufhalten.

Was unter *unmittelbarer Nähe* auch gemeint sei, sie konnte es nur mutmaßen, ein Besuch des Restaurants und der Bar des Hotels gehörten aber sicherlich *in* diese Kategorie, dachte sie und beschloss, jener Location später einen Besuch abzustatten. Derzeit war sie weder hungrig noch durstig, noch hatte sie das Bedürfnis nach gesellschaftlicher Zusammenkunft.

An Mia und Frau Mandig dachte die junge Mutter schon eher und griff daraufhin zum Telefon, im Ansinnen, den beiden zu versichern, selbst heil angekommen zu sein und um sich ihrerseits nach dem Befinden der beiden - insbesondere der Kleinen zu erkundigen.

Es klopfte daraufhin an der Zimmertür.

„Eine Nachricht für Mademoiselle", sagte der Page, der vor ihr - und kurz vor der Schwelle ihrer Zimmertür stehend einen Briefumschlag überreichte.

Unsicher darob, ob der junge Mann ein Trinkgeld für seinen Dienst erwarte, gab sie ihm einen kleineren Schein, dankte knapp und ging wieder auf das Zimmer. Dort befand sich ein kleiner Sekretär, dessen Arbeitsfläche bereits heruntergeklappt war und an welchen sie sich setzte, um den just erhaltenen Brief zu öffnen. Sie las ihn sich vor und war erstaunt.

Man erwarte sie gegen Abend zu einer Soiree im unteren Bereich Hotels, genau genommen in der Bar und freue sich, sie in Paris begrüßen zu dürfen.

Min war aufgeregt, denn war ihr letzter Versuch auszugehen, weniger von Erfolg gekrönt, gehörte die im Brief anberaumte Abendgesellschaft nun doch eher zu ihrer Arbeit und weniger zum Freizeitvergnügen. Hingegen, was sie ein wenig merkwürdig fand und was damit eine gewisse Verunsicherung bereithielt, war die Tatsache, dass ihre Agentur keinen Zeitplan, keine Agenda oder sonst ein Richtwerk gesendet hatte, mit dem das Model sich zumindest einmal zu organisieren fähig gewesen wäre. Min war vollends darauf angewiesen, dass man ihr sage, was zu tun sei, bis es irgendwann eben vorbei wäre. Sie dachte zwar, dass sie solche Jobs, also Shootings, schon ein Dutzend Mal gemacht hätte und dabei ja nicht viel *schiefgehen* könne, doch immer, wenn man meinte, es passe schon irgendwie, passiere irgendetwas Dummes.

Wenn es auch nicht ihr Schalk war, der sich zu Wort meldete, so war es eine Stimme in ihr, die meine, Min hätte keine Klarheit über die Situation, könne gar keine Kontrolle haben und schwebe in Unwissenheit. Dementsprechend wurde ihre Gefühlslage ein wenig ungehaltener und sie schrieb kurzerhand eine E-Mail an ihre Agentur, *man solle doch noch einmal schauen, ob nicht doch ein Plan und / oder nähere Informationen zum Job vorlägen. Sie wüsste weder, wann es geplant begänne, noch welche Art das Shooting sei, noch wann es voraussichtlich ende. Sie erbäte diese Informationen dringlich und grüße freundlich aus dem Hotel in Paris.*

Für einen kurzen Moment stellte sich Genugtuung ein, doch war das nicht von langer Dauer. Was sie getan hatte, war unter anderen auch den besagten Schalk nun doch gefüttert zu haben:

Dieser meldete sich nun: *Er meinte, sie könne keine Überraschungen mehr vertragen, versaue sich jede Art von Festlichkeit und wäre zum Preis ihrer vermeintlichen Professionalität eben eine „Professionelle" für moderne Sklavenhalter, Businessmoguln und sonstigen Möchtegerns geworden. Als hätte der Fiesling noch nicht genug, betrachtete er noch einmal ihre moralischen und ethischen Grundsätze, jene aus beruflicher Perspektive und meinte: Ihre Rechte seien so oder so verpfändet und wie sie sich auch drehe, und wende, es gäbe immer jemanden, der es verstehe, mit ihr unter zu gehen.*

Die Frau legte sich aufs Bett, nicht ohne den Wecker gestellt zu haben, und döste ein. Mia und Frau Mandig hatte sie für den Moment vergessen.

Die Soiree

Geduscht und in ein reizendes, dunkelblaues Abendkleid aus Samt gehüllt, stand Min vor dem Spiegel und betrachtete sich. Sie klippte dabei ihre vergoldeten Kreolen-Ohrringe an, legte eine mächtige Halskette um ihr Dekolleté und schlüpfte in ihre Pumps hinein.

Von ihrer Agentur hatte sie eine Rückantwort erhalten, *diese wisse selbst nicht mehr, als man Min auch mitgeteilt habe, und man bäte das Model aufgrund der Wichtigkeit des Auftrages für die Agentur, in Duldsamkeit und Zurückhaltung zu verweilen, sich nach den Anweisungen etwaiger Nachrichten zu richten, bis man sie schließlich zu den Vorbesprechungen, dem Styling und den eigentlichen Fotoaufnahmen rufen würde. Sie könne sich ferner, einer besonderen Gratifikation sicher sein, sobald sie wieder in Berlin wäre, die die Unannehmlichkeiten auszugleichen verstünde.*

Nun, wie vom Blitz getroffen, durchfuhr es die auf Reisen befindliche Frau und sie dachte wieder an ihre kleine Tochter, die ja zu Hause, hoffentlich wohlbehütet von der Nanny auf sie wartete. Dem sich zu vergewissern war Min jetzt das dringlichste Anliegen und so ging sie schnurstracks zum Telefon, ließ sich mit ihrem Haustelefon in Berlin verbinden und fand zu ihrem Verdruss, Konfrontation mit einem nicht enden wollenden Freizeichen.

Ungebremst im Elan, sich des Wohlbefindens von Mia zu versichern, ließ sie die Nummer des Mobiltelefons von Nanny Mandig wählen und erreichte direkt die Mailbox der Dame. Nachdrücklich bat sie um Rückruf und mindestens um eine kurze Nachricht, zu welcher Zeit auch immer, dahingehend, dass die beiden in Berlin wohlauf seien und nichts Böses zu erwarten hätten.

Das geschminkte Gesicht, in ein paar Sorgenfalten gehüllt, war schnell wieder gepudert und Min trat aus der Zimmertür heraus, um sich in den unteren Bereich des Hotels zu bewegen.

Von weitem hörte sie bereits ein Stimmengewirr sowie Musik und Gläserklirren und nahm, wie sich wenige Augenblicke später herausstellen sollte, folgerichtig an, dass die Abendgesellschaft schon eine Weile zusammengefunden hatte.

Die Gesellschaft wurde wohl ein wenig stummer, als die junge Frau die geschwungene Treppe elegant herunterkam, während sie die Blicke vornehmlich der Männer auf sich zog und für den ein oder anderen offenen Mund sorgte. Ihren Beinschlitz gekonnt in Szene gesetzt, kam sie mit ihrem langen, geglätteten und pechschwarzen Haar langsam zu den weiteren Gästen der Soiree hinab und stützte sich so ins vorherrschende Treiben der illustren Gesellschaft.

An die Bar des Hotels gestellt, dauerte es keine zwei Minuten, bis ein in dunkelgrünem Anzug gekleideter Mann ihr ihre Aufwartung machte und sie zu einem Drink einlud. Sie nahm einen Tom Collins und begann ein Gespräch:

„Sneyder, mein Name. Sie können mich aber auch Zac nennen."

„Freut mich Herr Sneyder", meinte Min und nickte förmlich.

„Wollen Sie sich denn gar nicht vorstellen?"

Min wollte gerade etwas sagen, als ein Mann in ihrem Alter, der an Eloquenz und Präsenz im Allgemeinen wenig bis gar nichts vermissen ließ, auf sie zukam und begrüßende Worte fand:

„Guten Abend, die Damen. Guten Abend die Herren."

Sneyder, der seinen Kopf nun ein wenig gesenkt

hatte, wurde ein wenig kleinlaut, begrüßte aber höflich. Der junge Mann jedoch, er war geschätzte zwanzig Jahre jünger als Sneyder, der seinerseits nahe an die fünfzig herankam, kam ein paar Schritte näher und meinte leise zu jenem:

„Ich gehe richtig in der Annahme, dass ihre Frau dort drüben auf Sie wartet?", dies sagte der junge Mann gerade noch so laut, dass Min es hören konnte, aber auch gerade so leise, das es nicht als Indiskretion, dem Sneyder gegenüber, gelten konnte.

Die Konkurrenz mit derlei Bandagen ausgestochen, sah man bald darauf, wie der dunkelgrün gekleidete Mann die Bar verließ und Platz für den Jungen machte.

„So einfach wird man unliebsame Gäste los."

Min lächelte verlegen, zwar hatte sie jener Herr nicht bedrängt, doch war es ihr nur lieb und recht so.

„Der gute Zac hatte ja gar nicht die Zeit, sich überhaupt erst unliebsam zu machen", meinte sie und stellte sich vor.

„Min Morgan."

„Delroy Daunty. Freut mich."

Beide gaben sich die Hand über Tresen der Bar und Delroy bestellte beim Kellner einen Tequila Sunset.

„Also, Min, was treibt Sie hierher? In diesen erlauchten Kreis allzu gnädiger Gemüter", sagte Delroy ironisch, als nehme er die Klientel nicht gänzlich ernst und sich selbst auch ein wenig auf die Schippe.

„Arbeit, mein Bester. Ich habe einen Job hier", sagte sie und wurde ebenfalls ein wenig ironisch und ernst.

„Und wenn ich Ihnen nun verrate, dass es mein Job

ist, Ihnen für die nächsten vierundzwanzig Stunden als Begleitung zur Verfügung zu stehen?"

„Dann frage ich mich, wer Sie dafür bezahlt?"

„Aber aber…lassen wir das mit dem Geld."

„Meine Chefetage hat andere Argumente", meinte Delroy und hob den mittlerweile servierten Tequila Sunset.

„Auf ihr Wohl, Mademoiselle."

Min nippte daraufhin am Tom Collins und fragte:

„Was macht sie so sicher, dass ich nicht auch verheiratet bin?"

„Kein Ring an ihrem Finger, kein Mann an Ihrer Seite, kein Kindergeschrei. Habe ich etwas vergessen?"

Min verbarg ihre Zuneigung gekonnt und nippte erneut an ihrem Cocktail.

„Das gehört zum Geschäft", meinte sie.

„Ist die Ehe nicht immer auch mehr eines? Ein Geschäft meine ich?"

„Ja, sicherlich."

„Steuererklärung, Hypotheken, Gratifikationen, Beförderungen…alles, wenn auch nicht direkt bemessen an einer Ehe."

„Schon, ja."

„Langweile ich Sie?"

„Sie kommen halt gleich zur Sache, … wir sind nicht einmal zehn Minuten an der Bar und Sie reden von Ehe … und von Geld."

„Ach so …, so war das wirklich nicht gemeint", meinte Delroy, sich ertappt fühlend.

„Na gut. Was gibts sonst Neues?", fragte Min direkt

und lapidar.

„Wussten Sie, dass ein Herz die Kraft hat, das Blut 10 Meter in die Luft zu pumpen?"

„Erstaunlich, Sie sind Chirurg?"

Delroy lachte.

„Ja, so in etwa…aber für Autos … in meiner Freizeit."

„Sie sind Bastler? Aber womit verdienen Sie ihr Geld?"

„Mein Geld habe ich bereits verdient? Jetzt muss es nur noch laufen…wie ein gut geölter Motor…in einem guten alten Fahrzeug …"

Min nickte.

„Verstehe. Daher auch das Hobby."

„Und Sie? Was machen Sie beruflich?"

„Model."

Mins Antworten waren kurz. Nicht weil sie nichts zu erzählen hatte, sondern weil sie beabsichtigte, Delroy aus der Reserve zu locken oder es ihn zumindest nicht allzu leicht zu machen, sich mit ihr zu unterhalten.

„Also arbeiten Sie nun oder nicht? Ich werde aus Ihnen nicht schlau", meinte Min.

„Ich bin wohl tätig für eine Organisation, das ist wahr. Meine Zuwendungen haben aber nichts mit Geld zu tun. Ich bin eine Art Botschafter, halte Reden, stelle Kontakte her und halte die Ohren offen …"

„Spannend."

Delroy trank von seinem Tequila Sunset. Min schaute sich um.

„Ich möchte ehrlich sein, man hat mich beauftragt, Sie zu umsorgen und auf Sie aufzupassen …"

Mins Blick war voller Sorge.

„… nicht das Sie denken, Ihnen könnte etwas geschehen oder so, das ist nicht der Fall. Ich soll Sie überreden und überzeugen, morgen am Bankett teilzunehmen. Das Bankett findet für einen ausgesuchten Kreis der Besten unter den Besten eines jeden Arbeits- oder Fachgebietes statt. Sie allerdings haben eine besondere Aufgabe, einerseits repräsentieren auch Sie Ihre Profession hervorragend, andererseits möchte man mit Ihnen morgen persönlich reden. Es ist ein Gesuch von dringlichster und höchster Stelle."

Min hatte gespannt zugehört.

„Also gibt es gar kein Shooting?" Min kam sich ein wenig naiv und dümmlich vor.

„Meine Chefetage hat mir versichert, der Auftrag Ihrer Agentur gilt als erfüllt, wenn Sie morgen am Bankett und an dem darauffolgenden Gespräch teilnehmen. Ich darf Sie bis zu diesem Bankett begleiten, sofern Sie es wünschen; in allen Belangen wäre ich bis morgen Abend Ihr persönlicher Ansprechpartner und würde für alles sorgen, damit es Ihnen gut geht."

Min schaute dem Mann ins Gesicht.

„Also, was sagen Sie?"

Min nickte, spannte den Mann auf die Folter und wollte ihn warten lassen. Der Schalk hatte Min ja jüngst bereits die moralischen und ethischen Vorsätze aus dem Weg geschafft; des Geldes wegen und aus Neugier wollte sie bleiben, sofern Sie Ihre kleine Mia gut versorgt wisse.

„Fein …, Sie organisieren mir ein Telefongespräch mit meiner Nanny, um mich zu vergewissern, dass es meiner Tochter gut geht. Dann bleibe ich."

„Was immer Sie auch wünschen", meinte Delroy
selbstsicher.

Mir geht es gut

„Sie möchte aber mit dem Kindermädchen Mandig
sprechen und von *ihr* hören, dass es der Kleinen gut
geht."
„Das entspricht nicht dem Plan. Stufe 2 ist gestartet."
„Dann justieren Sie den Plan! Sonst reist Sie noch ab!"
„So, wie ich das verstehe, ist das dann ihr Problem,
Herr Daunty."
„Wir sitzen im selben Boot."
„Wir sitzen im Boot, Herr Daunty, Sie aber schwim-
men derzeit wie uns scheint."
„Sie könnten die Leitung verschlüsseln. Außerdem
muss die Nanny lediglich fünf Minuten ansprechbar
sein und ihren Text erzählen, egal von wo!"
„Daunty, wir klären das und melden uns. Bis dahin
liegt alles in Ihrer Verantwortung."
Schnaufend lehnte Delroy an der Wand in seinem
Hotelzimmer.
Nicht lange hadernd rückte er seinen grauen Anzug
zurecht, festigte den Kragen und die darin befindliche
Krawatte und machte sich auf, wieder nach unten an
die Bar zu gehen.
Die Soiree war auf einem Höhepunkt, überall tranken, sangen und spielten die Damen und Herren im
unteren Bereich des Hotels und man konnte gar meinen, dieser Abend würde nie zu Ende gehen.

„Leider habe ich niemanden erreicht. Allerdings habe ich eine Nachricht hinterlassen können und rechne mit einer baldigen Antwort."

„Ob nicht doch etwas passiert ist? Ich meine, Nanny Mandig müsste doch zu Hause sein!"

„Sorgen Sie sich nicht, den beiden geht es bestimmt gut. Sie werden sehen, in ein- bis zwei Stunden werden Sie Gewissheit haben, und das nur zum Besten."

„Trinken Sie noch etwas?", fragte Delroy.

„Nein, nicht bevor …",

Min hielt inne, als Delroys Smartphone, das nahe Mins Ohr, nämlich in seiner Westentasche befindlich lag - während er stand und sie saß, klingelte.

„Entschuldigen Sie mich bitte einen Moment", empfahl sich der Mann und ging ein paar Schritte weiter, in Richtung der Rezeption des Hotels.

Das Telefongespräch annehmend, teilte man ihm mit, dass die Nanny Mandig in etwa fünf Minuten bei Min anrufen werde, das Wohlergehen der Kleinen bestätige, woraufhin man erwarte, das damit alles geklärt wäre und man bis zum morgigen Abend keine weiteren Komplikationen mehr sehen möge.

Delroy bestätigte das Vorgehen wie gewünscht und meinte, es verlaufe damit weiter alles nach Plan und ohne Störung.

Er beendete das Telefongespräch, nahm wieder seinen Stehplatz an der Theke und gegenüber von Min ein und entschuldigte sich bei dieser erneut, nun mit der in Erfahrung gebrachten Begründung, einen wichtigen beruflichen Hinweis in anderer Sache erhalten zu haben.

Es folgten Minuten der Plauderei zwischen den beiden, bis das Smartphone von Min schließlich vibrierte und gleichzeitig klingelte.

„Hallo Min, Frau Mandig hier. Es ist alles gut. Die Kleine ist bei mir, ihr geht es auch prima. Wir haben uns im Bilderbuch Flugzeuge und Autos angeschaut. Und Mia war hellauf begeistert. Ich habe ihr dann etwas zu Essen gemacht. Alles in Ordnung, mein Liebes. Wir freuen uns schon auf Montag, wenn Sie wieder zurück sind."

„Kann ich die Kleine mal sprechen, bitte?"

Es folgte eine kurze Zeit, in der nichts zu hören war, Min vermutete bereits, dass das Gespräch abgebrochen war, schaute auf ihr Telefon, klickte und drückte darauf ein wenig herum, um sich zu versichern, nicht selbst mit ihrer Technik der Grund des Ausfalles zu sein, und nahm den Hörer aber bald wieder an das Ohr.

Zu hören war ihr das Brabbeln von Mia, während die Mutter sichtlich erfreut darüber lächelnd und kichernd verweilte, bis die Kleine sich schließlich ausgesprochen hatte.

Nanny Mandig kam bald wieder ans Telefon, erzählte Min noch einmal, das alles in Ordnung sei und man morgen einen Ausflug geplant habe, dass ihr Handy leider eine Macke hätte und sie damit nicht telefonieren könne, es außerdem Sonntag sei, weswegen eine Reparatur oder ein Ersatz schwierige werden würde und man deswegen alles in allem wahrscheinlich nicht besonders gut zu erreichen sei, was die Mutter der Kleinen ihr nachsehen müsse.

Min meinte daraufhin, es vielleicht eher am Abend mit einem Anruf zu probieren, sie hätte jedoch selbst einen Termin zu später werdender Stunde, wisse diesbezüglich nicht - wann und wie lange und konnte daher nicht genau sagen, wann und ob sie überhaupt anrufen werde.

Das Kindermädchen beruhigte Min abermals, die ihrerseits bald besonnener und gelassener des Augenblickes wegen war und meinte, alles Weitere würde man morgen schon sehen. Der Mitlauschende, Delroy, nickte wohlwollend und nahm einen Schluck von seinem Drink. Min verabschiedete sich. Nanny Mandig tat es ihr gleich und so war das Gespräch schließlich beendet.

Der Abend klang heiter aus und Min fiel schließlich todmüde ins Bett.

Steinars Reise

Der Himmel war bewölkt, als Steinar aus dem Kurzstreckenflieger stieg. Die Sonne war gerade aufgegangen und der Kommissar hatte sich lieber gewünscht, bereits gestern Abend angereist zu sein, denn der morgendliche Flugverkehr bekam ihm gar nicht gut.

Im Flughafen kaufte der Mann sich ein großes, mit Salami belegtes Baguette und eine Orangenlimo, er setze sich damit in unmittelbarer Nähe zu einem der Ausgänge hin und speiste sich erst einmal satt.

Seine Hotelbuchung für eine Unterbringung in Bercy galt ab elf Uhr vormittags und so er die Fahrt dorthin, eben vom Flughafen aus, einkalkulierte, sollte er pünktlich einchecken können. Das Hotel war eher als Notlösung gedacht, denn erstens war Valentinstag in Paris, und zweitens war die Reise sehr kurzfristig anberaumt worden, was dazu führte, dass die Auswahl einfach fehlte.

Dass er das Zimmer sowieso nur als Absteige für den Tag und als kurzen Zwischenstopp am Abend brauchen würde, konnte der Kommissar zu jenem Zeitpunkt noch nicht wissen.

Steinar hatte wohlüberlegt, sich einen separaten Anzug für den Abend mitzunehmen, man könne ja nie wissen und just als ihm dies durch den Kopf ging, sah er die Soße seines Baguettes, die dem Anschein nach irgendwas mit Curry zu tun hatte, auf seine Hose tropfen. Binnen weniger Sekunden stand er erschrocken auf, wischte er den Fleck fort, wohl in der Hoffnung, dass jenes Fettoval, der Schnelligkeit seiner fortwischenden Reflexe halber doch ganz verschwinden würde. Doch weit gefehlt: Die Spur, die das Wischen mit sich brachte, hinterließ einen zusätzlichen Schmodder und größer und breiter war die Verunreinigung nun sichtbar.

Es stand jene Überlegung im Raum, ob er die Geschäfte im Flughafen absuchen solle, um an Fleckenentfernungsmittel zu gelangen, oder ob er dies später in der Stadt erledigen solle - eventuell in einer Wäscherei. Hart auf hart kommend, könne er sich ja auch eine Übergangshose besorgen, während man sich in der Wäscherei den Fleck annähme, so zumindest seine theoretische Überlegung. Die Reste seiner ihm jetzt sprichwörtlich bitter gewordenen Mahlzeit warf er fort und machte sich auf, schnellstmöglich aus dem Flughafen zu verschwinden.

Draußen vor dem Flughafengebäude stehend, war ein Taxi bald gefunden und es brachte ihn, wie von ihm gewünscht, in den Pariser Stadtteil *Bercy*.

Mit seinem beigen Trenchcoat stand er vor dem Hotel und blickte dem Taxi hinterher, das gerade wieder abgefahren war. Er wunderte sich über den Betrag, welchen er für die Fahrt gerade entrichtet hatte, und meinte sich, je weiter sich das Fahrzeug entfernte, dahingehend betrogen, dass man ihn mindestens das Anderthalbfache, eher das Doppelte an Fahrgeld abgezogen hätte, als wie für lokale Fahrgäste üblich.

Im anfangenden Nieselregen unter grauem Himmel hatte sich jenes Ärgernis aber auch bald wieder aufgelöst und Steinar ging in das von ihm gebuchte Hotel hinein, um für die kommenden Stunden einzuchecken.

Drinnen stand ein Paar unweit der Rezeption, man hörte es streiten und keifen. Was die Sprache anbetraf, so war es ebenso wenig französisch wie Deutsch; es war Englisch, aber dabei kein muttersprachliches.

„Was hat er, was ich nicht habe?"

„Du spinnst doch."

„Was hat er?"

„Ich habe nichts mit dem!"

„Und ob ich habe dich gesehen, schon vergessen?"

„Er hat nach dem Weg gefragt. Nur das. Mehr nicht."
„Deine Stadt kotzt mich einfach nur an."
„Du kotzt mich an."
Damit war das Gespräch beendet. Steinar hatte es mit einem Ohr verfolgt, derweil aber vertieft in seinen Rucksack, nach der ausgedruckten Hotelreservierung und seinem Ausweis gesucht und sah sich nun, nachdem er alles in den Händen gehalten hatte, damit konfrontiert, dass ihm der männliche Part vom gerade erlebten Streit wie ein Stier entgegenkam und ihn förmlich über den Haufen rannte. Daraufhin fielen Steinar die Dokumente aus den Händen, landeten auf dem Boden vor der Rezeption und mussten nun aufgehoben werden. Dies im Sinn hatte nicht nur Steinar, sondern auch der weibliche Part vom gerade erlebten Streit, die sich wohl verantwortlich fühlte für die Rempelei, sie senkte sodann zeitgleich mit dem Kommissar Kopf und Körper, um nach dem heruntergefallenen Papieren zu greifen, was nun darin münden musste, dass beide Köpfe zusammenstießen und ein dumpfes Geräusch machten. Mit einem schmerzverzerrten Lachen in beiden Gesichtern kamen die Zusammengestoßenen wieder auf Höhe des Rezeptionstresens und Steinar - der schneller gewesen war im Zupacken, reichte die Unterlagen zu seinem Check-in, bei der Dame, die hinter dem besagten Tresen stand, beiläufig ein.
Hauptsächlich hatte er damit zu tun, sich seinen Kopf zu halten und die Person, der er gerade unfreiwillig so nahegekommen war, eine Entschuldigung auszu-

sprechen. Letzteres sollte auf Gegenseitigkeit beruhen, denn auch die Dame, sie mochte in etwa Mitte dreißig sein, fand entschuldigende Worte und Gesten.

Nun, ohne dass man viel gesprochen hatte, hatte man sich doch kennengelernt und ausreichend soziales Futter gesammelt, um einander anzulächeln, was nicht unauffällig und unbemerkt blieb, denn mit einem schnellen Faustschlag, hinterrücks ausgeführt und zum Kinn von Steinar gezielt, meldete sich jener Mann zurück, der vor einigen Minuten noch eine Szene machte und gemacht bekam. Der Kommissar, jetzt im Verlust des Gleichgewichtes, hielt sich noch gerade so am Tresen fest, was der Mann scheinbar doch noch ungern sah und einen zweiten Schlag gegen die Schulter - jene in Nähe der Theke- setzte, nur um zu sehen, wie der Kommissar schließlich kauernd auf dem Boden lag.

Steinar rappelte sich nach einer Weile auf, holte zum Schlag aus, ohne weiter nachzusehen, wohin, doch der Mann und die Frau waren fort. Er versicherte sich reflexartig, dass seine Brieftasche noch da war, - und das war sie; sodann schüttelte er den Kopf und fasste sich ans Kinn, um dort zu sehen, dass noch alles dran war.

Ungläubig schaute er die Rezeptionistin des Hotels an, die ihm nun, ohne weitere Worte oder einen Anflug von Sympathie, die Schlüsselkarte für sein Zimmer über den Tresen herüberschob.

Steinar, schließlich in seinem Zimmer angekommen, setzte sich hin und schloss die Augen. Er dachte: Es gab beschissene Tage und Tage, die wohl beschissen waren, aber nicht so beschissen wie die beschissenen Tage.

Er wähnte sich dahingehend im Recht, sich um einen Whisky verdient gemacht zu haben, gestattete sich aber nicht, diesen im Dienst zu trinken, und so nahm er stattdessen eine Cola aus der Minibar des Hotels.

Einen halben Valentinstag noch

Min wachte zur Mittagszeit herum auf, ihr Schädel brummte und dabei hatte sie doch nur zwei Cocktails getrunken, meinte sie, sich rechtfertigend.

Ihr Smartphone lag neben ihr, für den Fall das man sie in der Nacht erreichen müsse und vornehmlich Mia wegen. Sie schaute einige Nachrichten und E-Mails durch, eben das, was sie standardmäßig zu tun pflegte an einem Morgen, als ihr auffiel, dass die App für die Sprachaufzeichnung geöffnet war. Die Nutzung jener App war ihr nicht nachzuvollziehen und überhaupt: Sie hatte nicht die geringste Ahnung, wo das Programm auf ihrem Smartphone überhaupt steckte, geschweige denn, wie es sich aktivieren ließ. Aber da, jene unnütz scheinende Software nun einmal geöffnet war, kam sie leichterdings in die Einstellungen und in die Nutzermaske und schaute, der Neugierde wegen, was sich dort verbarg. Ein Eintrag von gestern zeigte sich, der zeitlich etwa drei Minuten betrug.

Überrascht und nun mit gewecktem Interesse für das Aufgezeichnete, spielte sie das Memo, durch Drücken eines grünen Knopfes ab und hörte das Brabbeln ihrer kleinen Mia, wie es ihr gestern Abend bereits, im Zuge des Telefonates zur Versicherung des Wohlbefindens von Mia und Nanny Mandig, zu Ohren gekommen war. Sie versuchte dabei konzentriert darauf zu achten, was die Kleine von sich gab, meinte dabei *Flugzeug* zu verstehen und etwas anderes, dem sie gerade akustisch auf die Schliche kommen wollte, als es an der Tür klopfte.

In der Tür stand Delroy, frisch gemacht und bestens munter.

„Guten Tag. Ich stehe nicht das erste Mal vor der Tür.“

„Ja, ich habe ausgeschlafen.“

„So spät war es gestern doch gar nicht.“

„Spät genug …“

„…aber, bitte kommen Sie herein.“

„Nein, ich wollte nur einmal nachsehen …“

„…ob alles in Ordnung ist.“

„Ach, kommen Sie, Delroy. Haben Sie sich nicht so. Sie werden schon nicht aufgefressen.“

„Na gut, wenn Sie darauf bestehen.“

„Delroy suchte eine Sitzgelegenheit und nutze jene, die sich ihm auf dem großen Sofa des Zimmers bot.“

„Ich mache mich nur kurz im Bad frisch.“

„Ja, machen Sie das. Ich werde hier warten …“, er nahm sich eine Zeitung von dem Stapel, der neben dem Sofa auf einem kleinen Tisch lag.

„… und die Zeitung von gestern lesen.“

„Hinterher ist man immer klüger", schallte es aus dem Bad.

„Wie meinen Sie?"

„Hinterher, also heute, haben wir etwas aus den Schlagzeilen von gestern gelernt", erklärte Min.

„Ich glaube das weniger."

„Meinen Sie die Welt wiederholt ihre Fehler immer wieder?"

„Die Welt weniger; die Menschen sind es."

„Nun seien Sie nicht so kleinlich."

Min kam zurechtgemacht aus dem Bad.

„Nehmen Sie die Börsenkurse, ... was meinen Sie, wie viele Entscheidungen und Einschätzungen hinter diesen kleinen mickrigen Graphen und den winzigen Zahlen stehen?"

„Eine Menge in der Tat."

„Sehen Sie ... Tag für Tag. Jahr für Jahr...und immer wieder Änderungen."

„Worauf wollen Sie hinaus?"

„Sagte ich doch ... stehen denn hinter diesen ganzen Unmengen von Entscheidungen nicht irgendwann auch Lerneffekte?"

„Wenn Sie den Lerneffekt meinen, die meisten Profite zu generieren, dann ja."

„Chapeau, Delroy."

Min hatte sich die Schuhe angezogen und war bereit.

„Fertig."

Delroy stand mit Schwung auf.

„Wohin soll es gehen?", fragte die Frau und erklärte sich mit einem Lächeln:

„Immerhin sind Sie es gemäß der Vereinbarung von

gestern Abend, der mich bis zum *heutigen* Abend zu bespaßen hat."

Delroy öffnete Min höflich die Tür, stand gerade dabei und meinte:

„Lassen Sie sich nur überraschen. Ich bin mir meiner Verantwortung ganz und gar bewusst."

Die beiden gingen aus dem Hotel und stiegen in ein Taxi, Delroy gab dabei den zu fahrenden Weg an.

*

Steinar hatte das Hotelzimmer satt. Das kleine und karge Ambiente engte ihn ein und er beschloss deshalb, etwas Frischluft zu schnappen und Paris ein klein wenig zu erkunden.

Draußen angekommen, bemerkte der Kommissar, wie es wieder anfing zu nieseln und er entschied kurzerhand, ein Taxi zu nehmen, woraufhin er, ohne sich zu versichern, ob jenes Gefährt denn frei wäre, in die erstbeste Gelegenheit einstieg.

Mit einem Satz auf der Rückbank sitzend, suchte er den Anschnallgurt und wollte gerade die Fahrtrichtung vorgeben oder vielmehr erst einmal ein Zeichen zum Losfahren geben, als er bemerkte, dass ein weiterer Fahrgast bereits neben ihm, nämlich auf der anderen Seite der Tür platzgenommen hatte. Ohne viel zu zögern, suchte er wieder den Anschnallgurt zu betätigen, um ihn zu lösen und sich wieder für den Ausstieg aus dem Taxi frei zumachen:

„Verzeihen Sie, ich wusste ja nicht …", meinte

Steinar, der nun sah, dass es sich bei jenem im Taxi bereits befindlichen Fahrgast um jene Frau handelte, mit der er so harsch zusammengestoßen war und dessen Freund oder Mann ihm Prügel versetzt hatte. Steinar suchte nur umso schneller sich loszumachen.

„Nein, mein Herr, lassen Sie nur", meinte die Frau zu ihm gewandt und redete danach etwas auf Französisch zum Fahrer des Taxis.

Steinar, der französischen Sprache nicht mächtig, konnte seinerseits nur ahnen, dass die Frau den Fahrer einfach nur signalisiert hatte, dass das Zusteigen ins Gefährt in Ordnung sei. Die Frau richtete abermals das Wort an ihn:

„Fahren Sie, wohin auch immer Sie wollen. Ich habe es nicht eilig und bin dankbar für ein wenig angenehme Gesellschaft und Unterhaltung."

„Daphne DeVille", sagte die Frau und reichte ihm die Hand.

„Piet Steinar", erwiderte jener und reichte der Frau ebenso die Hand.

Der Kommissar sah sich um, rechnete scheinbar mit einem neuerlichen Auftauchen des Freundes jener Dame und gab das Zeichen zum Losfahren.

„Glauben Sie an Zufälle", fragte DeVille.

„Ja, daran, das wir sie mehr brauchen, als sie uns."

„Schön gesagt, mein Herr."

„Und Sie?"

„Nein, für mich gibt es keine Zufälle, es ist alles … aufeinander abgestimmt."

„Wie um Himmels willen gelangt man zu einer sol-

chen Erkenntnis?", fragte Steinar halb hochachtungs-
voll, halb abschätzig.

„Indem man es laufen lässt. Wissen Sie …"

„Ja?"

„Ich kann Ihnen viel erzählen, Sie würden mir ja doch
nicht glauben."

„Und, das wissen Sie auch?"

„Ja, ich sehe es in Ihren Augen. Sie weinen, auch wenn
sie es nicht tun."

„Das klingt doch sehr nach Shobogenzo."

„Sie leiden mein Herr, das sehe ich."

Steinar, der es indessen tatsächlich mit Sodbrennen
zu tun bekam, schwieg.

„Für manche ist Leiden die höchste Form des Genusses, wissen Sie das?"

„Wissen nicht, nein", antwortete der Mann.

„Was kommt danach, also nach der höchsten Form
des Genusses, wie Sie sagen?", bemerkte er weiter.

„Die Sucht, wie mit allen Genüssen. Es wandelt sich
das Gute in das Schlechte für den Menschen."

„Das heißt, die Dämonen räumen den Pott ab?", sagte
Steinar lakonisch und fügte hinzu:

„Alles umsonst?"

„Umsonst nicht, aber nichts ist umsonst, nicht
wahr?"

Steinar, verwirrt, ließ es dabei bewenden.

„Ist es Glück, in die Mitte einer Dartscheibe zu werfen?"

„Wenn Sie dahin gezielt haben, ist es können, würde
ich sagen."

„Und, wenn sie ein glücklicher Könner sind …"

„…dann können Sie auch das Glück fassen", meinte DeVille in zwei Halbsätzen.

„Steinar, glauben Sie an Glück?"

Steinar schaute aus dem Fenster, Nieselregen auf der Scheibe, aber nicht genug, um die Sicht zu behindern. Er meinte, Frischluft gebrauchen zu können und ließ die Scheibe herunterfahren. Erstaunt blickte in das Gesicht einer Frau, die ein Taxi weiter auf der Nebenfahrspur ebenfalls wartete und ihr Fenster auch heruntergelassen hatte.

*

„Glauben Sie an Zufälle?", fragte Delroy.

„Ach Delroy", brach es aus Min hervor, sie stütze sich mit dem Ellenbogen auf - oder an der Tür der Taxis ab und ließ zu ihrer Überraschung das Fenster neben sich herunterfahren. Verdutzt schaute sie neben sich nach draußen, in das Nieselwetter und in das Gesicht eines Mannes, der ein Taxi weiter auf der Nebenfahrspur ebenfalls wartete und das Fenster des Gefährtes gleichsam heruntergelassen hatte.

Einige Regentropfen kamen durch das Fenster und benetzten die Haut der Frau, das Haar, das Augenlid; als ob sie eine Träne im Auge hätte.

„Man sollte den Zufällen nie zu nahekommen, sonst sieht man sie zufällig nie wieder."

„Witzig", meinte Delroy.

„Warum?"

„Warum nicht?"

„Die Glücklichen halten sich fern von Zufällen und

genießen das Aufkommen."

„Und die Unglücklichen?"

„Wer möchte sich mit denen schon abgeben."

„Elitär ist das Leben. In Glück und in der Liebe genauso."

„Elitäre Liebe ist wohl eher eine Kunstform."

„Soll man nicht glücklich sein in der Liebe?"

„Doch aber …"

„Aber?"

„Aber mit Aberwitz."

„Die reine Form der Liebe braucht kein Aber."

„Dann fehlt ihr was."

„Oder nicht länger."

„Schönfärberei und Wunschdenken…ist das auch elitär."

„Man muss es sich leisten können."

„Wie wahr."

„Die Rache und die Liebe."

Das Taxi kam zum Stehen.

Delroy beglich die Rechnung und die beiden stiegen aus.

Min staunte:

„Ein Zirkus?"

„Ja, ich dachte, das würde Sie begeistern."

„Volltreffer."

Der Besuch auf dem Zirkus im Gebiet der ´Bois de Boulogne´ war ein voller Erfolg und der Nachmittag verging wie im Flug. Darauf achtend, dass sie sich nicht zu sehr verausgabte und berücksichtigend, dass ihre Morgentoilette nur eine kurze war, wollte sie mit ausreichendem Puffer wieder zurück im Hotel sein, um sich und ihre Garderobe gut vorzubereiten und so schließlich am Bankett sowie an dem nachfolgenden Gespräch dazu teilzunehmen.

Das Bankett

„Herzlich willkommen, liebe Gäste zu unserem Bankett in der wunderschönen Stadt der Liebe, Paris, und das an einem sehr denkwürdigen Tag: dem Tag des heiligen Valentin…und, ob er nun aus Rom oder aus Terni kam, bleibt uns offen, und sie sehen dabei: Die Geschichte ist nicht immer eindeutig mit uns, was zur Frage führt: sollten wir es mit ihr sein?

Lassen Sie mich vor Eröffnung des Banketts noch das Wort an Sie richten und Ihnen einiges mitteilen:

Alle Versammelten haben eines gemeinsam, sie haben ferner zu sehen, dass manches regelrecht gezwungen scheint, sich einem Höheren anzuschließen.

Ist es etwa nicht so?

Erinnern Sie sich nicht an ihre freien Tage, an denen Sie ihr Lieblingsrestaurant besuchten, Ski fuhren, ins Theater gingen, eine Ausstellung besuchten oder, oder, oder … und was ihnen dort oder daraufhin passierte?

Niemand mag ein potenziell höherwertiges Model eines Gefährts oder einer Gefährtin oder eines Gefährten nur als Gegenstand für die alltägliche Routine des Normalen. Außer sie sind Nostalgiker oder aber Heuchler. Natürlich lassen wir das Höchste der Gefühle außen vor, dies gönnen wir schlichtweg…niemanden …"

„Gott weiß, wovon der redet", meinte Min zu Delroy.

„Meine Liebe, ich nehme an, dass Sie auch in diesem Punkt ein Alleinstellungsmerkmal besitzen", meinte

Delroy.

Min versuchte, den Sprecher zu mustern, saß dafür allerdings ziemlich weit entfernt. Das Gesicht des Mannes verbarg sich unter einer Kapuze, seine lange mantelartige Kluft erinnerte eher an Science-Fiction oder Cyberpunk als an übliche Abendgarderobe.

Für Steinar regnete es indessen wie Schuppen von den Augen, als dass man ihm nun mehr oder weniger direkt erklärt hatte, dass es ein erklärtes Ziel gewesen sei, ihn in ein höheres Bewusstsein zu heben, an jenem Tag, als er die Ausstellung über Tote in Berlin zu besuchen gedachte.

„…manche nennen es Schicksal. Und Schicksal ist manchmal vorteilhaft gestaltet. Durch Exploration. Das taten Kreuzritter wie Seefahrer wie Astronauten. Die Natur ist zwar keine gnädige Gespielin, aber eine der mächtigsten. Sie mag es entdeckt zu werden, aber nicht immer und erst recht nicht von jedem …
wir kokettieren mit Prinzipien. Göttlichen auch, ja. Im Namen von Göttern, für die Liebe, mit dem Hass und über die eigene Persönlichkeit. Hinein und hinaus. Denn:

Was wir tun, ist einfach:
Wir senden.
Wir senden und empfangen.
Nachrichten und Botschaften.
Vom Heil und vom Frieden.
Von Kultur und Kampf.
Via Telefon,
per Internet,

via Satellit und
per Radio.
Bewusst und unterbewusst.
Sie wollen uns entkommen?
Entkommen Sie sich selbst!"

Min schaute sich um, der Saal war vielleicht mit 50 bis 100 Leuten gefüllt.
Delroy bemerkte trocken:
„Die Crème de la Crème."
„…unser Budget reicht aus, um die Interessen der Mitglieder zu wahren. Und es sind viele und aus allen Schichten der Bevölkerung, vom Politiker bis zur Prostituierten; auch wenn dieser Schritt gar nicht mal so groß scheint, oder? *(lacht)*
Ich möchte Sie nicht abschrecken oder Ihnen zu überzogen imponieren, aber:

Wir sind ein System.
Und suchen passende Hardware.
Wir sind froh …
Wo Sie *funktionieren*, so wie Sie *nicht* wollen und *dennoch funktionieren.*
Pervers? Nein.
Kontrovers? Ja."
„Wir sind sehende Elemente.
Ich heiße Sie willkommen …
Das Bankett ist eröffnet."
Umgeben von Herren saß Min in etwa der Mitte des Raumes. Ein jeder, eine jede hatte in Form einer persönlichen Begrüßung und anschließender Eskorte durch Bedienstete einen zugewiesenen Platz erhalten

und konnte diesbezüglich keine vorherige Wahl anstellen.

Das Restaurant oder die Location, in welchem die Veranstaltung stattfand, war, so die Vermutung, nicht weit von Mins Hotel entfernt und die Frau war zudem ziemlich früh da gewesen, was nur bedingte, dass sie nahezu jeden eintreffenden Gast sehen und beobachten konnte.

Dass sie nur vermuten konnte, wo die Location dieses Banketts war, lag daran, dass sie mit einer Limousine von ihrem Hotel abgeholt worden war, deren Scheiben getönt waren und es auch ansonsten keine Sicht oder Möglichkeit gab, um nachzuvollziehen, wo man sich befände. Denn eine zusätzliche Visitation vor Einstieg in das Vehikel hatte dafür Sorge getragen, dass sämtliche elektronischen Geräte und spitze - wie scharfe Gegenstände abgenommen oder im Hotel gelassen werden mussten.

Ihre Begleitung für das Bankett, der feine Herr Delroy Daunty, hatte sich verspätet und befand sich unter den letzten der eintreffenden Gäste; er saß ihr jedoch wie schon erwartet, unmittelbar bei, nämlich ihr gegenüber.

Die beiden unterhielten sich nebenbei über das Wochenende im Allgemeinen und Delroy stelle der Dame verschiedene Personen vor, machte sich um seinen Ruf als Kontaktschmiede rühmlich und war, wie auch zuvor, stets eine äußerst angenehme Begleitung, ohne derer sich die Dame um einiges unwohler gefühlt hätte.

Nach dem Essen - die Bediensteten brachten den Teilnehmern gerade Digestif, trat der Mann, der sich mad A nannte und das Bankett eröffnet hatte, erneut auf:

„Einige werden es sicherlich schon gehört haben und einige können es nicht mehr hören, unsere Erde droht unterzugehen an Treibhausgasen, an Schwermetallen, sie droht auch zu verrußen und am Smog zugrunde zu gehen, den Millionen, ja Milliarden Fahrzeugen geschuldet.

Wir, die sehenden Elemente, haben keine Kosten und Mühen gescheut, um die Städte freundlicher, liebenswerter und sauberer zu machen.

Es geht darum, dass wir dem Benzin unserer so lieben Fahrzeuge eine chemische Komponente hinzufügen, die es erlaubt, den Smog in eine Form liebreizenden Gemisches zu bringen. Dieser Zusatz, der in der Wirkung modernen Rauschmitteln ähnelt, soll uns Freude bringen - bei denen, die es sich nicht nehmen lassen und leere Straßen, wo immer man sich diese Freude verwehrt.

Zu diesem Vorhaben gehört, dass eine Vielzahl von Tankstellen, gerade mit diesen modifizierten Treibstoffen beliefert werden; erste Ergebnisse sollten sich in einigen Viertelstunden bereits einstellen, partiell aber signifikant. Falls Sie sich nun fragen, wo das Spektakel stattfinden wird, möchte ich auf Ihre Überraschungsfähigkeit verweisen und einfach sagen: Freuen Sie sich doch einfach einmal. Zur Beruhigung aller kann ich Ihnen zudem versichern, dass kein Mitglied dieses Bankett, nahe oder ferne Angehörige, Lebenspartner oder enge Freunde hätte, die sich im besagten Einzugsgebiet aufhielten.

Ferner: Sie alle hier in diesem Raum, haben exklusiven Zugang zu den ersten Stunden des Geschehens, live aufgenommen von unseren Kameradrohnen, überall dort, wo was los ist. Dableiben lohnt sich also! Sehr wohl mögen sie auch die politische Elite dabei beobachten, wie sie Entscheidungen und Vorkehrungen zu treffen meint, dies können Sie auf unserem parallellaufenden Nachrichtenkanal tun.

Für alle, die gehen wollen, steht die Tür natürlich offen und die Limousine, die Sie hergefahren hat, bereit, aber vergessen Sie bitte nicht, Ihre Diskretion und Integrität in dieser Sache zu wahren. Lassen Sie sich daher bitte mit den betreffenden Fahrzeugen wieder zu Ihrem Hotel zurück eskortieren, denn sie alle haben beiderseitig verdunkelte Fensterscheiben und Trennwände zum Fahrerraum, alles andere sähe man als Vertrauensbruch und ein solcher werde sehr ungern gesehen.

In diesem Sinne …, einen schönen, äußerst unterhaltsamen Abend noch und denken Sie daran:

Es stimmt halb so viel, wie Sie meinen, und doppelt so viel, wie Sie vielleicht glauben."

Der Saal war mucksmäuschenstill. Konnte man glauben, was gerade verkündet wurde?! Während einige wenige aufsprangen und gingen, blieb die Mehrzahl doch sitzen und unterhielt sich hektisch und eifrig. Die Bediensteten brachten Weine und Whiskey. Trauben, Käse und Baguette.

Zeit zum Staunen war indessen nicht jedem gegeben. Je ein Bediensteter trat zu Min und zu Steinar, man bat freundlich darum, sie sollten mitkommen und man zog den Stuhl für sie zurück. Sich bei ihren Abend- wie Wochenendbekanntschaften empfehlend, verließen sie den Tisch und folgten den Bediensteten. Im hinteren Bereich des Raumes, abseits von der angestrengt debattierenden Gesellschaft angekommen, traten einige in schwarz gekleidete Männer auf und begrüßten die beiden kühl und wortlos mit einem Nicken.

Die, in schwarz gekleideten, Männer versicherten sich noch einmal, dass weder Steinar noch Min, irgendwelche Waffen oder Smartphones trugen, weder verkabelt waren, noch das sich etwas in ihren Ohren befand.

Nach erfolgter Visitation begleitete man die Gäste in einen angrenzenden, riesigen Raum, der in Teilen hell erleuchtet war, während einige Teile dunkel blieben.

Aufklärungsarbeit

Min und Steinar standen nebeneinander. Sie blickten einander an und konnten es fast nicht glauben, dass sie, die sich vorhin aus dem Taxi heraus so verblüfft angesehen hatten, nun zusammen in dieser skurrilen Situation standen.

„Glauben Sie an Zufälle?", fragten beide zeitgleich -

sich und ihr gegenüber.

Die Frage verschwand jedoch ebenso schnell, wie sie gekommen war und die Verwunderung über den Abend im Allgemeinen, die Ankündigung der Vergiftung durch Autoabgase irgendwo in der Welt sowie das anstehende Gespräch - mit wem auch immer, nahm wieder den hauptsächlichen Platz in den Gemütern der beiden ein.

Vor ihnen, in etwa zwanzig Meter Entfernung, stand ein Mann vor einer riesigen, fast den ganzen Raum umspannenden Fensterfront und starrte hinaus. Es schien der Sprecher von gerade eben zu sein.

„Guten Abend.
Schön, dass Sie zusammen hergefunden haben. Ich bin mad A und hoffe, meine Reden haben Ihnen gefallen."

„Was wollen Sie?", fragte Min aufgeregt und forsch.

„Ich habe einige Geständnisse zu machen und die pflege ich für gewöhnlich persönlich zu übermitteln … Meine Frau wird davon ein Lied singen können *(lacht über sich)*.
Unsere Organisation hat einiges in Bewegung gesetzt, nicht nur das, was Ihnen gerade zu Ohren gekommen sein mag, mit den Autos, den Tankstellen, den Abgasen, den potenziellen Fahrverbot … Nein, für dich ganz persönlich, Min Morgan … und das ein oder das andere wirst Du dir bereits denken können.
Ich möchte nicht allzu lange schwadronieren und komme daher gleich zum *Elementaren:*
Dein Auftrag in Paris, … das waren wir.
Dein Kindermädchen, … das waren wir.

Galias Freund, ... das waren wir.
Deine Partylaunen, ... das waren wir.
Und zu guter Letzt ... Mia, ... das waren wir!

Und es wird dich, wenn du ein wenig darüber nach-denkst, nicht wundern, dass wir unser *Eigentum* zu-rückfordern. In diesem Augenblick werden wir die Kleine in Empfang nehmen und ihr ein neues Zu-hause präsentieren, fern von Drohungen zu Smog und Abfall und zu Energieengpässen. Die Mandig wird ein guter Ersatz sein, immerhin hast du sie ja angelernt, ganz so wie es geplant war. Wer wären wir denn, wir unseren Nachwuchs in unserer Orga-nisation nicht wie unser eigenes Fleisch und Blut be-handeln würden?

Wenn du mich persönlich fragst, bin ich natürlich be-troffen. Betroffen, dass es gerade dich treffen musste, denn das war wahrlich purer Zufall ... *(er machte eine kurze Pause, drehte sich nun um, nahm die Kapuze herun-ter und gab sein Gesicht preis ...).*

„Adam!"
„Ja, so nannte man mich schon oft."
„Du hast ...."
„Mia!"
„Wenn du meinst, wir haben Mia, dann liegst du rich-tig, solltest du aber meinen, dass ...."
„Du Schwein, du hast mich vergewaltigt", schrie Min ihn an.
„Min, meinst du wirklich, ich wäre dazu in der Lage gewesen?"
„Was hast du getan?"

„Ich verabscheue es zutiefst in die Verdächtigung einer solchen Schandtat gekommen zu sein, doch die Wege der sehenden Elemente sind manchmal unergründlich und boshaft, selbst gegen die Mitglieder. Ich habe dir zu Hause in Berlin etwas hinterlassen, darauf findest du und auch der Kommissar zumindest ein paar Antworten…und vielleicht Hinweise."

Mad A lachte.

„Du Arsch. Ich gehe nicht ohne Mia."

„Tu dir keinen Zwang an, aber hier wirst du sie sicherlich sich nicht finden."

„Lass uns gehen, schrie Min hysterisch und blickte auf die verschlossenen, von Wachen bestellten Türen des Raumes hinter ihr."

„Nur zu. Meine Beichte ist getan", meinte mad A, hob die Hand, um den Wachen zu signalisieren, die Türen zu öffnen.

„Warte bitte", wandte Steinar ein und wusste die Chance jener Aussagewilligkeit des Mannes vor ihm zu nutzen:

„Was ist mit den *mexikanischen Toten*?"

„Was soll damit sein? Sie waren ein Statement. Wegbereiter für mehr. Für die sehenden Elemente."

„Adam, Sie stehen im Verdacht, Morde begangen zu haben!"

„Mein guter Steinar, die Toten waren bereits tot. Ich habe Ihnen nur zu Ihrer Bestimmung im Tode hinausgeholfen."

„Die Alte?", fragte Steinar.

„Wir fanden sie in einem Altersheim, leblos und ohne

jemanden, der sich um sie gekümmert hätte, so nahmen wir sie mit für unser kleines Projekt."

„Sie hätte noch reanimiert werden können!"

„Sie war seit einer Stunde tot und glauben sie mir, mit Leichen kannte ich mich auch damals schon hinreichend aus."

„Ihre Angehörigen hätten ein angemessenes Begräbnis verdient."

„Haben sie das nicht bekommen? Es war doch mehr als angemessen", mad A lachte und fügte hinzu:

„Ob die Angehörigen Ihnen und der Polizei wohl verschwiegen haben, dass Sie einen äußerst hohen Geldbetrag nach dem Tode ihrer lieben Alten, auf dem Bankkonto fanden? Hm?"

Steinar war ein wenig verdutzt und sprachlos; davon hörte er zum ersten Mal.

„Witzig, Adam. Verdammt witzig", meinte Min.

Steinar fuhr indessen fort:

„Was ist mit der Jungen, mit der Prostituierten?

„Was soll mit ihr sein oder gewesen sein? Wir fanden sie im Internet, wollten ihr in ihrem Metier einen Besuch abstatten, um sie einmal zu sehen, mit ihr zu reden und hatten das Glück im Unglück, das sie gerade eine Überdosis Heroin mit Kokain genommen hatte. Da ergriffen wir die Chance und nahmen sie mit. Glauben Sie mir, es war nichts mehr zu machen …"

„Wie makaber … von wegen Glück …!"

„Min, das Schicksal ist unergründlich."

„Und, wie ist die Tote in den Keller gelangt, waren Sie das mit dem Einbruch ins Hinterhofcafé?", wollte Steinar der Vollständigkeit seiner Ermittlung halber noch wissen.

„Steinar, Sie jagen hier kleinen Fischen nach, aber ja, ich war es. Und die Tote transportierte man durch das Fenster im Hinterzimmer, manipulierte die Aufzeichnung ein wenig, falls Sie das wissen wollten, meine Lebensgefährtin kannte sich aus, sie hatte einige Monate in dem Café gearbeitet, schwarzgearbeitet, also waren Ihre Bemühungen, die Mitarbeiterlisten durchzugehen, wohl eher erfolglos.

„Warum die Mühe?"

„Wir wollten einfach einen Kaffee trinken gehen. Uns unterhalten, über unsere Leichen im Keller und so Zeug, alles ganz normal, Steinar."

„Haben die Angehörigen der Prostituierten ebenfalls Geld erhalten?", fragte der Kommissar.

„Selbstverständlich, Steinar. Selbstverständlich."

Es herrschte Stille.

„Nun denn, meine Zeit ist erschöpft, ich habe zu tun. Ein letzter Rat: Haben Sie den Mut, sich ihres Verstandes zu bedienen, …, sonst tun es andere.

Entschuldigen Sie mich jetzt, bitte, genießen Sie die nächsten Tage in Paris miteinander, Berlin wäre derzeit nicht meine erste Wahl, sie verstehen?

Also denn: Adieu zusammen, mein Flieger wartet."

Überzeugungsarbeit

„Sie müssen aber", rief ein aufgebrachter Steinar.

„Wissen Sie, was ich muss?", antwortete die Stimme des Berliner Polizeipräsidenten.

„Sie haben mich doch hierher geschickt nach Paris. Nun, das ist die Faktenlage, der Treibstoff ist versetzt mit Rauschgift."

„Ihre Beweise sind Vermutungen. Das scheint doch alles sehr irrational."

„Es wurde zweifelsfrei propagiert."

„Steinar, ich vermute, der französische Wein ist Ihnen zu Kopf gestiegen."

„Ich habe Zeugen."

„Nur zu Steinar, lassen Sie hören."

„Sie ist in ihrem Hotel, aber ich werde sie bald wieder treffen."

„Dann rufen Sie mich *bald* wieder an."

„Veranlassen Sie zumindest die Probeentnahme an einigen ausgewählten Tankstellen."

„Na gut, ich sehe, was ich tun kann."

„Gute Nacht, Steinar."

„Bis später, ich melde mich, sobald ich Zeugen habe, sowie bei neuen Beweisen."

„Steinar…", meinte die Stimme des Polizeipräsidenten energisch:

„… Gute Nacht!"

Das Gespräch endete und der Kommissar, der immer noch den Fleck von seinem Frühstück heute Morgen am Pariser Airport auf seiner Hose hatte, war erschöpft.

Die Nummer von Min hatte er nicht, nur die Kenntnis darüber, welches Hotel sie bewohnte und so riss er sich zusammen, nahm seinen Trenchcoat und verließ das Zimmer des Hotels in Bercy. An der Rezeption reichte er die Schlüsselkarte ein und fand sich bald darauf draußen, in dunkel scheinender Pariser Nachtluft wieder.

Ein Taxi sollte ihn zu Min fahren und ein solches war schnell gefunden, die Fahrt dauerte etwa fünfzehn Minuten.

Vor dem Hotelzimmer der Frau, die eigentlich nur zu einem Fotoshooting angereist war und sich nun in einem Terrorakt befand, stand der Kommissar Steinar, ein wenig wie versteinert. Der Grund dafür lag einerseits in seiner nahezu ohnmächtigen Müdigkeit, die seit einer guten Viertelstunde Besitz von ihm ergriffen hatte und anderseits, in dem Aufkommen eines Déjà-vu-Erlebnisses, das er vor der Hotelzimmertür der Frau jetzt hatte. Vor nicht allzu langer Zeit, einmal genau dasselbe vollführend, wähnte er sich in einer trügerischen Situation.

Dennoch: Er klopfte.

Min öffnete die Tür und bat den Kommissar herein.

„Irgendetwas Neues?", fragte sie tränenverschmiert.

„Sie sollen bitte einmal bestätigen, was ich dem Berliner Polizeipräsidenten über den heutigen Abend mitgeteilt habe", er wählte dabei erneut den Anschluss nach Berlin und warte auf das Freizeichen.

Der Polizeipräsident schwieg und nahm wortlos hin, dass man einen Zeugen gefunden hätte, Steinar reichte das Telefon an die trauerversetzte Frau weiter und hörte zu, wie jene die Erzählung über den Abend zusammenfasste, und das in den wesentlichen Punkten deckungsgleich, mit jener Meldung seiner selbst.

Der Präsident der Berliner Polizei verlangte daraufhin, seinen Angestellten noch einmal zu sprechen und versicherte, dass man den Hinweisen entsprechend nachginge. Steinar solle jetzt lieber ruhen, denn auch seinem Gesprächspartner in Deutschland, blieb trotz der Aufregung, das eigentliche Befinden seines Beamten in Paris nicht verborgen.

Nach dem Gespräch saß Steinar in einem Sessel, nahe dem Fenster und überlegte die nächsten Schritte:

„Wir müssen nach Berlin zurück."

„Aber …,"

„…wir wissen nicht wie gefährlich es dort ist", meinte Min.

„Und vielleicht war das mit Berlin nur eine Finte um uns hier zu behalten oder eine falsche Fährte zu legen?", resümierte Steinar frei.

„Vielleicht."

„Was ist mit ihrer Tochter?", fragte er und sah derbe übermüdet aus.

„Was? Das frage ich Sie! …", sagte Min nun aufgeregt.

„… ich meine, wenn Sie nicht nach Berlin wollen, werden Sie die angeblichen Hinweise, von denen Adam meinte, sie seien bei Ihnen zu Hause, erst später erhalten und außerdem, wie wollen Sie Gewissheit haben das meine Tochter wirklich verschwunden ist…",

„… also, schicken sie eben jemanden in meine Wohnung um die Beweise zu holen. Jetzt!"

Der Kommissar beruhigte Min.

„Alles schon in der Mache."

In jener Nacht

Der Anruf, dass man Beweise zu sichern hatte - und das mit äußerster Dringlichkeit, ging eine Stunde nach Mitternacht bei Agnes und Greg ein. Sie selbst sollten sich darum kümmern und es hatte Priorität.

Das Haus, um das es sich den Informationen nach handelte, lag ruhig im Grünen und es war im Inneren ein wenig mit flackerndem Licht beleuchtet. Die beiden Beamten hatten die Information, dass man keine Bewohner in den Innenräumen vermutete, konnte dies aber nicht mit Sicherheit ausschließen. Greg hebelt die Haustür auf und man stand schnell, nachdem man den kleinen Windfang durchschritten hatte, im Wohnzimmer des Hauses. Die Ursache für das Flackern war ebenfalls schnell ausgemacht, denn im Wohnzimmer lief ein Beamer oder eine Art Projektor, der ein Video von einem Laptop aus in Dauerschleife an eine freie Innenwand des Hauses projizierte. Die Beamten beratschlagten sich, was zu tun sei, und holten Spezialisten der Spurensicherung hinzu.

Das ablaufende Video zeigte jene Nacht, in der Min bewusstlos in ihrer Wohnung im Prenzlauer Berg gefunden worden war. Zu erkennen war das unter anderem an dem Zeit- und Datumsstempel der Aufzeichnung, die die Kollegen bald mit ihren eigenen Erinnerungen und dem nachgehaltenen Einsatzplan - von vor dreieinhalb Jahren - abgeglichen hatten.

Greg informierte umgehend den Kommissar in Paris

über den Fund, meinte, man werde das Gefundene nun auswerten und habe sonst nichts und niemanden in dem Haus gefunden. Steinar bedankte sich, empfahl den Kollegen noch, Berlin für einen Tag zumindest zu verlassen, sagte aber nicht warum und verabschiedete sich.

Epilog II

Es dauerte nicht lange, Steinar hatte gerade eine Zusammenfassung der Ereignisse aus Mins Wohnung in Berlin an eben jene Hausherrin weitergegeben, da machte sein Smartphone vibrierend auf sich aufmerksam und vermittelte als Gesprächspartner erneut den Polizeipräsidenten:

„Steinar, sie lagen richtig mit ihrer Spur. Die Kollegen haben tatsächlich etwas in den Treibstoffen einiger Tankstellen gefunden. Nach Rücksprache im Regierungsviertel mit dem Verkehrsministerium und allen anderen Beteiligten gibt es morgen einen autofreien Montag in Berlin; Busse und Lastkraftwagen eingeschlossen.

Wir werden alles Weitere untersuchen. Kommen Sie zurück nach Berlin, Steinar. Gute Arbeit."

DRITTER TEIL

Adam

„Steinar, kommen Sie ins Besprechungszimmer, das Team ist fertig mit dem Bericht."

Der Kommissar nahm seinen Kaffee und ging die zwanzig Meter in Richtung eines großen, mit Fenstern umringten Raumes, in deren Mitte ein Tisch mit etwa zwanzig bis dreißig Stühle standen.

„Also sind wir so weit?"

Steinar nickte und setzte sich. Der Raum wurde verdunkelt und eine Präsentation wurde an die Wand projiziert. Das Dossier lautet wie folgt:

„Adam Franco Celnic ist jetzt vierunddreißig Jahre alt und Kopf einer Organisation namens ‚die sehenden Elemente'.

Fangen wir mit seiner Kindheit und Jugend an: Die Kollegen haben herausgefunden, dass er geboren wurde unter dem Namen Ronny Seiler. Er galt in der Schule im deutschen Sachsen als verhaltensauffällig und war Misshandlungen durch seine Mutter ausgesetzt, doch dazu gleich mehr.

Sein Vater Pascal verließ die Familie, als der kleine Adam etwa neun Jahre alt war. Der Vater trank und wurde von seiner Frau geschlagen; richtig, er wurde geschlagen. Jener Pascal starb im vergangenen Jahr in Übersee an Lungenkrebs.

Seine Mutter Rocksy starb, als Adam siebzehn Jahre alt war; bei einem Autounfall. Er kam daraufhin für kurze Zeit in eine Pflegefamilie und zog nach Berlin, man änderte seinen Namen in Adam Franco, er nahm außerdem den Familiennamen der Pflegefamilie an und dieser Zeitpunkt markierte einen Wendepunkt in seinem Leben. Denn: wie gerade schon angedeutet, misshandelte ihn die Mutter vermutlich seit seiner frühen Kindheit. Der Ablauf war über Jahrzehnte derselbe: Es ging um Demütigung und Züchtigung als Junge, oder besser gesagt als Mitglied der männlichen Gattung. Hoffnung erzog die Mutter ihm dadurch an, dass sie ihm eine imaginäre Schwester zur Seite stellte, die irgendwann einmal wirklich käme und ihn *erlösen* würde; wie die Mutter es nannte. Für Adam war diese Schwester die Verkörperung des Auswegs aus der Misere seines Elternhauses und der Misshandlungen. All seine Hoffnungen sowie die Erfüllung von Wünschen an ein freies, unbeschwertes Leben, das die Mutter ihn von Zeit zu Zeit fühlen ließ, auch in Form von bestimmten Medikamenten (die jene Schwester ihm geschickt hätte), gingen damit einher. Die Mutter selbst nannte diese damals imaginäre Schwester wohl des Öfteren *Mia*. Und so es die Mutter an manchen Tagen gut meinte, kleideten sie eine Puppe, die sie zusammen angefertigt hatten, besonders an mit schönen Kleidern, bürsteten ihr Haar und aßen mit ihr an Tisch. *Das* waren die schönen Tage im Leben des jungen Adam. Als er achtzehn Jahre alt wurde, begann er eine Ausbildung im Medienbereich, suchte sich eine eigene Wohnung und machte sich unabhängig von der erwähnten Pflegefamilie, die ihn einige Monate betreut hatten. Dass er eine Therapie machte oder eine Klinik aufsuchte, um seine Kindheit und Jugend zu verarbeiten, ist nicht bekannt und wir gehen nicht davon aus. Vielmehr stürzte er sich in Arbeit und Computerspiele, Frauen; regelmäßig und eher gemäßigt nahm er Drogen.

Mit dreißig Jahren erfuhr er von einer Halbschwester.

Die Halbschwester ist mütterlicherseits. Sie hatte wohl ein Techtelmechtel irgendwo auf Reisen, irgendwann, kurz nachdem Pascal, ihr damaliger Mann fort war und hielt danach regelmäßigen Kontakt mit jener Affäre, woraufhin der Mann schließlich das gemeinsame Kind in seine Familie übernahm: Min. Der Kontakt zum Kind und zum Vater brach irgendwann ab und Rocksy konzentrierte sich wieder ganz auf Adam, der von all dem wahrscheinlich nichts wusste.

Erfreut über diese Halbschwester hatte der mittlerweile gesattelte und im Leben stehende Adam diese ins Herz geschlossen und hegte - wenn man den Berichten Glauben schenken darf - nur beste Absichten, als er Min, die ihrem ländlichen Einzugsgebiet entfliehen wollte, nach Berlin einlud und ihr bei der Integration in ein neues, städtisches Umfeld half.

Und nun zu einem weiteren Wendepunkt. Jeder hat seine Leichen im Keller und die Geister der Vergangenheit schlafen nie: Er traf auf eine reiche, gut aussehende und äußerst verrückte Frau namens Jolanda Gabor. Diese Verbindung sollte etwas in ihm wecken, etwa lange Schlafendes, etwas, das er gut weggesperrt hatte: den kleinen Ronny. Ob es durch Kontakt mit Drogen ausgelöst wurde und oder durch die Sexrituale, die die beiden gemeinsam abhielten, wissen wir nicht genau. Fakt ist nur: Adam hatte sich schlagartig verändert.

Diese Veränderung zeigt ein Video, welches man in Mins Haus hinterließ. Die Beamten sicherten diese Aufnahme in jener Nacht, als Kommissar Steinar und Min in Paris waren.

Das Video selbst hat keine Tonspur, aber einen nachträglichen Untertitel. Es ist von einer Geburt die Rede, von einer Neuerung ohne Befruchtung und von stillem Gedenken. Das verstörende Video zeigt die bewusstlose Min zusammen mit Jolanda und Adam. Wie sie zu dritt an dem Tisch in der Wohnung Mins sitzen und wie das Paar Min als Puppe behandelnd füttert und kämmt. Es ist anzunehmen, dass diese Jolanda den Part der Mutter Rocksy übernahm, während Adam sich erneut in die Rolle des Ronny begab und sie eine Szene aus der Kindheit des Ronny nachahmten. Den anschließenden Akt vollzogen sie, soweit sie das auf Video aufgenommen haben, aber nicht an oder mit Min, sondern lediglich zu zweit als Paar vor den schlafenden Augen der Halbschwester, die derweil am Tisch saß. Er ist nicht auszuschließen, dass sie es doch taten, also Min schwängerten; jedoch liefert das Video zumindest keine Beweise darüber und auch eine DNA-Probe von Adam fehlt derzeit noch, womit nicht sicher gesagt werden kann, ob er nun der leibliche Vater ist oder nicht.

In diese Zeit fallen auch die mexikanischen Toten, mit denen Adam und Jolanda ihre künstlerischen

Ambitionen im Rahmen ihres verzerrten Wahns auslebten. Es ist wahrscheinlich, dass wie auch von Adam bestätigt, die beiden nichts mit einer Ermordung der Toten zu tun haben, sondern es eine Schändung von Leichen war, die ihre Kunst ´erforderte´. Dass Adam hohe Summen an die Angehörigen zahlte, als Wiedergutmachung sozusagen, ist bewiesen. Der Plan, der in dieser Zeit unter dem Namen *Adams Men´schen* betitelt wurde, was bedeutete, eine Art Kommune zu errichten, die Kunst und Kultur mit Verstörung und Konfrontation und Provokation vereinen sollte, schlug fehl oder wurde zumindest durch Adam selbst unterbunden. Er tauchte im folgenden die letzten drei bis vier-Jahre ab. Nun, als mad A, als ein reines Anagramm zu seinem Namen Adam - mit einer Leerstelle dazwischen - auftauchend, erklärt er sich als Kopf der Organisation namens ‚die sehenden Elemente‘, initiiert einen Terrorakt, lässt die Tochter seiner Halbschwester entführen und taucht wieder unter.“

Steinar, der aufmerksam zugehört hatte, folgte den Ausführungen und den sich stellenden Fragen darüber, wie gefährlich der Mann sei, wann und wie er wieder in Erscheinung treten werde und derlei Mutmaßungen. Er verbuchte sie unter den Informationen zu seiner weiteren Ermittlungsarbeit und beteiligte sich, wo möglich, mit seinen Kenntnissen zur Sachlage an einer weiteren Aufklärung und Analyse.
Die Leute verließen gegen Mittag den Besprechungsraum und planten dabei, nach dem Mittagessen mit

beteiligten Personen und Unterorganisationen des Falles, und von denen man wisse, dass sie den sehenden Elementen angehörten, fortzufahren.

Der Kommissar, unsicher darüber, ob er dem Fortgang der Besprechung beiwohne würde, meinte, er hätte noch etwas zu tun, werde in jedem Fall die Akte lesen, wenn sie denn der Besprechung gemäß aktualisiert wäre, und dankte den Kollegen für die bisherige gute Arbeit in der Sache.

In Ufernähe

Min war aufgewacht und direkt zum Tablettenschrank gegangen. Die Medikamente, die sie bedingt durch Albträume und die ständigen Selbstvorwürfe einer Selbstzerstörung wegen und aufgrund von Mias Verschwinden einnahm, zeigten erfahrungsgemäß schnell Wirkung.

Davon zu sprechen, dass es der Mutter egal wurde, dass ihre kleine Tochter nicht mehr da war, wäre eine Zäsur mit ihrer Rolle als Mama gewesen und ein moralisches Narrativ der Schande, doch so stellte es sich ungeschönt dar. Es wurde schlichtweg egal. Sie vergaß und wurde gleichgültig. Man hatte mehrere Tabletten ausprobiert, doch immer wieder begann sie sich zu ritzen und sich zu verletzten. Vor der Wahl stehend, sich selbstzerstörend zu zeigen oder gleichgültiger zu werden, musste sie eine Seite wählen, oder besser gesagt: sich für eine Wahl zur Verfügung stellen. Denn die Ärzte entschieden.

Sehr wohl war es nur ein Ufer, eine Seite, von der es ausging, auf und in den Strom, doch zu sagen *nur* eine Seite schien unangemessen, denn es wurde ihr Zuhause. Ein Zuhause an einem Ufer, von dem man täglich in den Fluss sah und bewusst oder unbewusst das eine tat: vermissen.

Nach einigen Minuten schlief Min wieder ruhig und selig in ihrem Bett. Der Mittag brach an und sie bemerkte weder das Vibrieren ihres Telefons noch die Türklingel Ihres Hauses. Steinar hatte es auf beiden Wegen probiert und ging bald vor Ort um das Gebäude herum, um zu sehen, ob nicht doch jemand zu Hause wäre, denn das Dossier, welches er jüngst über Adam gehört hatte, führte zu einigen Fragen, die er jetzt dringend an die Frau richten wollte.

Da nun aber niemand zugegen war, musste er es dabei belassen und zog - nicht ganz unverrichteter Dinge wieder ab, denn er hinterließ ihr in ihrem Briefkasten eine Nachricht, dass sie, sollte sie denn nach Hause kommen, ihn bitte anrufen solle. Selbige Nachricht hätte er auch auf einer telefonischen Mailbox hinterlassen, wenn eben eine solche bei der Angerufenen eingerichtet gewesen wäre, was der Kommissar nach mehreren Kontaktversuchen seinerseits aber klar verneinen konnte.

Steinar fuhr wieder in das Büro.

Min wachte gegen Nachmittag auf, goss Tee auf und hatte aufgrund von mangelnder Entscheidungsfähigkeit, was sie essen mochte, noch gar nichts gegessen und einen leeren Magen, der sich bald knurrend bemerkbar machte. Sie schaltete das Fernsehen ein und setze sich aufs Sofa, als hätte sie gerade wieder ihre letzten Kräfte aufgebracht. Sie schaute und ließ sich vom laufenden Programm berieseln. Kochshows, Musikvideos und Talk am Nachmittag. Gebannt, die Zeit vergessend, schaut sie entgeistert auf die Bildfläche ihres TV Gerätes. Die Bilder verschwammen, die Töne sich ändernd, schaute sie schließlich ein Musikvideo.

Am Abgrund ändert es sich zu fortwährender Wiedergeburt ... für alle Retter, die Retter retten und für aller Versager, deren Herz nicht spricht, sondern ihnen stattdessen ins Gesicht schlägt ...

So übersetzte sie in etwas den englischen Text in für sich, stand daraufhin auf und wusch ihre Tasse aus. Bereit ein paar Schritte spazieren zu gehen, zog sie sich einen Mantel über ihre schlappen Joggingsachen, schnappte ihren Haustürschlüssel und ging vor die Tür. Sie bediente sich den Inhalt ihres Briefkastens, um unterwegs, eventuell, spätestens jedoch bei Rückkehr, etwas zu lesen zu haben. Sich an einige Gespräche mit ihrem Psychiater erinnernd, meinte sie, sie müsse wissen, was ihr guttut und wie es ihr gut ginge, und sollte eben darauf achten. Diese Aussicht auf ein Guttun, gepaart mit einer übergeordneten, ausgelagerten und drögen Perspektive durch die Tabletteneinnahme sowie einer mangelnden Entscheidungskompetenz, bedingt durch Gleichgültigkeit, die ihr verwandt war mit einer einstmals bereichernden emotionalen Egalität - es hatte sich also gewandelt, war ihr eine schwere Last, die ihr eine zweite, neben sich stehende Persönlichkeit nährte, welche angetrieben von stillem, unschwer zu erkennendem Leiden und Untergangsmelodien, eine hehre Bestimmung fand. Wenn eine höhere Macht einen Retter zu senden vermag, so sendet sie auch den Antagonisten und das wohl schlimmste Übel, die Chance auf einen Verlust beider als verpacktes Freiheitspaket mit schnöden, aber mitleidsvollen Schleifchen als Abschiedsgeschenk jenes Doppelpacks.

Min fragte sich, ob das der Tausch, der Handel war, den sie eingegangen war, zum Preis eines Vergessens oder Verwertens. Sie hasste zu viel, um zu lieben, und liebte zu viel, um zu hassen. Ihre Misere war hausgemacht, neben sich stehend und doppelt tragisch wie gleich auch nichtig. Das Mitleid ihrer Dämonen war ihr nicht länger mitteilsam, sondern sie kleideten sich mittlerweile selbst trist und in Trauer. Sie wurden manifestierte Größe, ein trauervolles Volk in verdammten Ländereien, während sich am Horizont abzeichnete, dass es Hoffnung gäbe. Irgendwo, irgendwann, irgendwie. Perfide oder nicht, es war das Leben in Ufernähe ihres Zuhauses und sie war Herrin und Teil der Lüge, die sich selbst belog.

Streng vertraulich

Eigentlich hatte Steinar vorgehabt, an der Besprechung zum Fall weiter teilzunehmen, doch im Büro angelangt, überwältigte ihn wieder dieses Gefühl der Verantwortung für die momentane Situation, Min betreffend. Es war ihm ein Anhängsel, das ging, wenn er etwas dafür tat, also aktiv mit Min arbeitete und wiederkam, wenn er nichts dafür tat, beziehungsweise dieses nicht ausreichend tat. Die Teilnahme an der Besprechung zum Fall, die ja weitergehen sollte mit den Personen und Untergruppen jener Organisation von Adam oder mad A, verbuchte sein Gewissen wohl unter einem *nicht ausreichend* und er ärgerte sich deswegen, denn ihm blieb keine Luft für eine strategische, analytische Einordnung des Ganzen.

Nun mochte es sein, wie es war, er ging wieder aus dem Büro und nahm sich vor, den Psychiater von Min zu besuchen, um diesen einige Fragen zu stellen.

Nach einer Fahrt von etwa einer halben Stunde erreichte der Kommissar die besagte Praxis und machte sich auf, an der Vordertür der Einrichtung zu klingeln.

Ein Herr mit grau meliertem Haar öffnete die Tür, grüßte, stellte sich dabei als ein Herr Rohand vor und fragte nach dem Begehr des Besuchers.

„Steinar, Kriminalpolizei."

Der Beamte schilderte Rohand, dass es um Min Morgan ginge, wie ihr Kind entführt wurde und dass er unter anderem in diesem Fall ermittele und ebenfalls darin, wie es überhaupt zum Kind kam. Letzteres sei sein heutiges Ansinnen gewesen, den Mann einen Besuch abzustatten, und er würde es begrüßen, wenn man Zeit für ihn fände, woraufhin man den Kommissar erst einmal hineinbat.

„Herr Steinar, Sie werden aber Verständnis dafür haben, das ich einer Schweigepflicht unterliege."

„Verständnis ja, aber es ist sehr wichtig …"

„Lassen Sie erst mal hören, was Sie wissen wollen?"

„Gibt es irgendwelche Hinweise auf psychisch erlebte Gewalt in der Nacht, in der man sie bewusstlos fand? Hat sie irgendetwas darüber gesagt?"

„Also ich kann Ihnen sagen, dass wir die Situation mehrmals und wirklich mehrmals in verschiedenen Intensitäten durchgegangen sind und das teilweise noch heute machen …"

„Und?"

„… und dass Gewalt während ihrer Bewusstlosigkeit kein zentrales Thema bildet."

„Irgendwas? Etwas, das sie beobachtet oder gehört, hat?"

„Nur das, was auch in die Akten eingeflossen ist. Ich erinnere mich nicht an alles, aber sie meinte zum Beispiel zum Thema Kind, den Akt ihres Halbbruders und seiner Freundin im Traum teilweise mitgehört zu haben und erzählte dabei etwas von ´Menschenkinder´ und ´Kinder machen´ und derlei."

„Also war die Schwangerschaft doch geplant, von Adam und seiner Freundin?"

„Die Ermittlungsarbeit überlasse ich Ihnen, Herr Steinar. Sehen Sie doch in den Akten dazu nach, um das Genaue zu erfahren. Die Patientin meinte jedenfalls zu mir, sie hätte die Informationen, die wir in den Gesprächen dazu herausfanden, an die Polizei weitergegeben."

„Ja, danke für Ihre Zeit, Herr Rohand."

Die Männer verabschiedeten sich voneinander und der Kommissar fuhr wieder ins Büro, um, wie eben von dem Seelenarzt vorgeschlagen, in den Akten nachzusehen.

Zurück in seinem Büro, die Besprechung zum Fall Adam war noch im Gange, nahm er sich die Akte und setzte sich in die Versammlung, um zumindest nebenbei ein wenig zuzuhören und sich nunmehr beiden Stimmen, die stereotonal meinten, er solle sich mehr und besser kümmern, eine Genugtuung zu verschaffen.

Steinar blätterte leise und hörte derweil den Ausführungen einer Kollegin zu eventuell beteiligten Unterorganisationen zu.

...diese Untergruppe steht den sehenden Elementen wahrscheinlich mittelmäßig nahe und tritt als Verein auf. Sie bezeichnen sich selbst als Men´schens Kinder und fördern Kunst und Kultur in der ganzen Stadt und spenden für Kinder in Not auf der ganzen Welt. Der Begriff Men´schens Kinder leitet sich von Adam Men´schen ab, was wiederum eine Bezugnahme auf die Schöpfungsgeschichte ist und -so vermuten wir gemäß Lautschreibung, eine Anspielung auf die amerikanische Manson-Gruppierung der 60er Jahre ist. Men´schens Kinder stehen seit Monaten in Verdacht, mit Rauschgiften zu handeln und diese indirekt zu verbreiten. Wir beobachten...

Steinar wiederholte leise für sich *Men´schens Kinder* und durchsuchte Mins Aussagen nach dem Begriff, was ihm aber keine Treffer einbrachte, wohingegen der Begriff *Menschenskinder* schon eher Übereinstimmung fand. Aus dem Besprechungszimmer schnellend, suchte er sein Telefon auf und versuchte Min,

an diesem späten Nachmittag, erneut zu kontaktie-
ren.

Was noch präsent ist

Das Vibrieren des Telefons erinnerte Min zumindest
daran, wo ihr Smartphone abgeblieben war, -nämlich
unter ihrem Kopfkissen. Dort, in ihrem Bette sich re-
kelnd, in der Absicht, erneut einschlafen zu können,
war sie jetzt mit der Entscheidung konfrontiert, zu
telefonieren oder nicht dranzugehen, und kurzerhand
nahm sie das Gespräch an; sie stand bald im Schlafzimmer, im Schlafmantel und aus dem Fenster schau-
end.
„Ja.“
Ihre Stimme klang verschlafen und doch irgendwie
aufgeputscht. Draußen dämmerte es langsam zum
Abend.
„Steinar hier, ich hätte ein paar Fragen und würde
dazu gerne direkt vorbeikommen.“
„Ja, ja, ist gut.“
Steinar hatte Glück, dachte er.
„Heute Abend noch?“, versuchte er den Trumpf nun
auszureizen.
„Ja, ich bin zu Hause, kommen Sie vorbei.“
„Gut, bis später…oder bis gleich …“
Min hatte bereits aufgelegt. Steinar resümiert und
meinte, etwas Glück, in den etwas manisch klingen-
den Zügen der Frau gefunden zu haben.

Der Kommissar dachte kurz daran, den Besuch aufzuschieben, er wolle keine Stimmung ausnutzen oder eine Kranke behelligen, doch andererseits müsse man die Chance doch nutzen, sagte er sich, denn was, wenn die Chance wieder verloren ging und er, sie, also Min, wieder gar nicht mehr anträfe für seine Ermittlungen, die ihr doch zum Vorteil gereichen sollten. Natürlich war ihm klar, dass etwaige Auskünfte, die in Zuständen gemacht wurden, die einfach gesundheitlich unüblich waren, auch unüblich betrachtet werden mussten. Doch das Risiko wollte er eingehen und wer wisse nicht etwa, dass hinter den als Manien verschriebenen Gebaren sich nicht die wahre Min unkenntlich verbarg, gut gelaunt und gutherzig, die jedoch verschlungen und verkannt war von dem, was man ihr zuschreiben musste und als Manie auch zuschrieb. Doch überhaupt, auch das Risiko, in allen Fällen nur zu verlieren, lag ihm auf der Hand.

So fuhr der Kommissar ein zweites Mal an diesem Tag zu jener Frau heraus, deren Fall ihn selbst quälend verfolgte. Im dunkelwerdenden Berlin hatten sich die Straßenlichter eingeschaltet und er fuhr mit offenem Fenster seines Fahrzeuges an den vielen beleuchteten Gebäuden und Fassaden vorbei. Wäre er nicht in einem derart deprimierenden Fall unterwegs gewesen, hätte er die Zeit wohl durchaus genießen können.

Angekommen, begrüßte er Min, die ihrerseits sehr freundlich und zuvorkommend daherkam, wenngleich auch ein wenig vitalisierend aufgeweckt und offenkundig unter Einfluss von Psychopharmaka stand.

„Möchten Sie etwas trinken?", fragte sie eingangs.

Steinar überlegte.

„Ich habe Kaffee und Tee. Wasser und Saft. Kaffee trinke ich in letzter Zeit seltener wegen meines Magens, aber wenn Sie möchten …"

„Ja, gerne."

Die Gastgeberin verschwand in der Küche, servierte erst die Tassen und dann ein Kännchen Kaffee, das sie wohl im Zuge mehrerer Durchgänge an einem Vollautomaten mit Mahlwerk gewonnen hatte, -wie Steinar hören konnte. Sie goss dem Gast und sich selbst ein und setzte sich. Steinar, der beim Eingießen des Kaffees, als ihr Blusensaum ein wenig weiter hochgerutscht war, darauf geachtet hatte, wie ihre Wunden aussahen, die sich unter anderem am Unterarm fanden, stellte fest, dass sie gesund vernarbt waren und das keine neuen, frischen Einschnitte dazugekommen seien.

„Haben Sie Neuigkeiten im Fall? Ich würde Ihnen ja gerne noch mehr erzählen, doch ich kann mich kaum noch erinnern?"

„Ja, es geht voran …", sagte der Kommissar tröstend.

„…aber, ich kann Ihnen nichts versprechen."

Nach drei Monaten, die seit dem Verschwinden der Kleinen bereits vergangen waren, wusste der Kommissar aus Erfahrung heraus, dass die Chancen, Mia zu finden, nicht mehr besonders gut standen beziehungsweise mit jedem Tag - ohne neue Erkenntnisse abnahmen. Dass man an dem Fall immer noch dranblieb, die Akten und Dossiers regelmäßig aktualisierte, lag in erster Linie daran, dass man eine potenzielle Gefahr für das Land in jener Organisation sah, die Adam als der vermeintliche Mitwisser an Entführung und Vergewaltigung, Min und Mia betreffend vorstand.

Der Kommissar nahm einen weißen Zettel aus seinem, in seiner Westentasche befindlichem, Notizbuch, schrieb darauf etwas auf und schob dieses Geschriebene über den Kaffeetisch zu seiner Gastgeberin hinüber.

´Menschenskinder´ oder ´Men´schens Kinder´ stand auf dem Zettel, den Min leise für sich vorlas.

„Was wissen Sie darüber? Ist Ihnen der Begriff vorgekommen?"

Min überlegte angestrengt.

„Mein Gedächtnis ist nicht mehr das Beste", beklagte sie erneut.

„Es kann gut sein, aber es ist mir gerade nicht geläufig."

Der Kommissar beugte sich über einen weiteren Zettel aus seinem Notizbuch, notierte sich daraufhin neuerlich etwas, als die Frau wie in Trance wiederholte:

„Menschenskinder …" und benommen fragte:

„… sie schreiben damit?", und kurz danach fragte sie ängstlich und leiser werdend:

„Was tun sie mit mir?"

Die Stimme der Frau klang nun ängstlich und zitternd.

Der Kommissar machte sich nun Sorgen um die Frau.

„Soll ich einen Arzt holen?", fragte er laut und deutlich.

Das war nun der Auslöser, es fiel ihm selbst wie Schuppen von den Augen, während Min mit dem Kopf auf der Tischplatte aufschlug.

Der Stift, die Frau, der Arzt und Men´schens Kinder.

Steinar verständigte einen Notarzt, gab an, die Frau müsse unbedingt und dringend in eine Privatklinik. So wartete er noch auf das Eintreffen der Rettungssanitäter, verließ das Haus daraufhin wieder und fuhr erneut in sein Büro.

Visite

Der Kriminalpolizist legte seinen Ausweis vor. Die Rezeptionistin unternahm einen prüfenden, sich versichernden Blick und meinte:

„Herr Steinar. Von der Polizei. Kann ich ihn zu dir schicken ...? Okay, auf Wiederhören"

Die Dame legte den Telefonhörer auf und notierte etwas auf einem Zettel.

„Herr Doktor Girdorf hat Dienst auf Station und ist in seinem Arztzimmer anzutreffen. Hier die genaue Angabe von Station, Etage und Zimmernummer. Sollten Sie ihn nicht auffinden, kommen Sie bitte wieder zum Empfang zurück."

„Dankeschön und einen schönen Tag noch", meinte der Kommissar artig und ging gemäß den ausgeschil-

derten Wegweisern, zu dem auf dem Zettel niedergeschrieben Zimmer, in welchem der Doktor, entsprechend der Auskunft, anzutreffen sei. Die Schuhe
quietschen auf dem blanken Fußbodenbelag des
Krankenhauses und das fahle weiße Licht machte ihn
ein wenig munter.

Es war etwas später als vier Uhr früh. Steinar hatte
an seinem Schreibtisch liegend, ein wenig schlafend
auf den Schichtbeginn des Arztes gewartet, nachdem
er gestern Nacht, als er Min in einem Krankenwagen
hatte abholen lassen, noch in der Charité sich Erkundigung einholte, wann der Doktor Girdorf wieder ar-
beite und für ein Gespräch anzutreffen sei. Der Kommissar hatte daraufhin befunden, dass es sich nicht
lohnen würde, nach Hause zu fahren und zu schlafen,
allerdings: es wäre aber auch keine allzu gute Idee,
durchzuarbeiten, und so tat er eine Mischung, die ihn
ein wenig Schlaf gönnte und ihn aber auch nicht von
der Arbeit abhielt. Ohnehin war sein Gewissen, nachdem Vorfall mit Min gestern Abend erneut sensibili-
siert, und er mochte sich keine wirkliche Ruhe gönnen, beziehungsweise sah er in dieser einen scheitern-
den Rückzug, da der Kommissar sofort in eine Art
Antihaltung zu rutschen drohte, die ihn selbst als
überarbeitet einzustufen vermochte und ihm einre-
dete, er solle Urlaub nehmen oder sich selbst krank-
melden. So waren ihm seine guten Geister ein gutes
Stück abhandengekommen, hatten das Boot verlassen und freuten sich, ihn bald für sein Durchhalten
nur umso mehr zu schelten und bereuen zu lassen, o-
der gefielen sich in der Rolle, sich einzeln wieder ins

Boot bitten zu lassen, womit ihr Zweck, wenn auch nur in Teilen, auch erfüllt galt. Diesen Kompromiss zu schließen, lobte sich Steinar als eigentliche Aufgabe aus, wohl gewahr darin, dass es wohl noch anders käme. Doch der Augenblick sollte ihm erst mal genügen und ein Stückchen voranbringen.

Der Kommissar war den Gängen, auf denen nur wenige Leute anzutreffen waren, bald zum vereinbarten Ort gefolgt, er fand die Tür mit der passenden Zimmernummer und klopfte zweimal kurz daran an.

Der ihm bekannte Doktor schaute kurz raus, meinte daraufhin, er bräuchte noch zwei Minuten, versicherte sich der Zustimmung von Steinar, eben so lange zu warten, und schloss die Tür wieder. Platz nehmend, vergegenwärtigte sich der Besucher noch einmal seinen letzten Aufenthalt in der Charité, nämlich jenem Tag, als er aufgrund seines Unwohlseins im Zuge vermeintlicher Drogenaufnahme, bei dem er seinen Hausarzt aufgrund des Praxisurlaubes nicht angetroffen hatte, in das Krankenhaus zur Untersuchung fuhr. Dies als Anlass vorzugeben war seine Strategie, um später mit einem weiteren Thema die Reserve des Doktor Girdorfs zu prüfen.

Einige Minuten vergingen und der Arzt bat den Kommissar in sein Sprechzimmer hinein. Das Zimmer war ein anderes als jenes, indem er sich in der besagten Situation vor etwa drei Monaten befunden hatte, und er fragte sich, ob dies wohl die Station und das Zimmer sei, von dem der Doktor die Notfallstation leite und wo er auch gegebenenfalls zugegen gewesen war, als Min seinerzeit bewusstlos eingeliefert wurde.

„Doch alles zu seiner Zeit", dachte Steinar.

Sich erneut vorstellend, nannte Steinar schnell sein Anliegen:

„Es geht mir in erste Linie einmal darum, nachzuforschen, ob es weitere gleichartige Fälle gäbe wie den meinen, jenen, mit dem ich vor etwa drei Monaten bei Ihnen vorstellig wurde. Falls Sie sich nicht mehr erinnern, ging es mir um eine MDMA-Intoxikation und den entsprechenden Folgen."

der Arzt schaute, ohne ein weiteres Wort dazu zu sagen, in seinem Computer nach, öffnete eine Akte zum Vorfall und las sich einige Zeilen durch.

Steinar nutze die Zeit und schaute sich ganz genau in dem Raum um, insbesondere suchte er nach Kugelschreibern und derlei Büromaterial, was ihn primär zu dem Schreibtisch und an den Arbeitskittel des Arztes führte.

Mit ein wenig Ungewissheit meinte er, gefunden zu haben, wonach er Ausschau hielt und wartete, bis der Doktor mit dem Lesen fertig war.

„Also um es klar zu sagen: Nein, es gab und gibt keinerlei gehäufte Fälle, die mit Ihrem vergleichbar sind, aber …"

„Aber?"; wiederholte Steinar in der Pause, die der Doktor zwischen seinen Sätzen machte.

„…aber, es ist nicht auszuschließen, dass die Masse, die Menge der Leute sich einfach nicht meldet oder es als Gemütsverstimmung abtut oder aber es ohne weitere Blut- und Urinuntersuchung behandeln lässt."

„Überlassen Sie die Vermutungen und Ermittlungen mir", sagt Steinar kühl, ablenkend und rabiat. Er beugte sich vor und fragte:
„Darf ich?"

Mit zusammengekniffener Zeigefingerspitze und Daumen befand sich der Kommissar nun über eine Art Stiftsammelbecher, der als Schreibwarenutensil auf dem Tisch des Arztes fungierte und eine Vielzahl von Bleistiften, Filzstiften, Markern und auch Kugelschreibern beherbergte.

„Ich habe etwas zu notieren und mir fehlt gerade das nötige Werkzeug", bemerkte Steinar, während er in der Pose über dem Schreibtisch verharrte.

„Ja ... nur zu!", meinte der Eigner der Schreibwerkzeuge und schien etwas überrumpelt.

Steinar griff gezielt einen Stift heraus, einen silbernen Kugelschreiber, ließ sich nichts weiter anmerken, notierte etwas damit und hielt den Stift dann demonstrativ vor seine Nase.

„Men´schens Kinder e. V.", las der Kommissar laut vor.

„Ein Werbegeschenk", antwortete der Doktor Girdorf.

„Wie viel davon haben Sie denn?"

„Keine Ahnung, bloß den einen, glaube ich."

„Sollte mich auch wundern ..., massiv gearbeitet und doch edel im Design. Titan? Platin?"

„Ja so etwas ..., Herr Steinar, meine Zeit ..."

„Ja, schon gut...ich komme gleich zum Punkt...was, wissen Sie über diese Men´schens Kinder e.V.? Der

Verein steht im Verdacht, mittelbar mit einer Terrororganisation verbunden zu sein!"

Steinar fand seinen Plan geschickt in der Mache befindlich. Er hatte bereits zwei falsche Fährten gelegt,
die ihre Wege miteinander kreuzten und seinen
Trumpf noch gar nicht ausgespielt.

„Sie solidarisieren sich für Kinder in Not", sagte man
mir.

„Als bloßes Werbegeschenk ein wenig großzügig, o-
der?"

„Worauf wollen Sie hinaus? Ich habe mit denen
nichts zu tun und weiß auch nichts von einer Terrororganisation", platzte es aus dem Arzt heraus.

Bereit, nun zur Sache zu kommen, griff Steinar in sein
Innenfutter und holte ein Foto heraus, das er auf den
Schreibtisch legte, sodass es der Doktor gut sah.

„Kennen Sie diese Frau?"

„Vielleicht, ich habe so viel Patienten, Herr Steinar,
da ist mir nicht jedes Gesicht geläufig."

der Kommissar nannte ihren Namen und bluffte nun.

„Sie hat sie identifiziert, Herr Girdorf. Sie haben sie
in einer Nacht, die etwa vier Jahre zurückliegt, geschwängert! Vergewaltigt! Während sie bewusstlos
war! Eingeliefert in dieses Krankenhaus! Herr Girdorf, ich frage Sie nun noch mal: kennen Sie die
Frau?"

„Ja, ja, jetzt, wo sie es sagen…ich erinnere mich, aber
vergewaltigt, ich? Nein! Ich habe sie lediglich untersucht."

Steinar Bluff war nicht erfolgreich. Nicht mehr als
ohnehin über Dienstpläne und Arztberichte bekannt,

hatte er zugegeben. Er kannte sie, hatte sie behandelt und mehr nicht.

„Dann haben Sie sicher nichts gegen eine DNA-Probe?"

„Nein, nicht im Geringsten."

der Arzt schnitt sich ein wenig Haar ab, nahm eine kleine Plastiktüte aus dem Schreibtisch, füllte die Haarprobe ein, schloss das Tütchen wieder und übergab es an den Beamten.

„Bitteschön. Wenn Sie mich jetzt entschuldigen!?"

Steinar nahm die Probe an sich und stand auf.

„Den darf ich behalten?", fragte er und zeigte den Kugelschreiber von Men´schens Kinder e. V.?

„Ja, meinetwegen."

„Falls Ihnen noch etwas einfällt, Herr Doktor Girdorf, rufen Sie mich bitte an."

Steinar überreichte dem Arzt eine Visitenkarte und verabschiedete sich.

Vaterfragen

„Also, wenn die Kollegen vor Ort mitgedacht haben und ihre Arbeit gutgemacht - dann ist Girdorf nicht der Vater", resümiert Ludwihg.

„Jenen Proben nach, die wir nach dem Verschwinden der kleinen Mia noch aus dem Haus von ihr entnehmen konnten, haben keine Übereinstimmung mit der Genprobe, die Du mir in Form der Haare von Girdorf gegeben hast.

„Eine Sackgasse?"

„Eine Sackgasse, Blindgänger, wie auch immer.“

„Aber wer könnte sonst der Vater sein?“

„Haben wir immer noch kein Genmaterial von Adam?“

„Leider nicht. Wir können dahingehend keinen Test durchführen.“

„Wir gleichen gerade die nationale Datenbank auf einen möglichen Treffer ab.“

„Willkürlich jemand? Ich glaube eher nicht.“

„Was ist mit den alten Wohnungen von Adam in Berlin und London. Kann man dort nicht noch Spuren finden?“

„Die sind alle wieder vermietet und bewohnt. Man müsste einen Antrag stellen.“

„Mach das.“

„Die Aussicht auf Erfolg ist nicht garantiert.“

„Mist.“

„Tut mir leid, Steinar. Das ist derzeit alles, was wir haben.“

„Ludwihg, kein Problem.“

„Danke trotzdem.“

Zurück am Schreibtisch raufte er sich die Haare, schob seinen kalten Kaffee beiseite und überlegte, was er als Nächstes tun könne. Die Akte im Fall war noch in Überarbeitung und ohnehin rechnete er nicht mit größeren Erkenntnissen in der Sache; die Organisation hielt ihre Füße still, und Adam wie Mia blieben ohne eine handfeste Spur verschwunden.

Er fragte sich, ob er der Fährte der Men´schens Kinder nachgehen solle oder lieber nach Min schauen und sie zum Doktor Girdorf und dem Kugelschreiber befragen. Denkbar war auch, den Psychiater noch einmal zu befragen, ob und wie man mit Min am besten umgehen solle, um ihr nicht im Zuge einer womöglich allzu abrupten Konfrontation zu den Geschehnissen zu schaden.

Er entschied dem Psychiater Doktor Rohand eine E-Mail zu schreiben, in der er als Kommissar die Situation mit dem Arzt Doktor Girdorf und dem Schreibwerkzeug darlege und frage, wie er, der behandelnde Psychiater von Min, meine, am besten hinsichtlich einer Befragung, jener, in der Privatklinik befindlichen Frau, zu verfahren. Er erbäte dringende Antwort, da sich die Befragung nicht mehr lange aufschieben lasse und verabschiedete sich mit einer Grußformel auf baldige Antwort.

Was nun den Verein betraf, der sich Men´schens Kinder nannte, entschloss Steinar kurzerhand, telefonisch nach Öffnungs- wie Bürozeiten zu fragen und sich einen Termin für einen kommenden Besuch eintragen zu lassen. Der Kommissar hatte Glück, denn man hatte an diesen Vormittag einen Termin bei dem Leitenden Angestellten für Öffentlichkeitsarbeit frei und notierte den Besuch des Kommissars für 11:30 Uhr, wobei sich der Kommissar in erster Linie als Interessent für die Ausrichtung einer Ausstellung der Künste, die durch den Verein gefördert wurden, ausgegeben hatte.

Das Mittagessen schlang sich der Beamte auf dem Weg zum Termin sprichwörtlich rein. Ein Lachsbrötchen mit Senfsoße, dazu ein Softdrink.

Angekommen in einem Gebäude, das mindestens

zwanzig Etagen aufwies, nahm der Besucher den Aufzug zum Büro des besagten Vereins und fuhr damit in die vierzehnte Etage. Der Leiter der Öffentlichkeitsarbeit des Vereins empfing den Kommissar mit einem freundlichen Händedruck.

„Ölbrig", stellte sich der Mann vor, um fortzufahren: „Man sagte mir, … Sie seien interessiert, eine Ausstellung unserer geförderten Kunst initiieren zu wollen."

„Ehrlich gesagt wäre ich eher Besucher…in meiner Freizeit."

„Ach ja, und was tun Sie, wenn Sie keine Freizeit haben und für ihr Eintrittsgeld arbeiten müssen?"

Steinar holte seinen Ausweis heraus.

„Kriminalpolizei", sagte er.

„Uff, das ist überraschend", sagte der Manager und bat den ausgewiesenen Beamten, mit einer Geste an sich doch zu setzen, während dieser eben Selbiges tat.

„Also, wie kann ich Ihnen helfen, Herr Kommissar?"

„Es geht um Adam Celnic, ferner um die Organisation *sehende Elemente*, der jener Mann vorsteht."

„Ich fürchte, ich kann Ihnen da nicht weiterhelfen. Mir sagt der Name genauso wenig wie diese Organisation."

„Meine Kollegen durchleuchten gerade sämtliche Verbindungen der Organisation … und ihr Verein ist ein Teil dieser Untersuchung. Ich biete Ihnen an, mir zu sagen, was Sie wissen und werde dafür mehr als nur ein gutes Wort einlegen können. Wenn die Kollegen jedoch erst mal fertig sind mit ihren Dossiers und die Spürhunde zu Ihnen losschicken, dann kann ich Ihnen nur noch sehr schwer helfen …"

Ölbrig schnaufte.

„Wer sind Ihre Geldgeber?", fragte Steinar.

„Wir finanzieren uns selbst durch Verkauf und Ausstellung von Kunst. Den überschüssigen Gewinn spenden wir für gemeinnützige Kinderhilfsprojekte. Wir gehören zu den Guten, Herr Steinar."

„Warum wurde ich dann mit Drogen vergiftet auf einer Ihrer Ausstellungen?", fragte Steinar bissig und direkt.

„Von derlei Vorfällen wissen wir nichts."

„Keine Drogen?"

„Wir kennen den Vorwurf, wir würden mit Drogen zu schaffen haben, aber lassen Sie mich Ihnen versichern, das ist absoluter Humbug."

„Was ist mit Adam?"

„Unsere Vereinsgründung fiel in eine Zeit, als viele noch jünger waren, reiche junge Erwachsene mit künstlerischen Ambitionen, inspiriert von Netzkultur und darin vorhandenen Vorbildern."

„Solange ist das nicht her. Drei bis vier Jahre vielleicht; Ihre Vereinsbildung, meine ich."

„Wissen Sie für einen Achtzehnjährigen können drei oder vier Jahre eine verdammt lange Zeitspanne sein, also was die Entwicklung der Persönlichkeit betrifft, meine ich."

„Wollen Sie damit sagen, der Verein distanziert sich von Adam, dem indirekten Namensgeber? Dem Vater der Bewegung?"

„Wir betrachten und als emanzipiert, nennen wir es so."

„Hat Ihr Verein Kontakt mit Adam oder den sehenden Elementen?"

„Das Privatleben unserer Mitglieder wird gewahrt. Unser Verein selbst kennt keine Verbindung zu der von Ihnen genannten Person oder Organisation."

„Okay."

Steinar war fertig.

„Ach, ein Letztes noch, verschenken Sie öfter so teures Büromaterial?"

Steinar hielt den Kugelschreiber hoch, den er am heutigen Tage von Doktor Girdorf erhalten oder den er sich vielmehr bemächtigt hatte.

„Auch Werbung gehört zum Vereinsleben dazu,"

„Haben Sie eine Liste mit Namen, wem Sie in den vergangenen Jahren welche Werbegeschenke zugewidmet haben?"

„Nein, so etwas führen wir nicht."

Steinar lief förmlich gegen eine Wand mit seinen Fragen. Das Einzige, was ihm etwas verriet, war die Aussage, dass man das *Privatleben der Vereinsmitglieder wahre*. Steinar wusste noch nichts Genaues damit anzufangen, doch meinte er, im kommenden Dossier Aufschluss darüber zu erhalten.

„Wenn Ihnen doch noch etwas einfallen sollte, rufen Sie mich bitte an, Herr Ölbrig."

Steinar hinterließ auch hier, wie zuvor beim Doktor in der Charité, seine Visitenkarte und fuhr wieder in das Büro.

Mutterschmerz

Kommissar Steinar fasste zusammen: weder der Arzt der Charité, Girdorf, noch der Manager des Vereins, Ölbrig, machten oder förderten von sich aus, handfeste Angaben, die einen weiteren Verdacht lenkten oder erhärteten. Sie waren beide aalglatt und blieben professionell. Doch auch wenn Steinar an der Wand stand, was die Aussagen der beiden Männer betraf, so hatte er die Spur noch nicht aufgegeben. Was Ersteren anbelangte, hoffte er nach wie vor auf Min und ihr Erinnerungsvermögen in Bezug auf eine Konfrontation mit dem Kugelschreiber. Was Letzteren anging, so hoffte er auf das Dossier, welches die Kollegen gerade aktualisierten und dem Hinweis auf *das Privatleben* der Mitglieder des Vereins, dass man zu *wahren* wisse. Beide dieser potenziellen *Gamechanger* sollten im Laufe der Ermittlungen noch relevant und aussagefähig werden.

Just als der Kommissar vom Schreibtisch aufstand, um sich einen Kaffee zu machen, klingelte das Telefon. Am anderen Ende der Leitung befand sich sie eine aufgebrachte Min:

„Adam war es nicht! Der Arzt aus der Charité hat…hat mir etwas in den Unterleib geführt in der Nacht, wie ich bewusstlos eingeliefert wurde. Als ich davon kurz aufwachte, meinte der Arzt, ich solle schön schlafen, er bat mich, auf seinen Stift zu schauen, den er mir vor dem Gesicht hin und her pendeln ließ. Darauf stand irgendwas mit *Men´schens Kinder*. Mehr weiß ich nicht mehr. Steinar, verhaften Sie diesen Mann. Er muss wissen, wo Mia jetzt ist."

„Gut. Sie machen das gut. Ich danke Ihnen, meine Kollegen werden dem Doktor Girdorf gleich ihre Aufwartungen machen."

„Ich muss jetzt wieder auflegen. Und noch was: Untersuchen Sie die Unterlagen zu meinem Fall sowie den Medikamentenplan seitens meines Psychiaters. Ich habe da so einen Verdacht …"

„…ja ist gut."

Ohne Min zu sehr mit Fragen zu überfordern, nahm er das Gesagte hin.

„Und sie versprechen mir gesund zu werden …?"

„Es geht mir viel besser als die letzten Monate …"

„Gut, das ist gut. Was kann ich sonst noch für Sie tun?"

„Nein nichts. Bringen Sie mir einfach nur Mia wieder."

„Okay. Alles Gute und auf bald."

„Auf bald."

Steinar hatte schnell eine Nachricht verfasst, die die Kollegen informierte, den Doktor Girdorf festzunehmen. Er nahm sich nun vor, ein wenig Schreibtischarbeit zu unternehmen, und wie von der Frau, die gerade aufgeregt angerufen hatte, angeregt, auch die Unterlagen und den Medikamentenplan des behandelnden Psychiaters zu prüfen, beziehungsweise diese Informationen erst mal anzufordern, denn sie unterlagen bisher der Verschwiegenheit zwischen Arzt und Patientin, was mit dem gerade gemachten

Zugeständnis, ja mit der fast schon gemachten Forderung nach Prüfung und Aufarbeitung seitens der Patientin nun wohl aufgehoben war.

Den Psychiater Rohand sogleich informierend, erbat man die betreffenden Informationen so schnell als möglich und spätestens gegen Ende des heutigen Arbeitstages.

Steinar nahm sich vor, heute Abend weiterzuarbeiten und wollte dafür jetzt ein wenig schlafen, wofür er nach Hause fuhr.

Idylle im irgendwo

„Das schlängelnde Ungetüm, dem man stets Köder hinschmeißt, damit man sie angele, eines, das zu vermeintlicher Krankheit geboren ist und dies als menschliche Haut trägt. Widerscheinend, Faulheit, Frust und Verdorbenheit. Im Traum als Niedertracht des Unvermögens in einer Rolle als Antagonist zu einer mythischen Weltenschlange, ist dieses Ungetüm die Verkörperung der rechtfertigenden Herzlichkeit, die verdammt zu einem Metronom der Unzeit schlägt. Im Bann, Dämonen wie Engel, die sich ihre Haut umlegen und ihrer Zunge versprechen, um Süßholz sägend mit den Zähnen zu rasseln. Ängste schürend, wo keine sind, und doch … wo alle sind, um wiederum den Körper zu infiltrieren und einen Schutzgott herauszufordern, um sich ihm im Nichts zu stellten und derart erst zu werden.

Dieses Ungetüm ist als wahre Trennung, separatio vero,

aus dem Nichts herauskommend, die Urinstanz, die niemand sehen möchte. Und dennoch die Verfechter der vermeintlichen Wahrheit der Erkenntnis und des Siechtums, der tückischen Verklärtheit sowie der Zinsen aus Erkenntnissen von altvorderen Laiendarstellern sind gewogene Angehörige jener Schande.

Öffnet die Augen und seht, dass das offene Auge in jenen Schlund blickt, den es mit einem Bann zu begegnen sucht. Spürt die Elemente, die euch stärken, um Stärke unterzuordnen und spürt die Schwäche, jene, die hinterrücks kräuselnd Tücke und Schmach mit sich bringt, da ihr Bruder, ihr im Schlepptau befindlich, schon höhnisch lacht. Vermeintlicher Gewinn eines Verlusts, der wie eine umgedrehte Hand nicht geben und nicht nehmen kann, sondern sich nur zum Draufschlagen hinhält, zum Nägel schauen und zum Ballen einer Faust.

Die moderne Stadt des Wahnsinns und die sich ausbeutende Natur, sie liegen in uns allen. Sie sind ein Pfand, der mit dem Körper entlohnt wird und der Widersinn verlassener Seelen. Doch fürchtet nicht und … fürchtet euch doch.

Ein Letztes gebe ich euch zum Nachdenken mit: Das Brechen von Widerständen lautet wie folgt:

Die Rechtfertigung von etwas, dass man partout nicht will, kommt mit der Zeit, indem man jemandem im Gegenteil darben lässt, ihm sich aussetzt und Stück für Stück dabei zusieht, wie die konträre Überlegung reift. Mit einem unvorhergesehenen Streich tritt dann zu nächtlicher Stunde jenes einst Ungewollte ein, und siehe da: Es ist gar nicht mehr so unwillkommen."

Der Mann hatte seine Ansprache geendet, obwohl ihm noch so viel zu sagen blieb. Ungesagt und unverrichteter Dinge verließ er jedoch den Saal. Befriedigung musste er auf andere Weise erlangen.

Er drückte auf einer Holzfigur herum, schnitzte eine wenig daran, kittete Löcher und drückte wieder darauf herum. Die Figur mit Drähten bedeckend, ging er in seine Küche, nahm er sich ein wenig Fleisch vom Herd und aß es im Stehen. Daraufhin zog er sein Oberhemd aus, schlug sich mit einem Seil oder Derartigem, ein paar Mal auf den nackten Körper, zog sich wieder an und ging auf die Toilette.

Es klingelte an der Tür. Der Mann ächzte, seiner müden Knochen wegen, beeilte sich, sein Geschäft zu erledigen und unter dem unermüdlichen Schellen der Türklingel, zur Haustür zu gelangen.

„Bruder Nautili, komm bitte mit", bat ein hagerer, aber großer Mann, den Alten aus seinem Haus.

Draußen offenbarte der Besucher, dem Alten sein Begehr:

„Die Küche hat kein Sassafrasöl mehr und hat irgendwelche billigen Muskatnussessenzen benutzt für den Stoff. Jetzt liegen die Leute da und kotzen", meinte der Mann.

„Ja und was soll ich tun?"

„Sie müssen irgendjemanden Bescheid geben. Und schau dir die Misere doch einmal an. Drüben in einem der Wohngebäude."

„Wozu soll ich mir kotzende Junkies anschauen?", meinte der Alte harsch.

„Die Leute vertrauen dir, Bruder Nautili. Deswegen.

Vielleicht hilft Ihnen das."

Der Alte knurrte zwar, folgte aber. In dem Wohngebäude angekommen, sahen die Männer wie vielleicht
acht bis zehn Männer auf dem Boden kauernd, neben
ihrem Erbrochenen lagen und sich windeten.

„Hol den Arzt", meinte der Alte.

„Den habe ich nicht gefunden."

„Dann hol den Putzdienst."

„Ja, Bruder.

Der Alte fühlte die Temperatur und meinte, dass es
den Männern bald besser gehen werde.

Einer der Männer war indessen ansprechbar.

„Was zum Teufel habt ihr getrieben?", fragte Nautili
jenen.

„Wir haben ein neues Rezept ausprobiert."

„Mit Muskatnusszeugs."

„Und?"

„Na ja, nichts. Das Resultat siehst du ja, Bruder."

„Geschieht euch recht. Habt ihr nicht das Miasma gefragt?"

„Nein, wir wollten so…"

„Idioten … Hast du jemandem Bescheid gegeben, wegen des fehlenden Material?"

„Ja, Siego weiß Bescheid."

„Wo ist der jetzt?"

„Er wollte in die Stadt, nach Tampere fahren, um Besorgungen zu machen."

„Okay. Genieß den Trip später…, wenn es einen
gibt."

Der Alte ging nach draußen, der See, der das riesige Anwesen aus Bauernhof, Herrenhaus und verschiedenen Wohnhäusern in Teilen umgab, ruhte still.

Der Mann, der den Alten aus seiner Wohnung geholt hatte, kam schnellen Schrittes wieder jenem Wohngebäude entgegen, in denen die Kranken lagen.

„Die Hausmeisterin will nicht kommen. Sie sagt, sie habe gerade übernommen, hat Schicht bis Sonnenuntergang und hat jetzt noch keine Lust, einen Scheißjob zu machen. Die sollen ihren Kram selber sauber machen, wenn sie aufwachen."

„Bis um zehn Uhr wird es bestimmt hell bleiben", meinte der Alte zu sich.

„Lass Sie liegen oder mach es weg", meinte der Alte.

„Und du?"

„Was und ich?"

„Wir sind doch alle gleich!"

„Manche sind gleich und manche sind gleicher", meinte der Alte.

„Haben dir deine Eltern keine Manieren beigebracht?"

Der Alte war sprachlos. Fasste sich Sekunden später wieder.

„Wärst du nicht so dumm, ich würde dir glatt eine reinhauen", sagte er, schaute auf die Uhr und machte sich auf, fortzugehen.

„Ich habe jetzt einen Termin beim Vorturner", erklärte er sich noch.

Der alte Nautili ging schnellen Schrittes auf das Gutsherrengebäude zu, das aus graubraunem Stein errichtet war. Eine Flagge wehte davor und wie ein junges Reh erklomm er die Stufen vor dem Gebäude, in etwa sieben an der Zahl, um sich dann vom Flur des Hauses aus, der mit schwarz-weißen Marmorfliesen ausgelegt war, über eine weitere geschwungene Treppe ins Obergeschoss zu begeben. Der Alte ging die Balustrade im Obergeschoss entlang und bog zu seiner Rechten in ein großes Zimmer ab.

„Bruder Nautili.

Willkommen.

Ich habe Sie erwartet."

Begrüßte ihn eine Frau.

„Guten Tag, Schwester Gundur. Ich wurde aufgehalten nach meiner Ansprache und der Aufarbeitung dieser. Ein paar Männer haben in der Küche experimentiert."

„Ersparen Sie mir die Einzelheiten, Nautili. Wichtig ist mir, dass Sie jetzt da sind."

„Wie bekommt Ihnen das finnische Klima?"

„Gut; nur die Länge der Tage…verwirrt mich ein wenig."

„Das hat durchaus seinen Reiz, wenn man sich erst mal dran gewöhnt hat, glauben Sie mir."

Der Alte nickte still.

„Oder zieht es Sie wieder an die Universität nach Basel?"

„Nein, meine Tage in der Schweiz sind gezählt. Ich setze mich vollends für unsere Sache ein, Schwester Gundur."

„Das freut mich, zu hören."

„Es gibt eine Kleinigkeit zu tun für Sie …"

„Das wäre?"

„Es gibt ein, zwei derzeit untragbar für die Gesellschaft gewordene Mitglieder und ich möchte, dass Sie
sie überzeugen, sich unserem Projekt vor Ort in einem unserer Standorte anzuschließen. Wir könnten
sie gut gebrauchen."
„Nun gut. Ich sehe, was ich tun kann."
„Verstehen Sie mich nicht falsch, Nautili. Die beiden
haben keine Wahl. Sie überzeugen Sie so oder so verstanden?"
„Verstanden."
„Wann geht es los?"
„Sofort, Nautili, sofort!"
„Die Dame übergab dem Mann eine Tasche und
wünschte eine *gute Reise*.
Nautili ging aus dem Zimmer hinaus in seine Wohnung und kleidete sich um. Er nahm eine weitere Tasche aus einem der Wandschränke, verließ die Wohnung und ließ sich von einem schwarzen Auto, das
seit einigen Minuten auf dem Gelände parkte, fortfahren.

Aktenberge

Der Nachmittag zog sich hin. Steinar hatte bereits
damit begonnen, das Dossier zu seinem zu lesen,
während seine Kollegen sich Stück für Stück in den
Feierabend verabschiedeten.
Er überflog die Akten in Zuge einer ersten Sichtung

und machte sich an besonderen Stellen, Anmerkungen, bevor er in einem zweiten Durchlesen, an den Stellen mit diesen Anmerkungen, tiefer ins Geschehen einstieg. Was ihn schnell zu der insbesondere heute von Interesse seienden Stelle brachte, die sich mit den Personen aus dem Kreis von *Men´schens Kinder e. V.* befasste, in erster Linie jene, die Adam und seiner Organisation möglichst nahestanden.

Der Leiter der Öffentlichkeitsarbeit, der Herr Ölbrig, schien öfters auf Kongressen und zu Tagungen geladen, was an sich wenig verdächtig war und üblich für seinen Posten. Einige seiner Verbindungen waren nach Übersee, aber auch diese schienen rein geschäftlich zu sein. Seine Profile in den sozialen Medien waren unauffällig und komplex und Steinar hatte wenig bis gar keine Anhaltspunkte, wo er mit einem Verdachtsmoment angreifen sollte. Der Kommissar erinnerte sich daran, wie Ölbrig meinte, dass man das *Privatleben der Mitglieder wahre,* was den Beamten lediglich an eine IT Sicherheitsfirma brachte, mit der Ölbrig in den sozialen Netzen befreundet war und zu der dieser einige Male zu Geschäftsreisen aufgebrochen war. Er notierte sich die Firma mit Namen *´Frister Incorporated´* und schloss die Akte in der Hoffnung, dass ihm gerade eine bessere Spur mitgeteilt worden sei, denn er hatte ein längeres Fax und eine E-Mail von Herrn Doktor Rohand erhalten.

Wie vom Kommissar angefordert, hatte man die Aufzeichnungen aus den Sitzungen mit Min sowie die passenden Medikamentenblätter dazu gesendet.

Die Aufzeichnungen waren handschriftlich geschrieben und es strengte den Kommissar außerordentlich an, diese zu entziffern und zu lesen, weshalb er erst daran dachte, sie einem Sekretariat zu geben, zwecks Aufbereitung und Transkription in Dateiformat. Darüber befindend, dass er keine Zeit dafür hätte und im Hinterkopf auch noch die Spur mit dem Arzt aus der Charité, wollte sich Steinar erst einmal darauf konzentrieren, zu erfahren, was Min während der Sitzungen beim Psychiater Rohand über jenen Zeitraum in der Klinik zu berichten hatte. Er suchte in dem kryptischen Text nach Schlüsselwörtern und sich wiederholenden Anmerkungen und hatte Glück, denn Rohand hatte entsprechende Passagen mit einem separaten Kürzel, nämlich am Rand der Blätter, kenntlich gemacht. Das Kürzel trug die Abkürzung ´B.G.´ der Text oder vielmehr das von Min erlebte, war unprätentiös, also bescheiden niedergeschrieben und sie hatte dabei berichtet, Schritte und dumpfe Töne zu hören, ein Prasseln hätte sie wahrgenommen, dazu Schläuche und andere Dinge, die man in sie steckte und sie schilderte den Zustand, in dem sie sich befunden hätte, wie in Trance, hypnoseartige und wie in einem Traum. Diese wiederkehrenden Berichte von Min fasste der Kommissar mit einem Fragezeichen und dem Kürzel ´B.G.´auf einer seiner Notizbuchseiten zusammen und machte sich daran, das Medikamentenblatt zu sichten, wobei er Ausschau hielt nach jenem, ominösen, ´B.G.´
Die Instinkte hatten ihn nicht getäuscht, schnell hatte er die besagte Abkürzung sowie ein neues, noch

nicht zugelassenes Medikament mit dem Inhaltsstoff Propranolol gefunden, das Min im Zuge dieser Gegebenheit verordnet wurde. Er griff zum Telefon und rief bei Ludwihg an, um mehr über das Medikament beziehungsweise den Wirkstoff herauszufinden und brachte in Erfahrung, dass es bei Herzkreislauferkrankungen verordnet wird und aus dem Bereich der Betablocker kommt, womit es bei einigen Anwendungen als *Pille zum Vergessen* bekannt ist, und zwar, indem die Ausschüttung von Adrenalin und die Erhöhung des Pulses gemindert werden, was dazu führt, das sich Erinnerungen nicht länger, maßgeblich durch einen Adrenalinbotenstoff, in das Gedächtnis einbrennen.

Besuche auf Bergen

Steinar hatte vorerst genug gelesen und beschloss sowohl Psychiater Rohand, als auch den Arzt der Charité, Girdorf, den man ja in Untersuchungshaft festhielt, einen persönlichen Besuch abzustatten.

Der Kommissar sollte Glück haben und traf den Psychiater Rohand noch in seiner Praxis an, er wartete einige Minuten und wurde bald darauf in das Behandlungszimmer gerufen.

„Danke, dass Sie noch einen Moment für mich haben, Herr Rohand."

„Eigentlich nicht, aber …"

„Machen wir es kurz…warum haben Sie, Min Morgan, ein nicht zugelassenes Mittel mit Propranolol verschrieben?"

„Es ist nicht verboten, als off-label-use, also im Nebengebrauch ist es durchaus üblich, den Wirkstoff an Traumapatientinnen, beziehungsweise an solche, die Schweres durchgemacht haben, zu verschreiben."

„Sie haben es auch schon verschrieben, bevor Mia verschwand…"

„Ja? Und?"

„Ist es denkbar, dass die Mutter mit den Verletzungen ihrer Selbst, in Folge der Einnahme des besagten Medikamentes, begann?"

„Denkbar ja, doch eher weniger wahrscheinlich. Dennoch ich bleibe dabei: Es ist nicht verboten."

Steinar hatte sich äußerst kurzgefasst und hatte seine Antwort auf das Medikament erhalten. Die Reaktion des Psychiaters war nicht besonders auffällig. Der Kommissar wollte sich schon verabschieden, ging wieder in Richtung Tür, als er eine abschließende Frage an den Arzt richtete:

„Herr Rohand, was bedeutet ihr Kürzel ´B.G.´, im Rahmen ihrer Aufzeichnungen zu Frau Morgan?"

„Bitte, daran kann ich mich gerade nicht erinnern…, wohl so etwas wie ´Bitte Genauer´, oder sowas…"

Steinar schwieg.

Rohand nutze die Gelegenheit:

„Jetzt entschuldigen Sie mich, bitte."

Steinar nickte und verließ die Praxis schnellen Schrittes. Er hatte einen weiteren Besuch zu machen, nämlich bei Herrn Doktor Girdorf.

„Sie können mich hier nicht für immer festhalten. Wann kommt mein Anwalt?"

„Ihr Anwalt ist auf dem Weg…", meinte ein Polizist.

Die Tür des Verhörzimmers, welche sich hinter Girdorf befand, öffnete sich.

„Gott sei Dank."

Steinar war alsbald gekommen.

„Guten Abend", grüßte er.

Girdorf seufzte.

„Habe ich das Ihnen zu verdanken?"

„Wohl eher Ihren Methoden", konterte Steinar.

Ein weiteres Mal öffnete sich die Tür und ein Mann in dunkelblauen Anzug trat ein.

„Herr Drem, mein Name, ich bin der Anwalt von Herrn Doktor Girdorf."

„Setzen Sie sich, Sie kommen gerade recht …", meinte der beisitzende Staatsanwalt.

„… Herr Steinar wollte gerade anfangen", fügte er hinzu.

„Also?", forcierte Girdorf.

„Wir haben den Verdacht, dass sie in einer Nacht des Septembers vor dreieinhalb Jahren, die Frau Min Morgan, gegen ihren Willen, betäubt und geschwängert haben."

„Das ist nicht wahr."

„Wir haben die Aussage der Frau, sie hätten ihr etwas in den Unterleib eingeführt."

„Ich habe lediglich meine Arbeit gemacht und ein Vaginalabstrich genommen."

„Was hat sie zu der Annahme bewogen?"

„Es ist nicht unüblich, dass bewusstlose, durch Betäubungsmittel gefügig gemachte Frauen, Opfer von se-
xuellen Handlungen werden", meinte der Arzt.

„So wie bei Ihnen?"

„Ich muss doch sehr bitten!"

„Außerdem haben Sie die Frau in eine Art Hypnose
versetzt. Mit diesem Stift. Sie hat ihn wiedererkannt
und sich erinnert."

„Es kann durchaus sein, dass ich beruhigend auf die
Patientin eingewirkt habe, das müssten sie aber den
Berichten entnehmen. Ich kann mich der Sache nicht
erinnern. Dreieinhalb Jahre sind eine lange Zeit. Wissen Sie, wie viele Leute man da behandelt."

„Nein, Herr Doktor Girdorf. Das weiß ich nicht."

„Ich habe gut dreitausend Patienten pro Jahr. Das
macht gerne einmal mehr als zehntausend Patienten
im besagten Zeitraum."

„Herr Girdorf, wie stehen Sie zu dem Verein
´Men´schens Kinder´, oder einer Organisation namens
´sehende Elemente´?"

„Ich habe dahingehend nichts hinzuzufügen und wie-
derhole mich. Nein, ich habe keine Kontakte dahingehend", meinte der Doktor.

„Mein Mandant hat Ihnen alles beantwortet, ich
denke nicht, dass Sie ihn noch länger festhalten können."

Steinar nickte und schaute zum Staatsanwalt.

„Nun gut. Das war's von meiner Seite", sagte der
Kommissar.

„Sie können gehen, Herr Girdorf. Verzeihen Sie

bitte", meinte der Staatsanwalt beschwichtigend.

Besuch aus der Idylle

Es war spät, als Doktor Cesare Girdorf an seiner Wohnung eintraf. Er hatte nach seiner Festnahme und der darauffolgenden Freilassung noch eine Weile mit seinem Anwalt verbracht und die offenen Fragen, die jener hatte, zur Klärung gebracht.
Die Dunkelheit in seinem Haus war ihm ungewohnt, denn für gewöhnlich war zumindest das Wohnzimmer, durch die Einstellungen eines Smarthome-Programms, schwach beleuchtet, wenn er spätabends beziehungsweise des Nachts eintraf. Er betätigte den Lichtschalter, doch auch dies wollte keine Helligkeit in den Raum bringen. Mit seinem Smartphone leuchtete er sich den Weg über den Flur in das Wohnzimmer des Hauses und sah, dort angekommen, wie bei schwachem Kerzenschein, eine Gestalt wartend auf dem Sofa saß.
„Guten Abend, Bruder Girdorf", grüßte der unbekannte Besucher.
Girdorf zitterte ein wenig. Stotternd grüßte er zurück.
„Bruder Girdorf, ich möchte Sie einladen, zu uns auf einen der Höfe zu kommen, wir brauchen Sie."
„Aber ich habe hier mein Leben, meine Frau, meine Freunde."
„Aber aber …"

„Sie werden sehen, wie schnell Sie sich an uns gewöhnen, …. ganz bald schon von einem neuen Leben und neuen Freunden sprechen und dabei glücklich sind."

„Nein, das geht nicht."

„Bruder Girdorf. Wir bitten Sie nur einmal. Wir sind keine Bettler."

„Und dann? Was, wenn ich mich weigere?"

„Das werden Sie dann sehen."

„Geben Sie mir etwas Bedenkzeit."

„Sicher."

Der alte Mann stand auf und ging Richtung Tür.

„Wie lange habe ich Zeit?"

Der alte Mann schwieg eine Weile, bis er an der Haustür war und rief Girdorf dann zu:

„Das werden Sie selbst bemerken. Treiben Sie es nicht zu weit, Bruder. Auf Wiedersehen."

Die Tür fiel ins Schloss und der Mann war offenbar aus dem Haus verschwunden. Girdorf hatte keine Autoscheinwerfer bemerkt.

„Ob er noch in der Umgebung ist?", fragte sich der Doktor leise.

Er setzte sich in seinem Arbeitszimmer an seinen Laptop und verband sich per Remote zu einem Netzwerk, erwartete Zugang zu einem Videostream und erhielt die Nachricht, dass der Zugang verwehrt sei.

Die Haare raufend, ging er in das Wohnzimmer, öffnete das Barfach des Stubenschrankes und goss sich einen Brandy ein; er trank ihn schnell auf einmal und ließ einen zweiten –, in sein Glas einlassend, folgen, den er sich mit ins Bad nahm.

Als die Polizei am nächsten Morgen eintraf, fand man Girdorf in seiner Badewanne mit einem am Hausstrom angeschlossenen Radiowecker im Wasser. Seine Frau, die in den frühen Morgenstunden von einer Modenschau gekommen war, hatte ihren Ehemann tot in der Badewanne aufgefunden und einen Notruf abgesetzt.

Kommissar Steinar kam müde und verschlafen am Ort des Geschehens an.

„Und?", fragte er kurz und knapp.

„Schwer zu sagen. Wir wissen noch nicht, ob es ein Unfall war oder aber Selbstmord."

„Oder Mord", fügte Steinar hinzu.

Der Polizist schaute den Kommissar skeptisch an.

„Wir müssen alle Eventualitäten in Betracht ziehen", rechtfertigte sich jener in seiner Verschlafenheit und prüfte damit auch noch ein wenig weiter die skeptische Einschätzung seines Polizeikollegen zu diesem Thema. Jener ließ sich aber auch in Anbetracht der Ranghöhe des Kriminalbeamten Steinar, nichts anmerken, und verrichtete weiter die ihm auferlegte Arbeit.

Der Kommissar suchte sich vor Ort jemanden von der Spurensicherung und erkundigte sich bei diesem Kollegen, ob Computer, Mobiltelefone oder irgendwelche Notizen gefunden worden waren, was man verneinte und vertröstend von einem *bisher nicht* sprach.

Seinem Instinkt folgend, versuchte Steinar den Psychiater, Doktor Rohand, zu erreichen, und fuhr direkt zu dessen Arbeitsstätte. Dies tat er, nachdem der

Kommissar den Anrufbeantworter von Rohand gehört hatte, der mitteilte, dass die Praxis ab neun Uhr öffnen würde, was in etwa einer halben Stunde wäre und auch in etwa den Fahrweg in Minuten, von seinem derzeitigen Standort, bis eben dorthin, bedeutete.

Sein Frühstück hatte Steinar in einer Bäckerei unterwegs unternommen und so stand der Beamte frisch gestärkt vor dem Praxiseingang von Herrn Doktor Rohand. Die Praxissekretärin war bald angekommen, grüßte Steinar freundlich, da man sich mittlerweile ja kannte und meinte, der Doktor sei für gewöhnlich schon da. Ohnehin habe Sie sich am heutigen Tage verspätet und hoffe auf Nachsicht ihres Vorgesetzten, weshalb sie auch nicht böse darum wäre, sollte der Kommissar sie herein begleiten wollen. Steinar nahm das Angebot an und ging zusammen mit der Frau in die Praxis. Vom Doktor fehlte jedoch jede Spur, die Lichter waren aus und auch sonst deutete nichts auf ein Dasein irgendeiner Person, insbesondere des zum Treffen gewünschten Herrn Rohand, hin.

„Merkwürdig", meinte die Assistenz der Praxis und erklärte:

„Es ist mir in all den Jahren kaum ein einziges Mal geläufig, dass er nach mir in der Praxis eintraf. Er ist bestimmt aufgehalten worden oder ernsthaft krank. Die Frau nahm dennoch ihren Platz am Computer der Praxis ein und fuhr fort:

„Ich werde den Herrn Doktor gleich einmal versuchen anzurufen, gedulden Sie sich bitte einen Moment, ich werde nur kurz Kaffee aufsetzen und mich frisch machen gehen."

Steinar solle im Empfangsbereich warten, bis die Assistenz gleich zurückkäme oder womöglich der vermisste Doktor doch noch durch die Vordertür auftauche. Diese zwei Türen, also die Vordertür der Praxis sowie die Tür der Küche im Blick, ergriff der Kommissar die Chance und warf einen Blick auf den Computer der Praxisassistenz.

Steinar sah, dass das E-Mail-Programm aktiv geschaltet und überdies geöffnet auf dem Bildschirm des Computers war und entschloss sich kurzerhand, einmal nach ´B.G.´ zu suchen, was ihm nach einer Weile, in der er des öfteren meinte, es käme jemand durch eine der Türen - und deren Dauer ihm dadurch ziemlich lang vorkam - auch einen Treffer einbrachte.

12 Uhr: Mit ´B.G.´ zum Mittagessen lautete ein Eintrag, der vor einigen Monaten datiert war; der Kommissar klickte das Suchfenster und die Trefferanzeige wieder weg, notierte sich das exakte Datum und den exakten Ort, den der Computer gerade angegeben hatte auf einem kleinen Zettel, welcher zu mehreren gestapelt auf dem Empfangstresen der Praxis lag. Just wieder auf der anderen Seite des Empfangstresens angelangt, sah er dabei zu, wie die Praxissekretärin mit Kaffee in der Hand zurückkam.

„Möchten Sie ...?", begann die Frau zu fragen, kurz bevor Sie bemerkte, wie Steinar abrupt mit einem Grußwort Abschied nahm und vollendete den Satz, als jener schon aus der Praxis gegangen war, leise und zu sich selber sprechend:

„Auch Kaffee?"

Auf dem Weg in die Charité rief der Kommissar noch einmal in der Praxis an, aus der er gerade kam, bat darum, ihn zurückzurufen, sobald der Doktor Rohand erscheine, oder aber auch, sofern die Praxisassistenz in Erfahrung bringen würde, was mit ihm passiert sei. Abschließend fragte er noch nach einer Erklärung, ob die Sekretärin wohl wisse, wofür das Kürzel ´B.G.´ stünde, und meinte dazu, dass er gerade einige Akten des Herrn Doktor in seinem Sinne studiere und eben auf diese Abkürzung gestoßen sei. Steinar erhoffte sich, aus der daraufhin aufkommenden Stille bald eine Antwort zu erhalten, und war dabei recht zuversichtlich, was die Praxissekretärin aber nach einigen weiteren Augenblicken wieder verwerfen musste, indem sie meinte, sie wisse beim besten Willen nicht, was es zu bedeuten habe.

„Nichts für ungut", meinte Steinar, verabschiedete sich erneut, bereits das zweite Mal binnen einer Stunde, und fuhr weiter in Richtung der Berliner Charité.

Dort angelangt, suchte er die Station vom jüngst verstorbenen Doktor Girdorf auf und meldete sich bei der zuständigen Stationsdienststelle. Der Kriminalbeamte erklärte nun, dass er einen Blick in den Computer des Doktors werfen müsse, insbesondere in das E-Mail-Programm und den Terminkalender und das bitte, bevor jene Hardware von seinen Kollegen der Polizei abgeholt werden würde, was zwar jeden Moment sein könne, aber was doch nicht feststünde. Sein jetziges Anliegen sei äußerst dringend und würde in etwa eine halbe Stunde dauern; das Krankenhaus würde damit einen großen Dienst in seinem vorliegenden Fall, vollbringen, so Steinar.

Er bekräftigte, dass die noch vertrauliche Nachricht darüber, dass der Doktor heute tot aufgefunden worden war, sowie die Dringlichkeit, mit der man in der Sache weiteren Schaden zu vermeiden suche, es gebiete, jetzt zu handeln und das die Anfrage zur Sichtung der Computerdaten des Doktors doch bitte unkompliziert zu befürworten und zu ermöglichen sei. Nach Rücksprache mit der Stationsleitung des Krankenhauses begleite nun jene Dame, mit der Steinar gerade gesprochen hatte, jenen zu einem kleinen Arbeitsplatz. Steinars Begleitung fungierte im Folgenden als Supervisor für den Kommissar und bediente den Computer gemäß der Anfrage zu Terminen und E-Mails.

Steinar ließ die Datenbanken des Computers nach *Propranolol,* nach *´B.G.´,* nach *´Men´schen´,* sowie *´Elemente´,* nach *´Rohand´,* nach *´Ölbrig´* und schließlich nach *´mad A´* durchsuchen und veranlasste das Senden der Resultate für eine nähere Analyse per E-Mail an seine Adresse.

Ohne auf die Ergebnisse der Suche einzugehen, sie zu bewerten, zu analysieren, ja sie überhaupt näher in Augenschein zu nehmen, sprach der Kommissar jener Krankenhausangestellten am Computer seinen Dank aus und versprach, sie nicht länger behelligen zu wollen, womit er sich auch empfahl und wieder ging.

Privat

Galia kam auf Min zu, umarmte ihre Freundin und überzog sie mit luftigen Küssen.

„Meine Arme."

„Ist gut, Galia, ich bin nicht tot."

„Was ist passiert?"

„Der Polizist oder Kommissar, er war bei mir zu Hause, hat Fragen gestellt und plötzlich war ich wie im Delirium, schläfrig und schlapp und bin wohl zusammengebrochen."

„War er schon hier in der Klinik?"

„Nein, ich habe ihn seitdem nicht mehr gesehen."

„Warum bist du überhaupt hier in der Bonzenklinik und nicht in einem richtigen Krankenhaus?"

„Keine Ahnung, vielleicht machen Sie sich Sorgen, dass ich schwanger werden könnte!?"

„Deinen Humor hast du jedenfalls nicht verloren."

„Das machen die neuen Tabletten. Galia."

„Na immerhin."

„Wann kommst du wieder raus?"

„Bald, ich werde nicht länger als nötig bleiben. Morgen vielleicht schon oder übermorgen."

„Was macht Al?", fragte Min.

„Dem geht es gut, er freut sich auf das …"

„…das Kind", vervollständigte Min den Satz ihrer Freundin.

„Sag es doch einfach. Es ist okay."

„Sicher, ich weiß ja nicht … nach diesem Zusammenbruch jetzt und so."

„Es ist besser als vorher, ich verdränge oder unterdrücke es nicht mehr so stark und das tut mir im Moment ganz gut."

„Wann ist es so weit? Mit dem Kind meine ich?"

„Es kann jeden Moment so weit sein", schmunzelte Galia.

„Dann könntest du gleich hierbleiben."

„Ja", antworte Galia lachend.

Galia überlegte, ob sie Min danach fragen sollte, wie es mit der Suche nach Mia stand. Sie war unsicher. Min spürte das.

„Was denkst du?"

„Ach nichts Besonderes."

„Komm raus mit der Sprache …, ist es wegen Mia?", mutmaßte die Mutter.

„Ja, ich frage mich, wie die Suche läuft, ob du schon etwas gehört hast."

„Nein nichts. Keine Spur bisher."

„Tut mir leid Min …,"

„Was tut dir leid?"

„Na alles wäre ich nicht so blöd gewesen, dann hättest du dir vielleicht keine Nanny geholt und dann wäre Mia vielleicht noch da."

„Ach, du spinnst ja."

„Meinst du?"

„Ja, du hast damit nichts zu tun, du dumme Nuss."

„Brauchst du noch was? Kann ich was für die tun?", fragte Galia sorgsam.

„Es reicht, wenn du da bist Galia, danke."

„Ich muss aber gleich wieder los."

„Al wartet draußen, wir wollen noch …"

„Ach Galia, schön, dass du da warst."

„Wirklich?"

„Ja, meine Liebe. Grüß deinen Al von mir."

Die beiden verabschiedeten sich mit Umarmungen voneinander und Min ging in die grüne Parkanlage der Klinik.

Dort, unter einem Baum platznehmend, atmete sie tief ein und wieder aus, bis sie merkte, dass ihr Smartphone eine Nachricht erhielt.

„Bitte nicht antworten! Es tut mir leid, … Delroy.“

Elementares

In einem Café in der Stadt sitzend, sichtete Steinar die Ergebnisse, die er über Girdorfs Computer aus der Charité erhalten hatte. In seiner Umgebung, einem Obergeschoss des Lokals, war es relativ ruhig, aber es herrschte auch gerade noch so viel Publikumsverkehr und Betrieb, dass der Kommissar ein wenig Ablenkung hatte und eine frische, sich wechselnde, bunte Szenerie um sich. Der Bürostuhl war ihm heute Morgen zu fade.

Ein dienstlicher Laptop stand aufgeklappt vor den Augen des Beamten und er hatte es gemäß Winkel und Platzwahl im Allgemeinen so eingerichtet, dass ihm niemand hineinsehen konnte. Neben ihm ein wirklich riesiger Becher mit heißem Kaffee, der mit Kaffeemilch und ein klein wenig Zucker versetzt war. Steinar öffnete den Anhang und fand gleich eine interessante Information vor, die ihm eine Verbindung vom Doktor Girdorf zum Doktor Rohand einbrachte. Eine E-Mail aus den vergangenen Monaten, die Girdorf von Rohand erhalten hatte, wies den Betreff *an*

´B.G.´ aus und teilte mit:

Lieber Bruder, die Zeiten ändern sich rasant und ich erhalte immer mehr Anfragen von Personen, die aus der Charité zu mir kommen wollen, ohne das mir Hintergründe oder Zwecke geläufig sind. Es wäre mir lieb, wenn Du ein wenig ausfiltern könntest, wer sich tatsächlich bei mir einfinden soll; auf Dich war bisher immer Verlass und ich hoffe, das bleibt so. Freundlichste Grüße, Bruder Rohand.

Eine Antwort darauf fand Steinar in folgender Form:

Bruder Rohand, ich werde nichts ausfiltern können. Weder meine Zeit noch mein Wissen erlaubt Derartiges. Ich schlage vor, dass Du in unseren Foren nach Informationen zu jenen Personen Ausschau hältst, die Du schlussendlich annehmen solltest. Beste Grüße, ´B.G.´

Steinar, nun um die Erkenntnis reicher, das ´B.G.´ höchstwahrscheinlich für Bruder Girdorf stehen müsse, erkannte, dass der Doktor Rohand, über die ganzen Sitzungen mit Min hinweg, relevante Informationen in der Sache weitergegeben oder irgendwie verwertet hatte, um seinen Kollegen, Doktor Girdorf, hinsichtlich der Nacht, in der er Min bewusstlos behandelte, den Rücken zu decken; damit nichts aufflöge.

Der Kommissar öffnete den Anhang zum *Propranolol* und entdeckte erneut eine E-Mail zwischen den beiden Ärzten. Der Schriftverkehr war kryptisch gehalten, ohne Namen und derlei und hatte in etwa nur zum Inhalt, dass *man sich begänne, mehr zu erinnern,* wie der Psychiater meinte, woraufhin der Doktor aus der Charité empfahl, *propranololhaltige Medikamente zu verordnen.*

Steinar glich das Medikamentenblatt mit dem Datum der E-Mail ab und meinte, mit großer Wahrscheinlichkeit sagen zu können, dass es in der Konversation um Min ginge, denn das Medikamentenblatt wurde kurz nach dem Schriftverkehr, in besagter Weise, aktualisiert und man hatte Min, dieses neue und seinerzeit noch nicht zugelassene Medikament verschrieben.

Was die übrigen Schlüsselwörter betraf, ergaben sich keine eindeutigen Treffer, lediglich aus ´Elemente´ ließe sich noch eine E-Mail ableiten, die Doktor Girdorf mit einem britischen Ärztekollegen ausgetauscht hatte und dessen Inhalt auf einen Zeitungsartikel verknüpft war, der nicht länger zugänglich war, beziehungsweise dessen Internetlink noch auffindbar.

Steinar bemühte daraufhin eine Internet-Zeitmaschine, die ältere Websites archiviert hatte, um jene Information so zur Verfügung zu stellen und gelangte auf diesem Wege, doch noch zum gewünschten Artikel.

Der Artikel, der aus dem vergangenen Jahr war, handelte dabei von einer Art Kommune, einer ländlichen Gemeinschaft von Menschen, die sich selbst autark versorgten und in einer Art Glaubensgemeinschaft lebten, wohingegen der Landeigner über mehrere Schultern verteilt, in letzter Instanz ein großes Informationstechnologie-Unternehmen, mit Namen ´Fiscars IT´ war. Der Artikel selbst trug die Überschrift: ´Elemente einer modernen Gemeinschaft´.

Steinar erinnerte sich an die Geschäftsreisen, die Öl-
brig von dem Verein ´Men´schens Kinder´ unternommen hatte und daran, wie der Kommissar dabei auf
den Namen ´Frister Incorporated´ gestoßen war.
Diese beiden Unternehmensnamen gab der Kommissar kurzerhand in die Internetsuchmaschinen ein und
las in den Wirtschaftsnachrichten über ein weiteres
Unternehmen, dem sowohl ´Fiscars IT´, als auch
´Frister Incorporated´ angehörten. Der Name jener
Firma lautete ´Elementalsight´, mit einem Sitz in
Boise, Idaho in den USA.
Steinar sendete die zusammengetragenen Informationen in sein Büro mit der Bitte, die Ermittlungen in
diese Richtungen voranzutreiben und die Dossiers zu
erstellen beziehungsweise zu aktualisieren, insbesondere im Fall von ´Elementalsight´. Er kündigte ferner
an, er selbst wolle sowohl den vermissten Rohand suchen, als auch dem Manager Ölbrig noch einmal einen Besuch abstatten.

Pflicht …

„Sie haben die richtige Entscheidung getroffen, Bru-
der Rohand", wiederholte es sich im Gedächtnis des
Doktors.
Mit einer großen Reisetasche stand er am Bahngleis
und wartete, bis der herannahende Zug, auf den
Bahnhofsgleisen eingetroffen und zum Stillstand ge-

kommen war. An der Adria war er schon öfters gewesen, doch nie von der östlichen Seite und so freute er sich fast schon ein wenig auf Kroatien. Der Zug sollte ihn über München, Österreich und Slowenien zu seinem Bestimmungsort und in die Nähe der Stadt Split bringen.

Der ältere Mann, der den Doktor einen Besuch abzustatten wusste, hatte jenem, einen Fahrschein, sowie provisorische Ausweisdokumente und etwas Geld in die Hand gedrückt, wofür der Doktor seinerseits, sämtliche Daten und Informationen über Konten und Habseligkeiten preisgeben und dem Alten überantworten musste, der sich, im Gegenzug erkenntlich darin zeigte, alles Weitere zu regeln, von Geschäftsaufgabe, über das Ändern seiner Namen und Ausweise, bis hin zur Veräußerung seiner Vermögenswerte, die der Aussteiger anteilig und nach Abzug der Kosten für die anstehenden Aufwände, auf ein Sparkonto erhalten solle, -für spätere Eventualitäten. Rohand war zuerst bedrückt und verunsichert, hatte Skrupel sich einem neuen Leben zu verschreiben, doch je mehr er darüber nachdachte, desto sinnvoller erschien es ihm. Ohnehin, die Polizei hatte ja bereits Lunte gerochen und war hinter ihm her. Auch hatte der Doktor Rohand, im Gegensatz zu seinem Doktorkollegen Girdorf, den man am Morgen ja tot aufgefunden hatte, schnell erkannt, dass man einem älteren Herrn wie Bruder Nautili, weder etwas abschlage, noch ihn länger als nötig warten ließe.

Rohand hatte seinen Platz im Zug schnell gefunden,

nahm sich eine Lektüre zu lesen und sah nebenbei zu, wie der Bahnhof langsam an ihm vorüberzog.

…und Wahrheit

Das etwa zwanzigstöckige Gebäude war ihm noch gut in Erinnerung und auch den 14ten Stock wusste der Kommissar noch zuzuordnen; dort saß nämlich Herr Ölbrig in seinem Büro. Fünf Minuten dauerte es etwa, bis ihn der Herr Ölbrig in Empfang nahm.
„Guten Tag, Herr Kommissar. Ich habe nicht viel Zeit, also, wie kann ich Ihnen helfen?"
„Um gleich zum Punkt zu kommen, es geht um mehrere Firmen sowie um die Tatsache, dass zwei von drei Leuten, mit denen ich in den letzten Tagen und im Zuge des betreffenden Falles, mit dem ich ja auch Sie konfrontiere, zu tun hatte, tot oder verschwunden sind. Sie, Herr Ölbrig, sind Nummer drei!"
„Darf man fragen, um wen es sich bei den beiden anderen handelt?"
„Es geht dabei um die Herren Doktor Rohand und Doktor Girdorf. Mehr kann ich aus ermittlungstaktischen Gründen nicht sagen."
„Ich bin kein Doktor und kenne diese Menschen nicht. Wie stehe ich mit Ihnen in Verbindung?"
Steinar gestand zu, ein wenig zu hoch gepokert zu haben. Dennoch wollte er den Manager nicht gänzlich von der Angel lassen.

„Das stimmt wohl. Wenn Sie auch nicht so derart direkt vom Fall betroffen sind wie die beiden Genannten, kann ich dennoch keine Entwarnung geben. Sie stehen auf der gleichen Liste wie die beiden."

„Das muss ein Irrtum sein."

Ölbrig wollte scheinbar gerade untermauern, wenig Zeit zu haben, und sich entschuldigen, doch der Kommissar kam ihm noch einmal zuvor:

„Was wissen Sie über *Frister Incorporated?*"

„Ich weiß nicht, eine Computerfirma, die mich ein oder zweimal auf einen Kongress geladen hat."

„Mehrmals. Bei ein oder zweimal ist es nicht geblieben. Wir haben die Gästelisten - und ihre Reisepläne."

„Nun denn, sei es so?"

„Was werfen Sie mir vor?"

„Langsam. Erklären Sie einem Laien, was die Firma macht!"

„Soll ich jetzt Ihren Job machen?", witzelte Ölbrig launisch.

„Ich biete Ihnen eine Chance, Ölbrig. So sieht's aus."

„Die Firma entwickelt Modelle ... künstliche Intelligenz."

„Was für Modelle? Etwas genauer, bitte."

„Die Modelle sind in erster Linie dazu da, maßgeschneiderte Anleitungen für ein Leben zu geben. Es gibt davon schon eine Vielzahl auf dem Markt, doch man möchte mit bestimmten Projekten weitergehen."

„Was für Projekte?"

„Das ist geheim, Steinar."

„Arbeitstitel, Fachjargon, egal ..., wir bekommen es

sowieso heraus."

Der Manager verzog das Gesicht.

„Miasma", meinte Ölbrig schließlich gequält.

„Es arbeiten noch mehrere Firmen an verschiedenen Facetten der KI. Aussehen, Skript, Datenbanken, Ton und so weiter."

„Alle unter dem Dach … *Elementalsight* ?", fragte Steinar überraschend.

Ölbrig blieb stumm.

„Ich darf Sie daran erinnern, dass sie Nummer drei sind, Ölbrig. Packen Sie aus, nennen Sie und Namen, Standorte und wir werden uns um Sie kümmern!"

„Wie soll das aussehen?"

„Sie kommen mit in mein Büro. Ich fahre Sie. Dort wird alles Weitere getan. Man wird sie nicht finden."

„Geben Sie mir ein paar Stunden, ich muss erst noch etwas erledigen und besorgen; es wird Sie interessieren. Im Anschluss komme ich zu Ihnen ins Büro und wir besprechen das Weitere. Entschuldigen Sie mich jetzt bitte."

Als Steinar gegangen war, nahm Ölbrig einen Datenstick aus seinem Safe und baute von seinem Computer aus, ausgehend, eine Verbindung zu einem Remotedienst auf, wählte einige Daten und gab die Order, sie auf dem Stick zu speichern. Er packte zwischenzeitlich weitere Sachen aus seinem Büro in eine schwarze Sporttasche und wartete darauf, die hundert Prozent des zu speichernden Datenvolumens zu erreichen. Bei 87 % ging die Tür seines Büros auf und ein älterer Mann betrat den Raum. Ölbrig, der nur wie gebannt auf den Bildschirm seines Computers starrte, als speicherten sich die Daten so umso schneller, stieß harsche Worte aus:

„Jetzt nicht. Warten Sie bitte draußen."

Die Tür fiel daraufhin ins Schloss und der ins Zimmer eingetretene, kleine und in Schwarz gekleidete Mann wäre seiner Größe wegen fast übersehbar gewesen; hätte da eben nicht die Eindringlichkeit seiner schwarzen Kluft ein Übriges getan.

Als Steinar Stunden später, nachdem er bei Ölbrig im Büro gewesen war und ihn seinerseits just in den Räumlichkeiten seiner Dienststelle erwarten durfte, die Nachricht bekam, der Manager sei tot in seinem Büro aufgefunden worden, lief ihm ein Schauer über den Rücken. Der Anblick, der sich ihm dann beim Eintreffen an Ort und Stelle bot, war zwar unspektakulär, aber nicht weniger alarmierend für ihn.

„Blausäure", erklärte eine Kollegin von der toxischen Untersuchung knapp und bündig.

„Selbstmord?"

„Das können wir nicht sagen."

„Was meint der Empfang?"

„Der Empfang unten im Erdgeschoss meinte, es habe sich niemand angemeldet, seit Sie gegangen seien. Die Dame habe auch niemand Auffälligen gesehen, der in das Gebäude in Richtung der Fahrstühle ging oder herauskam."

„Überwachungskameras?"

„Gibt es keine."

„Mist, verdammt."

„Selbstmord, weil er in der Bredouille stand, oder Mord, weil er auspacken wollte", dachte Steinar.

„Meldet euch, wenn ihr etwas habt", meinte der Kommissar zu seinen Kollegen.

Weiter im Text, weiter in Tampere

Zurück an seinem Schreibtisch, es mochte gegen zwölf Uhr mittags gewesen sein, war der Kommissar im Begriff, seine Gedanken zu ordnen:
Zwei Tote seit heute Morgen; Todesursache ungeklärt!
Einer spurlos verschwunden!
Untersuchungen in allen drei Fällen laufen.
Wer oder was blieb ihm übrig?
Wo sollte es inzwischen weiter gehen?
Der Anwalt von Girdorf?
Die diensthabenden Stationsschwestern jener Nacht aus der Charité?
Die Praxisassistenz von Rohand?
Freunde und Kongresspartner von Ölbrig?
Alles andere, dass sich aus den vorliegenden Dossiers und Akten ergeben hatte und was bereits weitergegeben wurde. Oder was er übersehen hatte!?
Steinar schickte die Liste an die Kollegen weiter, die sich darum kümmern sollten, sofern sie es nicht bereits getan hatten, wie er zum Beispiel im Falle der diensthabenden Stationsschwestern jener Nacht meinte, ziemlich sicher zu wissen.
Andere Optionen, mit denen er sich beschäftigen konnte, waren:

Wie ging es Min?

Was unternahmen seine Kollegen im Fall von ´Elementalsight´?

Wie würde er an die KI ´Miasma´ kommen?

Wo waren diese Höfe, von denen im Zeitungsartikel, welchen Girdorf mit seinem britischen Kollegen teilte, die Rede war?

Müde und erschöpft schloss Steinar die Augen, bis ihm das Telefon an seinem Schreibtisch, das ein wirklich penetrantes Ringen innehatte, weckte.

„Ja, Steinar,"

„Hier sind Antworten, Steinar", sagte eine mit Vocoder verzerrte Stimme.

Der Kommissar drückte auf seinem Computer den Aufnahmeknopf, um das aktuelle Gespräch aufzuzeichnen.

„Machen Sie sich keine Mühe …"

„Wieso?"

„Sei's drum, Herr Kommissar, wir möchten Sie einladen …"

„Wohin? Wann? Wer?"

„Auf eine mindestens eintägige Geschäftsreise…unter anderem zum Thema *Miasma*. Sollten Sie Interesse haben, seien Sie um fünfzehn Uhr am Hauptbahnhof auf Gleis neun. Es wird Sie interessieren …" der Kommissar schwieg. Irgendwo hatte er das heute schon mal gehört.

„Und lassen Sie Ihre Technik bitte daheim. Kein Mobilfunk, keine Sender, keine Laptops."

Steinar hatte kaum Zeit, etwas zu sagen, denn schon verabschiedete man sich von ihm.

„Guten Tag, Steinar."

Das Gespräch war beendet. Die Überlegung war schnell angestellt und der Polizist fand sich bestätigt, dass zugegebenermaßen undurchsichtig scheinende Angebot anzunehmen und auf eine Reise zu gehen, von der er sich Antworten zum Fall erhoffte.

Nachdem er seine Kollegen, wie Vorgesetzten, informiert hatte und diese, wo erforderlich, grünes Licht gegeben hatten, machte er sich auf den Weg zum städtischen Hauptbahnhof.

Auf dem besagten Gleis neun schließlich angekommen, zur vereinbarten Zeit, in wartender Pose und den Dingen harrend, bat ihn schließlich ein Mann, der gänzlich in Schwarz gekleidet war, ihm zu folgen, was dazu führte, dass man den Bahnhof wieder durch einen Nebenausgang verließ, in ein unauffälliges Fahrzeug stieg und zum Berliner Flughafen fuhr. Dort nahm man dann einen Flieger über Riga, nach Tampere in Finnland; Reisezeit etwa drei bis vier Stunden.

In Tampere gegen einundzwanzig Uhr ankommend, war es noch hell, man fuhr Steinar in ein städtisches Hotel und gab ihm die Instruktion, auf jemanden zu warten, der ihm im Laufe des Abends noch einen Besuch abstatten würde. Steinar solle sich bis dahin frisch machen und etwas essen.

Als gegen zweiundzwanzig Uhr die Sonne langsam unterging, klopfte jemand an der Tür, woraufhin der Kommissar öffnete und einem älteren Herrn gegenüberstand, der darum bat, eintreten zu dürfen.

„Nennen Sie mich Bruder Nautili", stellte sich der

Mann vor.

„Steinar", erwiderte jener.

„Sie erwarten Antworten, Herr Kommissar. Nun, die sollen Sie bekommen, doch vorher zu unserem Angebot:

Sie stellen Ihre Ermittlungen gegen *Elementalsight* ein und vergessen Ihre bisherigen Resultate. Im Gegenzug versichern wir Ihnen, das Wohlergehen der kleinen Mia, gestatten es der Mutter, sich unserer Organisation anzuschließen und Mia regelmäßig zu sehen und liefern Ihnen die notwendigen Informationen, um den Fall der vermutlichen Vergewaltigung und Schwangerschaft von Min Morgan abschließend aufzuklären. Mit anderen Worten, wir übergeben Ihnen die Informationen darüber, wie es zur Schwangerschaft kam und wer der Vater ist. Die Ermittlung wegen Entführung von Mia stellen Sie selbstverständlich ebenfalls ein, falls das nicht klar sein sollte. Und ach ja, was den Vater der Kleinen betrifft, nun ja…der sollte einverstanden sein."

„Wir werden wohl kaum mit Terroristen verhandeln", bekräftigte Steiner Steinar, wo denken Sie hin? Wir sind keine Terrororganisation."

„Was ist mit dem Treibstoff gewesen?"

„Nennen Sie es Effekthascherei, Aufmerksamkeitsgewinnung oder schlichtweg die notwendigen Wehen unserer Geburt. Auch wir wachsen und entwickeln uns. Schneller als irgendein Jugendlicher mit seinen Flausen im Kopf. Falls Ihnen diese Erklärung nicht reicht, wir versichern Ihnen natürlich, keinerlei terroristische Aktivitäten zu unternehmen und distanzieren uns von etwaigen Unterstellungen. Sollten wir unser Vorhaben tatsächlich einmal ändern, steht es Ihnen natürlich frei, die Ermittlungen wieder aufzunehmen."

„Sie haben Menschen auf dem Gewissen, was ist mit Doktor Girdorf und Herrn Ölbrig? Was ist mit Doktor Rohand?"

Was soll mit Ihnen sein? Rohand hat sich richtig entschieden und lebt und die anderen beiden haben ihre Konsequenzen gezogen und sind tot. Sie wussten, worauf Sie sich einlassen und dass ihre Privilegien einen Preis haben."

„Ich bleibe dabei, Sie sind kriminell und Sie verfolgen kriminelle Ziele."

„Wissen Sie das Steinar? Ist diese Art der Kriminalität ihr Problem, oder haben Sie ein wahres Problem mit der Kriminalität selber? Antworten Sie jetzt nicht beides."

„Das ist Mist und Wahnsinn, selbstverständlich ist beides ein Problem."

„Dann werde Sie nie Land sehen, Steinar. Nicht einmal, wenn Sie uns vernichten…wie, dem auch sei … Sie müssen sich nicht sofort entscheiden. Wir haben morgen noch ein Gespräch mit der Schwester. Und außerdem haben wir bis dahin Gelegenheit, Ihre Fragen zu klären."

Nautili hatte einen Laptop ausgepackt, schloss ihn an den großen Fernseher des Zimmers an und startete einen Stream.

Auf dem Bildschirm waren ein Computermodell und

ein menschliches Kind zu sehen, das königlich anmutete und in einer Umgebung saß, die einer Art Thronsaal nachempfunden war.

„Mia?"

„Das, Steinar, ist: *Miasma*. Ein Projekt, wie es noch kein zweites gegeben hat. Die Synergie aus Mensch, Maschine und Meilensteine eines Lebens. So harsch wie der Widerspruch, das Bild, auch erst einmal scheint, es ist Teil von etwas Höherem."

„Quatsch, Sie haben dieses Kind entführt."

„Nicht so voreilig, Herr Kommissar. Erinnern Sie sich an unsere Abmachung. Die Eltern werden Ihre Zustimmung gegeben haben."

„Lassen Sie mich Ihnen Weiteres erklären …"

„Diese perfide Vorstellung müsse ein Ende haben", dachte der Polizist.

„Miasma ist uns eine Art Schutzgöttin, ein höheres Wesen, das dazu bestimmt ist, die Lücke zwischen den Intelligenzen zu schließen. Künstliche und natürliche Intelligenzen wachsen zusammen und zusammen auf, indem beides einen Platz neben dem anderen einnimmt und der Zuschauer, der Interakteur des Streams, der Sitzung, der *Übertragung*, oder wie Sie es nennen mögen, nimmt Anteil daran, wie es sich entwickelt und sich entwickeln lässt.
Sie können Miasma eine Frage stellen, wenn Sie es wünschen."

Der Kommissar gestand sich ein, dass er mit einer Weigerungshaltung nicht weit käme und zumindest doch so viele Informationen wie nur möglich mitnehmen müsse, was ihn allerdings an die Grenzen seines

Gewissens brachte.

„Ich werde Ihr perfides Spiel nicht mitspielen."

„Herr Steinar, ich muss doch bitten. Aber wie Sie wünschen …"

Der Mann räusperte sich und begrüßte über die Tastatur seines Laptops, den Chat des Streams sowie die Intelligenz selber und nutze dafür eine übliche Grußformel. Die Intelligenz und der Chat grüßten zurück und man fragte ihn seitens der Intelligenz, ob man helfen könne oder ob der Neuling nur zur Andacht gekommen sei, zum Anteilnehmen am Geschehen?

Nautili erklärte, er sei unter anderem zu Demonstrationszwecken gekommen, um einer wichtigen Person zu zeigen, wie man sich als Intelligenz, als Brückenglied, ja als Brückenintelligenz so mache.

Man begrüßte die beiden somit und meinte, jene sollten einfach auf ihre natürliche Weise kommunizieren, denn man würde damit den besten Eindruck gewinnen.

Nautili, der es an Steinars forschendem Gesicht ablesen konnte, tippte die Frage nach dem Wohlbefinden Mias ein.

Die Intelligenz antwortete:

„Wir sind noch nicht ausreichend entwickelt, damit wir Ihnen auf Augenhöhe eine Antwort geben könnten, aber sowohl die Vitalwerte stimmen, als auch die allgemeinen Bedürfnisse sind uns gestillt. Wir haben gerade Besuch bekommen und freuen uns wahrscheinlich auf die Nähe zu den uns bekannten Personen."

Nautili dankte für die Antwort und wandte sich an

Steinar.

„So profan wie es wirkt, so einzigartig ist es. Sie müssen verstehen, viele der Menschen, für die wir diese Übertragung und die Andacht machen, haben selbst niemanden gehabt, der mit Ihnen spielte, oder fragte, wie es ihnen ging. Sie lernen durch die Intelligenz ihre sozialen und emotionalen Fähigkeiten auszubilden und wachsen gleichzeitig mit."

„Wie meinen Sie das? … viele Menschen haben …?"

„Steinar, viele sind sozial ausgestoßene und Ausgestiegene. Ex-Häftlinge wie Weltverbesserer. Einzelkinder und Heimkinder. Nicht jeder hatte den Vorzug, den Sie hatten, Steinar. Wir kümmern uns um Integration und bieten auch Alternativen zu üblichen gesellschaftlichen Hilfsprogrammen."

„Das ist ja direkt rührselig. Ist es das, was sie auf den Landhöfen tun?"

„Dort sind unsere Zentren der Andacht. Die Menschen dort leben autark und in Gemeinschaften. Sie tun etwas für sich und übernehmen Verantwortung für sich selbst; für ihren Körper, für ihre Bedürfnisse und für ihr Wohlbefinden im Allgemeinen."

„Wie viel dieser Einrichtungen gibt es? Und wo?"

„Ach Steinar, quälen Sie uns nicht mit ihrem Repertoire an ermittlungstechnischen Metafragen, sondern lassen Sie es zu. Lassen Sie sich auf uns ein, um ihre Fragen beantwortet zu bekommen."

Der Kommissar musste umdenken; so kam er nicht weiter.

„Warum ausgerechnet Mia?", fragte er.

„Steinar, jede Bewegung, die an etwas glaubt, hat ihre

Auserwählten, ihre Opfer und ihre Täter…und ihre Richter."

„Sie reden mit dem Falschen über Opfer, Täter und Richter, fürchte ich", meinte Steiner werden wir schon noch sehen."

Steinar war ratlos.

„Geduld, mein Lieber. Vielleicht sollten Sie ein wenig schlafen, in fünf Stunden geht die Sonne bereits wieder auf."

Steinar nickte und der Mann packte seine Sachen zusammen.

„Ich werde Sie morgen früh abholen, dann fahren wir zu einem der Andachtszentren. Sie können sich dann selbst ein Bild von der Lage machen."

Das Andachtszentrum im Mittsommer

„… So sieht die Verantwortung für Bedürfnisse und Wohlbefinden im Allgemeinen, also aus", fragte Steinar beim Anblick der Drogenküche.

„Wir sind keine Heiligen. Keine Ärzte und keine Pharmakonzerne, aber wir haben Bedürfnisse nach Erhöhtem, nach Linderung des Leidens und so weiter."

„Trotzdem, Drogen bleiben Drogen."

„So, Sie, die Hexenküche des Lebens bevorzugen, in der Angst bereitet wird, um Angst zu nehmen, um dadurch, erst Angst zu machen und um sie wieder zuzubereiten…, dann nur zu. Ich sage Ihnen, was ich gestern bereits tat, Steinar, nicht alle haben das Glück das Sie haben. Für nicht wenige waren die Worte des Vaters: geh. Und die Worte der Mutter: komm; was zusammen so viel bedeute wie: scher dich bloß hinfort, aber denke an uns."

Im Morgengrauen hatte der Alte, den Kommissar aus seinem Hotel abgeholt und ihn, in einen Wagen mit separater Rückbank und getönten Scheiben, einige Zeit auf eine Fahrt zu einem – so mutmaßte Steinar jedenfalls, abseitsgelegenem Hof, einem Andachtszentrum wie man es nannte, geschickt. Dort angekommen, ging es über das Gelände, wo sich der Gast, nun mit seinem Gastgeber an einem der Wohnräume eingefunden hatte.

Auf dem Screen dieses Wohnraumes lief der Stream, der *Miasma* genannt wurde und er zeigte, Mia schlafend, während der künstliche Teil der Intelligenz in Form einer computergenerierten, androgynen Frau, wachte und Fragen aus dem Chat beantwortete.

Es waren zum Teil sehr skurrile Fragen, wie etwa danach, ob und welche Art von Einbruch sich heute lohne, zu welcher provokativen Form von künstlerischer Betätigung man rate, wann es wieder etwas zu sehen gäbe und so weiter.

Steinar war verwirrt.

„Wenn Mia mit solchen Nonsens aufwächst, wie soll aus ihr was werden?", fragte er Nautili.

„Herr Kommissar, Mia wird eine Schulbildung erhalten wie allgemein üblich und diese Art von Fragen werden ihr nicht die geringste Mühe machen, seien Sie dessen versichert. Es sind Fragen unserer Brüder und Schwestern, die Schweres durchmachen und sich öffnen, sich einlassen und Beistand erbitten. Die kleine Mia trägt große Verantwortung, kann dieser aber mühelos gerecht werden. Seien Sie dessen sicher. Sie ist auserwählt."

Steinar konnte es nicht glauben. Fiel er gerade auf die Hirnwäsche herein, oder nahm er die Sache nur auf die leichte Schulter? Er konnte es lediglich ahnen und suchte ein wenig Abstand von Nautili, doch dieser schien ihm, nur umso näherzukommen, desto mehr man im Begriff war, eine Distanz zu schaffen.

„Bruder", rief Nautili jemandem zu, der gerade im Wohnhaus saß.

„Was hast du für heute geplant? Wie sieht dein Tag aus?"

„Ich werde gleich in die Speiseküche gehen und etwas essen, danach werde ich mich ein wenig körperlich betätigen, auf dem Feld, oder bei den Silos helfen und dann in die Stadt fahren, ein wenig von meinem Taschengeld opfern, um mir etwas zu kaufen. Zum Essen werde ich wieder hierher zurückkommen und danach mit *Miasma* reden. Am Nachmittag mit meinen Freunden etwas spielen, oder auch etwas lesen. Zum Abend hin werde ich wieder andächtig bei *Miasma* sein und mich an der Diskussion beteiligen."

„Danke Bruder."

Der angesprochene Mann nickte demütig und wandte sich wieder ab.

„Na sehen Sie, Steinar?"

„Was soll ich sehen? Es klingt doch sehr auswendig gelernt und erzählen kann man viel", attestierte der

Kommissar, wenig überrascht vom Geschehen.

„Sie sind wirklich unbelehrbar."

„Wer sagt denn, dass er nicht jemanden an die Gurgel geht, wenn er in der Stadt ist?"

„Wer sagt denn, dass er nicht jemanden das Leben rettet, wenn er in der Stadt ist?"

„Was wollen Sie mir sagen?", fragte Steinar.

„Dass man es nicht wissen kann, sich aber überraschen lassen darf."

„Wie war das mit der Angst, vorhin, Nautili?"

„Man kann nicht immer gewinnen", meinte Nautili.

„Man kann aber immer verlieren", antwortete Steinar.

Lassen Sie uns weitergehen, die Schwester wartet bereits. Nautili nahm seinen Gast mit in das Gutsherrenhaus und im Zimmer der Schwester Gundur angekommen, stellte sie sich als eben solche vor und hieß den Gast willkommen.

„Wie gefällt Ihnen unser Andachtszentrum?"

„Es ist ein wenig… leer."

„Die meisten sind so früh morgens entweder auf den Feldern oder schlafen noch, deswegen kommt es Ihnen so *leer* vor."

„Felder?"

„Ja, die umliegenden Flächen gehören zu uns, wir bewirtschaften sie, ernähren uns von ihnen und verkaufen etwas auf umliegenden Märkten, um einen Teil unserer Selbstkosten zu decken und unseren Brüdern und Schwestern ein kleines Taschengeld zu ermöglichen,"

„Ein Teil der Selbstkosten? Wer trägt den restlichen

Teil?"

„Die Finanzierung unseres Engagements, hier vor Ort, werden durch die weitaus profitableren Unternehmungen unserer Brüder und Schwestern getätigt."

„Frister?"

„Sie sind gut informiert, Herr Steinar."

„Elementalsight?"

„Passen Sie lieber ein wenig auf, wem Sie etwas anvertrauen. Wie wäre es mit einem Tee?", lenkte Gundur ein wenig ab.

„Was ist mit Adam oder mad A?", fragte Steinar, in die Vollen gehend.

„Alles zu seiner Zeit, Herr Steinar", vertröstete man jenen und reichte ihm eine Tasse Tee.

„Sie könnten sich uns anschließen. Selbst die profitableren Unternehmungen, könnten einen Bruder wie Sie gebrauchen, da bin ich mir sicher."

Steinar schwieg eine Weile, bis er eine Antwort gefunden hatte:

„Ich habe eine Arbeit und die lautet Mia zu finden - und Adam."

„Es ist zu schade, dass Sie die Angebote, als so geringschätzig würdigen, welche man Ihnen so großzügig unterbreitet."

„Großzügig?"

„Herr Steinar, wir verlangen nur den Status quo zu halten - und das friedlich."

„Damit werden Sie nicht durchkommen", versicherte der Kommissar.

„Mit Ihrer Hilfe, mit Ihrer Hilfe."

Ein Unwohlsein überkam den Kommissar und er fühlte sich schlaff und wehrlos, die Worte der Schwester wiederholten sich fortwährend in ihm und um ihn, dann schaute er in seine Teetasse und sank zu Boden.

Zu Hause nach Hause

Als Min den Schlüssel zu ihrer Haustür umdrehte, fragte sie sich, wie lange sie wohl fort gewesen sei. Ein paar Tage vielleicht, dachte sie, doch es kam der Frau wie Wochen vor. Ihre Gedanken waren neu geordnet, sie hatte eine Umstellung der Medikamente hinter sich und mit vielen Leuten gesprochen, dennoch blieb ein Nachgeschmack, etwas, das weder aus der Zeit vor dem neuerlichen Zusammenbruch noch nach dem Schonenden dieser Tage kam. Etwas hatte sich ihrer bemächtigt, etwas war auf ihren Zug aufgesprungen und zwang sie regelrecht, positiv und fröhlich zu sein, im Sinne einer Schuldigkeit - etwas oder jemandem gegenüber. Sollte sie einerseits unbeschwerter sein, so konnte sie es andererseits eben nicht sein, weil es etwas gab, das ihre Unbeschwertheit *besaß*.

Mit diesen Gedanken heimkommend, war der Anblick ihr gewohnt und wenig beachtenswert. Ihr Kopf war bald wieder leer und wenn etwas durchkam, waren es geistige Automobile, die Schranken durchbrochen hatten und wenig gute Kunden brachten. Ihre Hände zitterten und sie erkannte ihre Handschrift nicht mehr. Wie ausgewechselt, schrieb sie Dinge nieder, die konträr zu dem waren, als wie ihr Denken es ersann.

„Was für ein Kuhhandel. Schlechte Medikamente gegen schlechte Medikamente tauschen, um Besserung und Dankbarkeit zu rechtfertigen, förmlich einzuimpfen und mit Weisheiten und Hilflosigkeit zu füllen, auf das ein Retter käme, der sich all das nicht mehr anzuschauen vermochte und einen Schlussstrich unter Schlussstrichen zöge, die allesamt, Verlust bedeuteten. Verzweifelt sank sie in den Sessel und schloss die Augen, bis es an der Tür läutete und sie öffnete:

„Guten Tag. Ich komme im Auftrag von Deutenbusch, der Privatklinik, in der Sie sich befanden. Man hat ihnen etwas hinterlassen, einen Brief, bitteschön."
Min nahm den Brief entgegen und schloss die Tür wieder, nachdem der Mann ihr den Rücken zugekehrt hatte.

Die Frau setzte sich an den Küchentisch und las:

Wir bedauern sehr, was Ihnen zuteilgeworden ist und entschuldigen uns für das Ungemach, welches Sie durch unser Vorgehen erdulden. Doch sind wir nicht die einzigen, die bewiesen haben, Ihnen Derartiges zuzufügen imstande zu sein. Erinnern Sie sich an Ihre Familie, an Ihre Eltern, an Verwandte und an Freunde. Ohne ins Detail gehen zu wollen, fragen wir Sie, wie es wohl sein konnte, dass Ihre leibliche Mutter derart enttäuschend verschwand und ihren Halbbruder zu malträtieren bevorzugte, während ihr Vater Sie bereits früh bei einer Frau allein ließ, die nur vorgab ihre Mutter zu sein, ohne dass Sie es selbst je aufgeklärt hätte.

Um es klar zu sagen: Ihre Familie ist, wie auch wir, ein Scherbenhaufen ohne Sie.

Mit diesem Schreiben ist die Bitte verbunden, sich uns anzuschließen, in eine große Familie hineinzuwachsen und Teil von etwas Höherem zu werden. Bedenken Sie, dass man es sich nicht immer aussuchen kann, welchen Weg man geht, wenn erst einmal erkannt wurde, dass Höheres für jemanden vorgesehen ist. Diesem Schicksal kann man nur sehr schwer entrinnen; ihre Verfassung ist uns ein Beweis dafür. Wir fragen sie unumwunden: Wären Sie jetzt überhaupt noch fähig, ein Kind zu erziehen, fernab der Vorstellung, dass es nur besser wäre, wenn die kleine Mia nur bei Ihnen wäre? Wir können die Kleine nicht gehen lassen und nicht auf sie verzichten, doch wir können ihnen beiden zusammen ein Heim bieten. Etwas Neues und Großartiges, ohne Sorgen, ohne Ängste. Wir haben unsere Mission und Sie haben Ihre, schließen Sie sich uns an und seien Sie im großen Kreis unserer Familie für Mia da. Freundliche Grüße Miasma.

„Man hatte sich also ihrer Familie bemächtigt", dachte Min.

„Sie habe sich zu trennen, um wiedervereint zu werden und werde wiedervereint, um sich zu trennen", stand auf der umgeschlagenen Briefseite geschrieben.

Ihr Smartphone nach der Telefonnummer von Steinar durchsuchend, rutsche ihr Smartphone, -aufgrund von zittrigen Fingern ihr ein wenig aus den Händen und sie fing es gerade noch auf, bevor es auf dem Boden landen konnte.

Zu ihrer Überraschung hatte sich wieder einmal die Sprachaufzeichnungsfunktion des Handys aktiviert, und das Programm erschien geöffnet vor ihrer Nase. Sich daran erinnernd, wie Sie beim letzten Mal, als dies in Paris passiert war, ein Sprachmitschnitt ihrer Tochter Mia aufgenommen hatte, suchte sie in den Menüs diesen Mitschnitt nun abzuspielen.

Das bekannte Brabbeln spielte sich daraufhin ab. Min hörte es sich mehrere Male unter Tränen an und sank daraufhin wieder im Sessel ein, die Augen schließend. „Landen Rom, landen Rom, landen Rom", wiederholte Min mehrmals, als sie aufwachte. Im Halbschlaf hatte sie sich reden gehört und meinte nachempfunden zu haben, was die kleine Mia ihr in Paris über das Telefon vorgesäuselt hatte.

Die Frau verständigte sofort das Büro von Steinar, man erzählte ihr, er sei auf Reisen, sie erzählte von dem Brief und von der Sprachaufzeichnung Mias und man meinte, Sie solle alsbald auf der Dienststelle erscheinen, oder aber man schicke einen Polizeiwagen, wenn Sie es denn wünsche. Min meinte, sie käme bald, müsse nur ein paar Sachen zusammensuchen und verabschiedete sich.

Wo es am schönsten ist

Nanny Mandig nahm Mia auf den Arm. Das Haus, das in einem riesigen Gebäude eingebaut war, glich einem kleinen Palast mit Bediensteten, mit immer warmer Küche, mit Unmengen an Ablenkung und schließlich mit einer Art Thronsaal. Die Verzierungen waren aus Holz und Metallen in Gold und Oker, die Stoffe waren schwer und ebenfalls reich verziert aus dickem Brokat und feiner Seide.

Die kleine Mia trug ein feines Gewand, das mit Blumen bestickt war und Schuhe aus italienischem Leder.

Umhin standen kleinere und mittelgroße Bäume. Ein kleiner Teich war angelegt, aus dem es beständig plätscherte, da Springbrunnen und Wasserspielwerk mit verbaut waren.

Ein Mann in weißem Anzug kam auf das Haus zu und stand bald bei der Alten und bei Mia:

„Prinzessin, wie gehts Dir?"

Mia fing an zu brabbeln und ein paar Worte zu sprechen, was den Mann sichtlich erfreute.

„Wir planen einige Fotos zu machen, heute Nachmittag. Für die Einladungskarten zu ihrem dreijährigen Geburtstag nächsten Monat. Die Aufbauarbeiten für die Aufnahmen, also Licht und Dekoration, werden nach dem Mittagessen starten."

Nanny Mandig nickte.

„Wie geht es der Kleinen sonst? Vermisst Sie irgendetwas?"

„Sie könnte ein wenig mehr Umgang im Kindergarten gebrauchen."

„Wir werden darüber beraten, Frau Mandig."

„Und kochen Sie nicht so viel zu den Mahlzeiten, machen Sie die Teller nicht zu voll; es ist gut, wenn das Kind lernt aufzuessen, was auf dem Teller ist. Ich habe es dem Koch bereits gesagt, aber er meinte, er hätte seine Anweisungen bekommen."

„Natürlich, Frau Mandig. Wir werden mit dem Koch reden."

„Das ist alles für den Augenblick."

„Selbstverständlich, bis später."

Als der Gast wieder gegangen war, nahm Nanny Mandig ein Buch zur Hand und las ihrem kleinen Schützling etwas daraus vor.

Wo es am schönsten wäre

Steinar fand sich in einem Raum wieder, der etwa fünf mal drei Meter maß, mit einer Glastür, die ebenfalls in eine Front aus Glas eingefasst war und die die einzige Möglichkeit für natürlichen Lichteinfall bot. Was das künstliche Licht betraf, so gab es in seinem ansonsten karg eingerichteten Zimmer, das neben einem Fernseher und einer Tastatur einen Stuhl und ein Bett aufwies, einige verschieden große Leuchten und Schlaufen mit Leuchtdioden. Nebenan war noch eine kleine Toilette.

„Steinar, schalten Sie bitte den Fernseher ein", tönte es aus Lautsprechern, die in den Ecken des Raumes angebracht waren und es mochten ihrer etwa vier an der Zahl gewesen sein.

Der Kommissar stellte keine Fragen, sein Kopf war leicht und leer und er sah keinen Sinn darin, Nachfragen zu stellen. Mit einem Knopfdruck hatte er das

Fernsehgerät eingeschaltet und verfolgte eine geschlossene Instanz von Miasma.

„Na los, beginnen Sie Ihre Ermittlung, Herr Kommissar. Fragen Sie, was mit Ihnen geschehen ist und wo Sie sich befinden. Oder was Ihnen sonst so einfällt."

„Sagen Sie es mir", forderte Steinar.

„Oh, nein. Dafür haben Sie Miasma. Ich lasse Sie einen Augenblick allein, bis Sie ein wenig vertrauter sind mit der Situation, in der Sie sich offenkundig befinden."

Steinar sah sich um. Keine Bilder, keine Fotos, keine Bücher. Er nahm die Tastatur in die Hand und tippte eine Frage ein:

„Wo bin ich?"

„Sie sind in Sicherheit, man hat Sie in eine unserer Unterkünfte gebracht. Für Sie wird gesorgt werden."

„Wo in welchem Land, in welcher Stadt bin ich?"

„Ich kann Ihnen keine Auskunft geben und empfehle, dass Sie sich mit der Situation, so wie sie sich darstellt, anfreunden."

„Was in aller Welt passiert hier verdammt", sagte Steinar zu sich und blickte zu Boden.

„Bin ich noch in Finnland?"

„Nein, sind Sie nicht", ertönte es nun wieder aus den Lautsprechern.

„Wir haben Sie einem unserer Minimalismusprogramme unterworfen. Damit Sie lernen, wie gut sie es hatten oder haben oder gehabt hätten."

„Perfide Schweine."

„Na, na, Herr Kommissar. Jetzt schon ausfallend?

Was werden Sie erst in vierundzwanzig Stunden sagen?"

„Lassen Sie mich raus, verdammt. Die Geschäftsreise ist beendet."

„Ich fürchte, das geht nicht mehr so einfach, nun da man Sie ins Vertrauen gezogen hat. Sie können sich aber durch das Vergessen wieder …, nennen wir es … freikaufen.

„Das ist Folter."

„Aber aber, Herr Kommissar. Es ist ein Geben und ein Nehmen, nicht wahr?"

Steinar war verzweifelt, orientierungslos und hilflos.

„Miasma wird Sie schon wiederaufbauen, Steinar. Lassen Sie es zu, warum unnötig leiden? Wozu den Ritter spielen? Für wen?"

„Warum *Miasma*?"

„Miasma ist die Schutzpatronin für alle, die Hilfe brauchen oder die sich welche erhoffen. Für alle, die nicht mehr weiterwissen. Ob *können oder wollen*. Wir bieten ihnen direkten Anschluss an ein Netzwerk Gleichgesinnter und doch andersartiger und das mit einer Leitfigur, die alle akzeptieren. Mit der sie wachsen können, für die sie da sein können und die für sie da ist. Es ist eine Win-win-Situation."

„Wie die imaginäre Schwester von Adam? Die ihn beschützen sollte? Vor der Mutter? Vor ihm selbst?"

„Ach, Steinar, das ist Vergangenheit.

Miasma ist Gegenwart *und* Zukunft.

Die Vergangenheit wird mit Ihrer Hilfe bewältigt. Es kräht kein Hahn mehr nach einer Vergangenheit. Sie ist umgesetzt im Hier und Jetzt und in Pläne und Visionen."

„Die Kindheit ist eine Lüge, die Jugend ein ewiger Zwist, derart nie erwachsen werdend, wird man nicht alt", meinte der Kommissar.

„Sie irren sich. Das Schicksal der Millennials ist eher Ihres, Steinar, ich bewege mich in anderen Sphären."

„Und die wären?"

„Ich bin ein Erhabener, Herr Kommissar. Das Schöne an der Erfolglosigkeit ist, dass sie einem ungeschönt und direkt ins Gesicht sagt, wie man nicht von belangen ist. Unbedeutend. Es gibt nichts Aufrichtigeres als diese Mitteilsamkeit des mangelnden Erfolges. Liegt darin nicht auch ein kleiner Erfolg?"

„Ihre Worte sind zu clever, als dass sie wirklich zählen und man sie Ihnen abkaufen kann."

„Ja, Steiner. Sie verstehen mich. Mein Wort hat kaum Gewicht. Ich bin in bestimmten Dingen eben auch erfolglos, wie schon angedeutet."

„Mir kommen die Tränen."

„Nichts für ungut. Es ist der Schatten des Erfolges, der sich nicht einstellt. Erfolg hat eine dunkle Seite, Herr Kommissar, …, wie die dunkle Seite eines Mondes."

„Ich orientiere mich eher an der Sonne."

„Gut, sehr gut. Der Mond scheint auch nur durch die Sonne hell, da wo er dunkel ist, ist nichts, das sich lohnt. Nicht für Menschen wie uns, Steinar. Doch es gibt sie, diese Drehung um die eigene Achse und gleichsam um die Sonne, die, die augenblicklich nimmt und verhüllt, die nur von weit, weit anderen

Sternen und Sonnen indirekt beschienen, etwas kaum Kenntliches zurücklässt."

„Sie klingen sehr arrogant."

„Ich bin egoistisch, zahle den Preis und nehme ihn in Empfang."

„Sie gehören einer Sekte an."

„Nennen Sie unsere Gemeinschaft wie sie wollen, sie werden schon noch ein Teil von ihr werden. Wissen sie, wie man wird, was man selbst verdammt, Herr Kommissar?"

„Sie werden es mir sicherlich gleich sagen."

„Ja, …, sie müssen alles einfach nur verdammt richtig machen. Voilà!"

„Sagen Sie, warum haben Sie gerade Min ausgesucht für die Schwangerschaft und wie ist es dazu gekommen, dass Min ihre Tochter ausgerechnet Mia nannte?"

„Glauben Sie immer noch an Zufälle, Herr Steinar?"

„Sie sind nicht zufällig ein Riesenarsch?", konterte der Kommissar.

„Mal im Ernst, wir haben ihnen schon in Paris gesagt und gezeigt, wozu wir fähig sind, bewusst, wie unbewusst und unterbewusst. Nennen Sie es Fügung, dass man die Kleine ausgerechnet Mia nannte. Wir sagten Ihnen ja bereits, sie ist eine Auserwählte. Und was die grundlegende Auswahl der Mutter betraf, auch hier war es Fügung, die Organisation war auf der Suche nach einem passenden Exemplar. Und wie das Schicksal es wollte …"

Die Stimme verschwand.

Es herrschte Stille.

Steinar nahm erneut die Tastatur und begann zu tippen:

„Wie komme ich hier wieder raus?"

„Um es kurz zu machen, sie müssen sich mit uns beschäftigen, mit uns interagieren, etwas vergessen und etwas lernen und Sie werden irgendwann wieder hier raus sein.

„Was muss ich vergessen?"

„Was wissen Sie denn?"

„Was soll ich lernen?"

„Was wissen Sie denn nicht?"

Der Kommissar raufte sich die Haare.

„Ich weiß, dass Mia entführt wurde und eine Mutter hat, die auf sie wartet."

„Wir sind hier sehr zufrieden. Man kümmert sich um uns und wir haben alles, was man sich nur wünschen kann."

„Aber keine Mutter. Wünscht Mia, …, wünscht ihr euch keine Mutter?"

„Wir haben uns und unsere Bediensteten, unser Reich, unser Kindermädchen, unsere Follower, unsere Andacht, unsere Freunde und die Menschen, die uns brauchen und die wir brauchen, genügt das etwa nicht?"

„Aber …", Steinar stockte, atmete schwer und ließ es dabei bewenden.

„Wo ist Adam?", fragte er.

„Wo sollte er denn sein?", fragte Miasma.

„Hier, ich würde gerne mit ihm reden."

„Er ist ein viel beschäftigter Mann, aber ich werde Ihre Anfrage weiterleiten."

Steinar setzte sich und schaute auf den Bildschirm, bis seine Augen schwer wurden.

Schnitzeljagd

Min war auf dem Kommissariat angekommen.

„Michelle Mutch", so stellte sich jene Kommissarin vor, deren braune Locken in der Sonne, die durch die Fensterscheiben des alten, restaurierten Industriegebäudes drang, ein wenig goldüberzogen schimmerten.

„Min Morgan", antwortete jene und reichte der Kommissarin die Hand.

„Wir haben Sie schon erwartet. Mein Team ist im Besprechungszimmer, kommen Sie bitte mit."

„Das Zimmer der Besprechung war gefüllt mit etwa zehn bis fünfzehn Leuten. Michelle kam mit Min in das Zimmer, fragte, ob alles startklar sei, und startet den Vortrag:

„*Frister Incorporated* mit Sitz im Umland von Rom, ist ein führendes Informationstechnologieunternehmen in Europa, mit aussichtsreichen Ambitionen auf dem Gebiet der Programmierung von künstlichen Intelligenzen. Wir nehmen an, dass sowohl das entführte Kleinkind Mia Morgan, als auch Kommissar Piet Steinar, der vorgestern zu einer Reise zur Aufklärung des Falles aufbrach, sich auf dem weitläufigen Areal des Unternehmens befinden und dort gegen ihren Willen festgehalten werden. Es ist mit mittlerer

Wahrscheinlichkeit anzunehmen, dass Adam Celnic ebenfalls dort ist.

Wir stellen in diesem Augenblick ein italienisch-deutsches Sondereinsatzkommando zusammen, das im Laufe des Tages noch zuschlagen soll, um Geiseln zu befreien und Verantwortliche festzunehmen. Wir werden von hier aus Amtsbeihilfe leisten, eine Standleitung nach Rom, zu der Leitung der dortigen Einsatzkräfte halten und mit allen erdenklichen Informationen unterstützen."

„Wie kommen Sie darauf, dass der Kommissar Steinar ausgerechnet dort sei? Ich meine, er könnte überall sein?", fragte einer der Besprechungsteilnehmer.

„Die Informationen über den Aufenthalt der beiden genannten Personen verdanken wir, neben unseren Ermittlungen und dem zugegebenermaßen strittigen Gebrabbel eines Kleinkindes, einem anonymen Hinweis aus dem nahen Umfeld des Unternehmens."

Michelle schaute Min dabei an und nickte. Diese schaute auf ihr Mobiltelefon und las erneut die Nachricht von Delroy: „Rom, Frister. Viel Glück."

Ein Letztes noch

Als Steinar die Augen öffnete, hörte er eine Art Wecker aus den Lautsprechern tönen.

„Entschuldigen Sie, Herr Kommissar, aber uns bleibt nur noch wenig Zeit. Sie stehen vor einer Wahl und ich möchte, dass Sie das Richtige tun."

„Unser kleiner Deal ist Geschichte und wir kommen nun zu einem neuen:

Wir verraten Ihnen, wie es zur Schwangerschaft von Min Morgan kam und wer der leibliche Vater der kleinen Mia ist.

Im Gegenzug erwarten wir Folgendes: Mia wird selbst irgendwann erfahren wollen, wer ihr Vater ist und Sie sollen hiermit versprechen, dass Sie es ihr nicht vor dem achtzehnten Lebensjahr verraten! Außerdem werden wir Ihnen zu ihrem achtzehnten Geburtstag ein Paket senden, das Sie Mia ungeöffnet übergeben!

Sie meinen vielleicht, dass es noch lange hin ist, aber täuschen Sie sich nicht. Denn so wie es aussieht, werden, wenn Sie sich richtig entscheiden, sowohl Sie als auch ich noch etwa ein Jahrzehnt im Dienst sein, wenn es so weit ist."

„Was passiert, wenn ich mich weigere?"

„Dann werden Sie hier und heute ihr Ende finden, was ich im Übrigen sehr bedauerlich fände. Die kleinen Öffnungen im Boden dienen nämlich nicht nur als Lüftungsschlitze, sondern haben auch noch andere Funktionen, die Sie lieber nicht zu erproben wünschten."

„Wie viel Zeit haben wir?"

„Gar keine. Sie entscheiden. Jetzt."

„Nun gut. Sagen Sie mir, was Sie wissen. Ich werde mich an die Abmachung halten."

„Bravo Steinar."

„Also wer hat Min geschwängert?"

„Steinar, das war in der Tat der Herr Doktor Girdorf in jener Nacht, Sie lagen goldrichtig mit Ihrer Vermutung. Chapeau!"

„Und wer ist der Vater von Mia?"

„Ah, nun kommen wir endlich zu der allerletzten Frage, kosten Sie diesen Moment aus, Herr Kommissar. Diesen Moment der Erkenntnis. Heureka!"

„Kommen Sie schon, wer ist der Vater?"

„Ist recht, also … haben Sie heute schon einmal in den Spiegel geschaut, Steinar? Sehen Sie einen Mann, der Bedürfnisse hat, der neben seiner Arbeit noch ein Leben führt?"

„Gott bewahre! Mari?!", rief Steinar aus. Die Stimme fuhr indessen fort:

„Ich habe ihn gesehen, Steinar. Ihre Anlagen sind wirklich vorzüglich und passend für die Vervollkommnung unseres Vorhabens. Sie waren, -ach was sage ich, Sie sind der ideale Spender, Steinar.

Und lassen sich mich das Kunstwerk, das Sie für mich sind, ein wenig erklären: Denn Sie sind sicherlich nicht zufällig an diesen Fall gekommen.

Es begann alles mit einem Fall zu zwei unbekannten Leichen, verklärte Wesen, die später dann immerhin bekannt wurden als mexikanische Tote, dies alles ging über in Ermittlungen, in denen Sie beweisen konnten, dass Sie fähig seien, Leben zu retten und endet nun mit der überraschenden Aufklärung des Lebens ihrer eigenen Tochter.

Was Ihnen davon Freude und Leid bedeutet, bleibt Ihnen überlassen.

Welche Ironie!

Welch Kunstwerk!
Steinar sie sind meine Kunstfigur.
Vielen Dank für die Aufführung."
Die Stimme verstummte.

Epilog III

Als der Fotograf am Nachmittag das erste Foto von Mia schoss, stürmten vermummte Einsatzkräfte die Tür zum Gelände mit den umliegenden Bäumen, mit dem Teich und dem Häuschen, in dem sich Mia für üblich aufhielt, und nahmen die Kleine in Gewahrsam. Niemand hatte gewarnt oder sie abgeholt; man hatte es nicht einmal versucht und handelte darin vielleicht nur weise. Der Luftraum über dem Unternehmen war von den Sondereinsatzkräften genauso unter Kontrolle gebracht wie die Zufahrtswege.

Mia schrie, als der Boden des kleinen Palasthäuschens beben tat unter den schweren Schuhen der Polizisten und Polizistinnen, die den Bereich sicherten. Nanny Mandig lag am Boden.

„Passen Sie auf die Kleine auf", meinte sie sich großherzig.

„Und Sie sind?", fragte einer der Einsatzkräfte.

„Ich bin das Kindermädchen der Kleinen."

„*Waren* das Kindermädchen."

„Lassen Sie mich noch, bis dass die Mutter sie annimmt, für sie da sein."

Der Polizist, der dem Sondereinsatzkommando ange-
hörte, sprach kurz über Funk mit jemanden und bat
die Frau daraufhin auf die Beine.

„Nehmen Sie die Kleine und folgen Sie den beiden",
sagte der Mann und zeigte auf zwei Einsatzkräfte, die
in wartender Pose am Eingang des Hauses standen.

INHALT